李琼诗歌、散文集

青石板路

Qing shi Ban lu

李琼◎著

知识产权出版社
全国百佳图书出版单位
—北京—

图书在版编目（CIP）数据

青石板路 / 李琼著. — 北京：知识产权出版社，2022. 10
ISBN 978-7-5130-8391-1

Ⅰ. ①青… Ⅱ. ①李… Ⅲ. ①诗集－中国－当代 ②散文集－中国－当代 Ⅳ. ①I217.2

中国版本图书馆CIP数据核字（2022）第179585号

内容提要

本书为女诗人李琼的诗歌、散文集，写的是童年旧事、旅途见闻、人生感悟。诗人感情细腻，文字生动自然，情真意切。本书适合文学爱好者阅读。

责任编辑： 卢媛媛　　**责任印制：** 孙婷婷

青石板路

QINGSHIBAN LU

李　琼　著

出版发行：	知识产权出版社有限责任公司	**网　　址：**	http: // www. ipph. cn http: //www. laichushu. com
电　　话：	010－82004826		
社　　址：	北京市海淀区气象路50号院	**邮　　编：**	100081
责编电话：	010－82000860转8597	**责编邮箱：**	luyuanyuan@cnipr.com
发行电话：	010－82000860转8101/8102	**发行传真：**	010－82000893
印　　刷：	北京建宏印刷有限公司	**经　　销：**	新华书店、各大网上书店及相关专业书
开　　本：	880mm×1230mm　1/32	**印　　张：**	10.5
版　　次：	2022年10月第1版	**印　　次：**	2022年10月第1次印刷
字　　数：	253千字	**定　　价：**	68.00元

ISBN 978－7－5130－8391－1

从葡萄的眼睛里她看见了什么

——读李琼诗文断想

罗 杉 / 文

1970年出生的李琼是川北一县城里的一位眼科医生。

数年前离开一家媒体，因为认识一位对传统文化研究颇深的老师，为方便受教，我选择了落脚这个县城。落脚这个县城的出发点是安置心灵，守望寂寞与孤独，此前虽也认识一些喜欢文学的俊男靓女，但时移世易，已很少交往了。

2019年3月中旬，有熟人王君者早早约我参加一位李姓医生的诗歌研讨会，虽口头应诺，心里却一点儿不愿应步。时过多日，他又来电话言及这事，说这位名叫李琼的女医生诗写得很不错。

医生与文学结缘在我阅读的视野里就有耀眼文坛的余华、毕淑敏。我看过余华的《鲜血梅花》《战栗》《朋友》等多篇佳作，牙科医生对人物环境的精确把握，对语言环境的精彩铺排，倾倒了众多行走在阅读与写作路上的人。而写出短篇小说《翻车》、中篇小说《昆仑殇》的毕淑敏，昔年到我们单位来，我和一位现在正走红的诗人一道去看望过不失医人本分又才华卓著言出温婉的她，听她细说南京的苏童、武汉的池莉。那是个煦色韶光之夜，值得收藏之夜。

由医出道的这位姓李名琼的女医生也会如此？

李琼首书发布暨研讨会在她工作所在地川北一个县城召开那天，是周六戊辰月癸酉日。春三二月的嘉陵江波光潋滟，江流如染，会议就在临江一阔室召开。

我是放下钟吕证道之作不负人所约与会的，窃以为也就二三十人面对面聊聊而已，谁知陆续来了很多人，让我一落座就想离开。

人群里，我是无奈翻了翻那本书的。

那是一本由四川大学出版社出版的李琼的以旧体诗词为主的诗文集。会议虽然有两位副县长及县城诸多有名望的人坐在台上，从事采编工作多年，我还是习惯性以挑剔心理去浏览那些篇什。“……归春不占春韵，抖擞雪精神。……零落东风意，梦里数黄昏。……不念春华路，来去自无尘。”（《水调歌头·红梅映雪》）此作虽非一气呵成，但跳跃出来的这些诗句，却也耐咀耐嚼。而这“一画开天儒释道，三维立志精气神”之联，其气韵，其风骨，其工稳则是一地之大手笔了。接下去，“青峰一线锁云深，日影扶风把酒斟。刹那云飞还本色，芦花又把白头吟。”（《山中晨景》）“残阳老树闲云晚，落叶枯藤归梦长。”（《高庵祠即景》摘联）……用两个字概括我的审美感受：漂亮。词锋诗韵追步前人，对应前人，紧步当下，甩摆出的逼人的蕴蓄，算不上孤凉却有着自己想法的李琼，在生活不错的外状下，放在她桌子上枕头上手指间的无疑是一张张净洁之纸。

漫步李琼斧削的情感隧道，艺术的光亮让时间没有了意义，让台上台下，让这袂云汗雨的每个角落似乎都镶嵌着诗的语汇，流淌着诗的音韵。

何人是李琼，李琼是何人，字里行间已经认识了。瞟眼台上日常式程式化之辞，我悄然离开了那个会议室。

眼前这流经千里的江流，它溉及的岂止是两岸稼穑，更有两岸世世代代向善向上、勤劳聪慧的儿女！

感谢为此两次给我打过电话的王先生。

这种心情我且分享给了几位良友。一位说出了同感：假如挑出李女士三五之作与一堆前人放在一起，即使目光再毒之人也不会否认她优雅的声韵；假如放在大量的揎拳捋袖的今人之作里，就要靠良心说话了。

后来，在一个小场所，听人说起，我隔桌见到了面色红润确乎有点微胖的李琼。又在一个小聚会上，再次见到她。她写出了旧体诗词2000多首，以中药为题材的就有400多首，同一题材写出不同意境表现出不同风格的诗作有的10多首有的20多首。

李琼的涓涓才思，灵脱飘逸的艺术呈现，彰显了传统文学创作形式尤其在民间恒久不灭的传承与光焰，这等勤力之为焉能雪埋？

不待我走出她清丽的艺术走廊，日前，她交给了我一本随笔与新诗打印稿，让我意想不到的是，她要我给她写点开篇之言。

我在这个县城住了几年，却只去过两三条街道；我在县政府大楼走动了几年，却只进出过两间办公室。笔墨之事，只是数年春节前夕，应邀参加一个团拜会，每人要说两句，幸好提前了解了一点这个县近些年的写作情况，才临场慨叹了主持者的古道热肠；称赞了一位青年才俊数年之间竟然打磨出了一支生花妙笔，以全新的语言张力，以绵密、温煦的布局，像流星一样，在散文创作的天空画出了一道优美的弧线；点言了一位老太太悄悄地站在生活的拐角，敏锐地捕捉那些属于诗的东西，无论多么灰暗的物象，经过她精密的概括，都成了荡气回肠的诗作……尔后，依旧自废其好，人不知我，我不知人了。

李女才思如斯，所识岂乏高才？我一袭青衫一口素食半僧半道才思枯垢，文字已是锈迹斑斑！

她诚挚的目光亦如她在《一只红蜻蜓》中所言：“露珠在潺潺的溪水中画出一个又一个瞬间消失的圆……”这“圆”就落在一条夜行之道，落在一方茶几之上。“孩子们，谁来过不重要！”李琼诗文中的清风、丹凤、横笛、寒蝉、归雁、珍珠泪、红尘事、五树六花、残阳老树……对于一个数十年与文字打交道尤其是近些年尚觉知二三的我，哎，似乎确乎不失重要。

郑重地接过这本诗文，仿佛接过的是一捧夜色，灯火点点的夜色。

翻开这本新作，关心的是从春雨从夏日，从秋雨从秋叶，从初冬与星空的颜色，从不甘落寞的云，从门前一棵树，从一念一想等，从星月的眼睛里从雪粒的眼睛里从春与秋的眼睛里……笼而统之，从葡萄的眼睛里她看见了什么？

圆润的阳光里，是李琼诗文的祥和色彩。《一片杏叶》："春天黄嫩嫩的长在枝头 / 夏天翠绿绿的护着青果 / 秋天满面沧桑揽一袖风尘……/ 冬天……誓与霜雪同归……"我们赖以生存的自然环境和人文环境，并非都是清风皓月光英朗练，灯红酒绿的背后是人类对地球的无限索取，对物质对金钱毫无底线的算计与贪婪，而李琼安慰自己给予别人的不是芒刺不是坚冰不是热毒，无论置身岗位、踱步街头还是远出国门，充盈于她眼里流淌出她心里的是人与人、人与物相通相融，相守相望，互敬互爱的一面，且以最大的热情艺术地表现其祥和之色安详之彩。

《秋雨来了》，她"盘着腿闭着眼"，想到的是这"寂寞的夜""桂花正与玉露结缘"；《大雪日记》记的是"空山、流水、落花、老树……"是"把自己的心放到雪中去洗练，去歌唱，去升华……"从时令悟到的是"黑夜熬不过青灯，黑发熬不过岁月"。她的职业是擦亮别人的眼睛，与眼睛密切相关的是分布四周的"动眼神经"。短文《再认识动眼神经》，她平静而安详地呼唤着看不见摸不着的神经功能："动眼，动眼，我是第三！"她告诉它：不要着急，越过千山万水，过了有个叫"眶上裂"的驿站，我会分成两股涓涓细流，一股流淌到上直肌和提上睑肌，一股流淌到下直肌、内直肌和下斜肌……

禹迹岛是她所在地的一个景点，她多次赋予这个描写与抒情对象高贵的宁静与安详：雨后的禹迹岛"美得已经不能用心动来形容了”“美到惊心动魄！美得无以复加！”赞叹至极致，“那就让我的思绪沉睡下来，连美也忘了吧！”

读万卷书，行万里路。李琼去过东南亚，去过欧洲。在泰国写就的《畅游湄兰河》：“感觉云就在船顶，天就在前面不远的地方。”在意大利威尼斯码头她见到的是：“水天一色，船来船往，不见尽头，两岸那些色彩鲜明的古堡式建筑在阳光下……像是水上跳动的音符高低错落，不抑不扬，跟水一样心无杂念而又厚重典雅……”去奥地利穿越阿尔卑斯山脉，“那些终年积雪在阳光照耀下白得耀眼……顺着茵河七拐八弯的，终于看到坐落在半山间的乡村房舍，但看不到干活的农民……大片大片的田地里只看到过两台收割机，仿佛庄稼都是自生自长的……”即使《凉风乍起》，在李琼心里也是：“无语！无语！”

饱满的雨水里，是李琼诗文祝福的色彩。1989 年初春，诗人海子写出了他一生中尤为温暖尤为清新亮丽的《面朝大海，春暖花开》，这首入选过中学语文课本的诗作，形象地表现出了海子的真诚与善良。诗中，他要做“一个幸福的人”，也乐于把“幸福的闪电”告诉每一个人，即使陌生人也祝愿他“在尘世获得幸福”。诗人这种祝福自己更祝福他人的情怀，是一个写作者人品的高贵之处。埋头做事，闭户为文的李琼不乏其心不乏其作。写在一个医师节的《我只想》：“我只想累了后可以静静地休息。/ 我只想治愈的你安静地离去。……我怕在曾经相聚的地方，/ 看见落寞的你……天空好蓝，那是谁的脸 / 笑得如此清晰，迷离……”劳累半日的医生，渴求的是闭门一歇，然而门尚未掩，诗人立即念及的又是病愈后的兄弟姐妹抑或恂恂长者，他们是否“安静地离去”？盘桓脑际的又是病人的失落与亲属的愁容。诗末，诗人深情地祝福深蓝的天空底下，所有患者脸上都露出灿烂的笑容。诗作《朋友，不要哭》：“朋友，不要哭，/ 昨夜的风雨，洗掉了昨夜的忧伤。…… / 晴天也好，雨天也好，/ 一段风雨之后，总有一段阳光……”诗作《溜走的是时光》：

“星河有梦，对月梳妆 / 归来的大雁，今夜栖息何方？ / 谁家的灯火为你铺张？ / 谁家的门前笛声悠扬？…… / 我涂抹一丝闲愁，/ 能不能撞破低矮的山冈？……”诗作《处暑听风》：“花非明亮，水非壮阔，/ 溪游山谷，空纳万象。/ 火烧了自己的岁月，/ 成全了一滴泪的梦想……”诗作《我家有棵风水树》《夜话蜘蛛》《还是那一抹红》……无不显示李琼在安慰自己的同时也毫不吝啬赋予抒情对象热烈的祝福。

慈祥的灯影里，是李琼诗文的高尚觉知。繁华多元的当下社会，物质利益炙手可热，其场景就像热带雨林，蒸腾着旺盛的气息。尽管如此，我们依然欣然可见热爱劳动的农人不舍瘠薄的泥土，笔力朗逸的诗人仍然不弃高尚的觉知。

诗作《赌气》：“卷子跟笔赌气，风笑着走了 / 眼睛和视网膜赌气，黑夜代替了白天 / 心和心赌气，路越走越窄 / 终于 / 流水死在了大海的温床里 / 笨鸟却翻过了第一座山。”诗人以答卷与笔，以眼睛与视网膜，以心与心为特定意象；以风，以黑暗与白天，以路为对应意象，形象地表达出了一个人在不顺心时，抑或遭遇坎坷与困苦时，如果看不破放不下甚至失去豁达，自己跟自己过不去，将会面临机遇、光明与未来的丢失。诗人平易亲切地提醒那些尚欠生活素养的前行者，莫忘了准备大海一样的胸怀，飞鸟一样的坚持。从深一点儿说，这首诗有自度自救的隐喻。相传一个雨日，一位行者檐下避雨，遇一法师撑伞经过，行者对法师合掌：“师父慈悲！普度众生！”法师回礼：“我在雨中你在檐下；檐下无雨无须我度。”行者步出檐下冒雨侍立：“师父，我也在雨中，该度我了吧？”法师挥手：“我在雨中，你也在雨中，我不被雨淋，因为有伞；你被淋，因为无伞。你要被度，不必找我，自找伞去。”诗作亲吻了传统文化未曾张扬的亮点：人之一生，佛魔相随，路有多宽，行走多远，皆是心与心、心与行的契合。祸福无门，唯人自招也唯人自助自救。至于“赌”与“气”，皆为“嗔”之所畴，与“定”律是水火之克。诗作《妈妈走丢了》《冷冷的风》《谁在风中哭泣》《风的承诺》《一辈子》《秋天的夜》等，皆是“心如莲花净”，让清风，让明月，让落花，让流水，让云烟叫醒自己，也叫醒残荷，叫醒红枫，叫醒杜鹃……的“曲曲深情”；皆是“星空里没有悲伤/一场雪正踏步而来”的远瞩；皆是“一转身，一回眸，一念间/此岸即彼岸，彼岸本此岸”的觉知……

李琼诗作《孤独》完整地回答了从葡萄的眼睛里她看见了什么：

红梅俏丽雪野，是天地之孤独；
明月掉落水中，是星河之孤独；

清风追逐细雨，是云烟之孤独；
飞流越过悬崖，是沟渠之孤独；

空山静默无语，是季节之孤独；
今夜箫声未起，是诗心之孤独。

有人说，全球化时代，诗人都在玩一个共同的游戏——潜伏。而远在川北一个县城的李琼是个例外，触手可及的天空中，时时跳进她眼帘的不是别的，而是粒粒饱满的葡萄，即使如我心如止水之人，仍然感到这是很可爱的跳跃。

前人有言：穷诸玄辩，如一毫置于太虚。彻世机枢，似一滴投于巨壑。李琼有这种胸臆。她旺盛的创作潜力，一触即发云天海阔的感悟能力，心灵手巧组织语言，细针密线缝合语言，对语言情有独钟的令人惊艳的艺术质地，不张不扬，不钻不营，不苟不且，默默耕耘的求索品格，如有更多时间在写作的跑道上策马催鞭，必能收获硕果累累。

茨威格评价视诗创作为完整生命的荷尔德林说："谁要与天空交谈，就不能惧怕他的闪电。"但愿李琼在未来写作中持续与天空对话，即使电闪雷鸣也席地而坐，也心安理得，也如如不动。

2022 年 3 月 17 日于南部

（编者注：罗杉系资深编辑、记者、作家、中国作协会员）

青石板路的魅力

李琼/文

一直喜欢文学，但这几年的精力主要用于近体诗词了。诗歌是年轻那会儿爱弄的，主要是觉得它自由，不受格律的束缚。而散文呢，仿佛一直没有概念，只是觉得内容需要我任性而为时，就难免不讲究花拳绣腿，而一任粗布褴褛、蓬头垢面、粗枝大叶地即行即止。

到了整理第二本诗集《雪中的月亮》时，才发现随笔也有不少。又加之二三好友鼓励我说，我的散文读不够，可单独成册。于是便大胆地把它们从角落里请了出来，好与不好，也姑且让它们在太阳底下晒一晒，在月亮湖边溜达溜达。哪怕对它们来说，只是一场没有结局的恋爱，抑或是一场没有掌声的出演。丑媳妇终归要见一下公婆，只要心里干净，也就无所谓风中雨中，陪我细细地梳理过光阴的翅膀，美美地享受过一时的快乐，甚至有时也在梦的边缘轻吟浅唱，唱出一句半句月亮下的清晖，一句两句落花之许诺，一段两段灵魂之呐喊。但是，始终只有故乡的烟雨最喜欢自己，故乡的青石板路永远那么悠长地等着我……

说起青石板路，就说到重点来了。这《青石板路》的书名却是刘铭老师定下的，我自己先随便命名了一个“半山半水”，刘铭老师在审稿中一眼就发现了我的青石板路才是我的根，于是乎，“青石板路”的方程式就不解而解了。

随笔更多的是生活中的点点滴滴，是其境其情的真实记载、心灵感悟和直白流露。文字也是我一生不能舍弃的袈裟，我在一堆文字中了悟，又在另一堆文字中执着，再了悟，再执着，如此一念生，一念灭，一念又起……居然就这么快快乐乐地走到了人生的半百之年。

结集出版，是对岁月的感恩，对自己的释放，也是对未来的期许。愿你也能读出自己的一片阳光。读不出一片阳光，至少也能读出一些闲言碎语。实在读不出什么，读完了就当没读过，然后一切又回归正途，你还是你，我也还是我！

2022 年 1 月 10 日于南部

目录

诗歌篇

散文篇

云水禅心，刹那芳华 103

青石板路 165

半城烟火 221

且行且止 251

诗歌篇

云山对话，
花鸟同歌，
一曲上古调，
纵横自然风。

1. 夏日晨曲

露珠还在月下清欢，
溪水轻拍岩石双肩，
落花停靠在幽暗的浅滩，
松香在山野弥漫……

你缓步而来，想看看朝阳最初的信念。
微风悄悄起岸，树叶把头点点。
月亮加快了离去的步伐，花影淡淡。
天际，倏然幽开一线，
晨曲，一瞬拨动心弦……

风，舞过山冈，去了远方。
鸟，上下乾坤，自在徜徉。
你，一息尚存，不再迷茫！
向着太阳，向着诗歌，向着希望！
把自己和日月捆绑！
用心把山水丈量！
一路痴狂！

2018 年 8 月 7 日

2. 孤独的泪

孤独的泪，
一头牵着心痛，
一头奔向泪河！

孤独的泪，
一头流着倔强，
一头藏着思念！

孤独的泪，
一头许给了黑夜，
一头又向往着明天！

孤独的泪，
一头告别夏天，
一头又奔向秋天！

孤独的泪，
在与不在之间，
人生一道风景线！

2018 年 8 月 7 日

3. 云之畅想

彩云在水中缓缓流淌，
落日在山崖徐徐退场，
风在树梢尽情地歌唱，
小鸟在岸边来回低翔，
寒蝉在幽暗处简写华章。

云之畅想，
云之畅想，
带上风，
挑着雨，
牵着日月去远航！
哪里需要哪里向！

2018 年 8 月 26 日即兴题刘铭老师的视频《云之畅想》

4. 夕阳下的执着

追逐夕阳，放飞梦想！
与天齐阔，与地齐长！
看万山红遍，云自徜徉！
禅万水东流，风雨同航！
日月星辰，冬暖夏凉！
生老病死，本不迷茫！

叹人生短暂，影过回廊！
听空山鸟语，志在四方！

一念地狱，一念天堂！
一念涅槃，火中凤凰！
夕阳下的执着，谁在忧伤？
夕阳下的执着，谁在彷徨？
又是谁正用心歌唱？

2018 年 8 月 28 日

5. 无题

云山对话，
花鸟同歌，
一曲上古调，
纵横自然风。

日月齐肩，
春秋易弦，
一扇今古门，
开合阴阳天。

2018 年 9 月 12 日

6. 笑的模样

笑是一首诗，
笑是一首歌，
笑是东方冉冉升起的太阳！
笑是五线谱上跳动的音符！
笑是一轮新月弯弯的摇荡！

笑是一朵花，
笑是一片云，
笑是春天刚刚醒来的绿芽！
笑是秋天凉凉拂过的晚风！
笑是雪里静静绽放的红梅！

笑是一颗跳动的心，
笑是一江流动的水，
笑是地球真正的主人！
笑是世界和平的心声！
笑是你一张灿烂的脸！
笑是生命的本真！

2018 年 9 月 25 日

7. 无题

不要问我到哪里去了？
生有来处，去亦有去处；
生无来处，去亦无去处。
不要找我！
尘归尘，土归土。
我只是逍遥在宇宙间！
也许，我刚经过你的窗前，
我看到了你，你看到了我，
我们似曾相识，却很淡然；
也许，我是你身体的一个DNA，
我是你，你是我，
我们是一个整体，谁也没有放弃谁；
也许，你每一次的呼吸里都有我，
只是我们随缘而聚，来去无牵挂……
世界还是那么美好，
太阳每天为我们奔跑！
我们各自逍遥！

2018年10月22日

8. 秋天的夜

秋风款款而来，
秋雨绵绵而去。
桂花飘落在梦里，
菊花盛开在枝头。
月亮悄悄爬过窗边，
梧桐瑟瑟抖动心曲。

秋天的夜，
静谧中拉长了你的背影；
秋天的夜，
寂寞中安顿了干净的灵魂。
秋天的夜，
红枫般的旋律，
暖暖流淌在指尖，
湿了微凉，
收了痴狂，
道了禅意！

2018年10月17日

9. 拾秋

心如莲花净，随处可拾秋！
秋雨意绵绵，秋风云外闲。
秋波揉弱柳，只雁舞蹁跹。

心如莲花净，随处可拾秋！
残荷听月色，菊傲斜阳中。
芙蓉红醉白，芦花转头空。

心如莲花净，随处可拾秋！
秋诗秋意阔，秋心不用愁。
把酒黄昏路，红枫艳枝头。

心如莲花净，随处可拾秋！

2018 年 10 月 21 日

10. 彷徨

春风在花间彷徨，蜂蝶匆忙！
秋月在水里流淌，落花徜徉！
冬雪在树梢飞扬，红梅痴狂！
夏荷在池边清凉，斜阳断肠！
诗心在四季守望，不再彷徨！

炊烟袅袅，秋菊凌霜！
溪流潺潺，红枫飞扬！
柳影清波，衰草枯黄！
诗心在清晨守望，
诗心在星夜守望，
诗心在梦里守望，
彼岸花开，
不再彷徨！

2018 年 10 月 25 日

11. 孤独

孤独，是雨声
淅淅沥沥中永不停息的缠绵。
孤独，是风声
幽幽咽咽中漂泊不定的思念。
孤独，是彩虹
千里万里中落尽尘埃的心帆。
孤独，是明月
高高低低中照见永恒的空弦。
孤独，是枫叶
红红火火中一醉青峰的誓言。
孤独，是落花
洋洋洒洒中坠入轮回的决然。

孤独，是夕阳
毅然收下了朝阳的承诺。
孤独，是终点
毅然收下了起点的质疑。
孤独，是黑夜
毅然收下了白天的喧嚣。
孤独，是沉默
毅然收下了上天的痴迷。

2018 年 11 月 2 日

12. 我站在清晨

我站在清晨的沙滩，
碧蓝的大海，
朝阳的红颜，
金色童年，
律动心弦！

我站在清晨的树巅，
山风的呼唤，
花儿的呢喃，
溪水轻轻流过石畔，
山果在枯藤上悠然，
素韵扬帆，
一派天然！

我站在清晨的窗前，
远山近水田园，
鸡鸣犬吠云闲，
梵音今古相牵，
红尘九天，
归梦自然！

2018 年 11 月 2 日

13. 夜话野菊花

立冬的风，
敲碎了秋天的梦。
立冬的雨，
带走了秋天的心。
只让野菊花，
在路边，
在山崖，
在石畔……
恣意地绽放！
东篱把酒黄昏，
煮一壶月，
邀一山诗……
不冷！
不惑！
恣意绽放的野菊花，
悄悄谱写着，
春天的序曲！

2018 年 11 月 7 日

14. 无题

凌乱的影子，
横亘在窗前，
那是梧桐的执念！

皎洁的月光，
流淌在河里，
那是岁月的洗练！

山中的晚风，
游荡在花间，
那是生命的婉转！

诗笺的残香，
锁梦在眉心，
那是何等的期盼！

2018 年 11 月 9 日

15. 昨日的残梦

日月把山水，
煮成青春的模样；
风雨把残花，
酿成老窖的味道；
空山把思绪，
锁成虚无的颜色；
云天把红尘，
画成多彩的假象。

昨日的残梦，
昨日的斜阳。
黄昏依旧，
小河流淌。
初心不变，
贪嗔埋葬！

2018 年 11 月 19 日

16. 残梦依旧

日月依旧，
山水依旧，
残梦依旧，
你痴痴地飞过了枝头。

风雨依旧，
花草依旧，
黄昏依旧，
你静静地越过了河流。

云天依旧，
红尘依旧，
诗心依旧，
你淡淡地埋葬了残梦！
空山，
从来春色依旧！

2018 年 11 月 19 日

17. 秋风已冷

秋风已冷。
一扇半开半闭的窗，
掩饰着红枫灌醉残阳的痴情，
也掩饰了残荷吟月的冷清。

秋风已冷。
一扇半开半闭的窗，
不再掩饰什么。
任野菊向东篱把酒，
任松香揽黄昏落寞，
任野花问蜂蝶起舞，
任云烟顺溪流漫步……

秋风已冷。
风雨缠绵落叶，
衰草含羞露珠，
大雁归梦苍穹！

秋风已冷。
红尘默哀之际，
诗心一片从容！

2018 年 11 月 21 日

18. 黄昏之恋

残荷恋上了月光，
不再飘摇；
清菊恋上了黄昏，
不再零落；
秃枝恋上了斜阳，
不再慌张。

红枫恋上了霜雪，
不再留恋；
山花恋上了山泉，
不再缱绻；
晨钟恋上了空山，
不再离去。

黄昏之恋，风尘煮酒；
黄昏之恋，诗意浓浓；
黄昏之恋，浅唱依旧。
黄昏之恋，
青灯愿解君千愁！

2018 年 11 月 21 日

19. 杜鹃寻找的诗人

杜鹃寻找的诗人，你在哪儿？
山风回答：
棵棵松影都有他，
诗心明月，寂寞天涯！

杜鹃寻找的诗人，你在哪儿？
山溪回答：
片片落花都是他，
香飞红尘，魂梦归沙！

杜鹃寻找的诗人，你在哪？
空山回答：
轻歌曼舞都为他，
曲曲深情，对对寒鸦！
不用寻找，不用太夸！
冷雨煮茶，欲弹琵琶！

2018 年 11 月 21 日晚
再读杨施民老师的花诗随感

20. 叫醒自己

春天叫醒自己，奔向夏天。
花儿叫醒自己，归根净土。
明月叫醒自己，迎接黎明。
清风叫醒自己，流浪远方。

大道叫醒自己，简易阴阳。
乾坤叫醒自己，不仁万物。
昼夜叫醒自己，晨昏有度。
呼吸叫醒自己，淡定轮回。

落叶在秋韵里叫醒自己，
流水在绝路前叫醒自己，
云烟在青埂峰叫醒自己，
我终于原谅了自己！

2018 年 11 月 22 日

21. 城乡之间

一湾水，一道梁，
城里乡里各风光。

一明月，一幽窗，
清风过往柳影长。
雨中闲，百事忙，
大道至简断华章。
静中眠，夜安康，
日出而作山歌朗。
女做饭，儿放羊，

自力更生守一堂。

温室花，温室长，
一朝风雨不上墙。
瞎熬夜，脸蜡黄，
一日两餐懒梳妆。
人性善，重教养，
身体力行话圆方。

路漫漫，告城乡，
城乡一体任飞翔！

2018 年 11 月 24 日听张云词、
彭涛曲《城里乡里》随感

22. 大雪之夜

冷风结伴残阳，
黄昏最逞强。
芦花笑对秃枝，
夜雪终未狂。
黑夜流着热泪，
一腔热血狂奔。
一叶零落他乡，
残荷照影轮回。
流水不紧不慢，
到底不舍谁？
哦，
今夜的幽窗今夜的心！
今夜的箫声动了谁？
青灯熬不过诗歌的情分，
梦里煮酒又为了谁？

2018 年 12 月 7 日

23. 乡愁不是距离

乡愁不是距离，
一举手、一投足、一说话，
浓浓的家乡人。
乡愁不是距离，
同事邻里间，
街头巷尾间，
站台上下间，
一不小心就撞到了
家乡人的问候和闲扯。

乡愁不是距离，
清风明月故乡来，
山花野草故乡色。
乡愁不是距离，
白云朵朵知方向，
溪水潺潺晓幽径。

乡愁不是距离，

呼吸间，心已无数次来去自由；

睡梦间，花儿已无数次亲吻；

诗歌里，每个字都跳动着老屋、炊烟永不关闭的深深思念。

乡愁不是距离。

乡愁不是距离！

2018 年 12 月 8 日读杨友全老师的《思念的距离》随感

24. 星空的颜色

今夜，没有星星，
也没有月亮！
没有风，
也没有雨！

可我仰望漆黑的夜空，
又分明看到了点什么？

蓝色是希望！
黄色是根本！
紫色是浪漫！
蓝色在飞翔！
黄色在脚下！
红色可以被分解成绚烂多姿，
一如花的颜色！
也可以兑成酒，
洗成诗！
可以忘掉！

突然，
好明亮的星星！
好可爱的笑脸！
哦，那是亲人的眼睛！
那是远古的呼唤！
星空没有忧伤！
一场雪正踏步而来！

2018 年 12 月 9 日

25. 无题

我做我的梦，
你唱你的歌！
我正兑酒黄昏，
你正漫步黎明！

我走不进深夜的冷风，
摇曳的光影不认识我是谁？
注定，
我将要把这个城市遗忘，

奔向下一程!

但我们同属于这个星空,
我们曾擦肩而过,
同样都会归去,
同归去,化作尘!
尘里有,雪之魂!

2018年12月9日

26. 孤独

红梅俏丽雪野,是天地之孤独!
明月掉落水中,是星河之孤独!

清风追逐细雨,是云烟之孤独!
飞流越过悬崖,是沟渠之孤独!

空山静默无语,是季节之孤独!
今夜箫声未起,是诗心之孤独!

2019年1月25日

27. 此岸即彼岸

此岸,彼岸,
一风间,
一雨间,
一指间,
一心间……

此岸,彼岸,
一艘船,
一盏灯,
一颗星,
一河月……

此岸,彼岸,
晨曦中,
是向往;
黄昏路,
是归宿;
月光下,
是净土……

此岸,彼岸,
一转身,
一回眸,
一念间,
此岸即彼岸!
彼岸本此岸!

2019年4月24日

28. 蓝天梦

我好想去看看天，天有多远？
我要用蓝色把它灌醉！
我好想去看看云，云有多美？
我要用我的心把它唤醒！

风儿吹醒了我的梦，
窗前静静已黄昏！
梦中的情景零落在红尘，
红尘非尘！
我正一步一乾坤！
一字一停顿！

2019年7月6日下午梦中唱醒

29. 家的味道

青山绿水之间，
家的味道本色亦然，
炊烟袅袅，
鸡鸣犬吠，
伸出门外的是爸妈殷切的脸。

蓝天白云之巅，
秋的胸怀浓烈亦然，
竹影婆娑，
五谷青黄，
弹奏高音的是寒蝉细细的弦。

茶余饭后之间，
风的许诺初心没变，
听花诉说，
听我寒暄，
独步苍穹的是斜阳零落的圆。

家的味道，
是舌尖的乡愁，
是真心的牵绊，
是天地的无言！

2019年8月10日

30. 我是一只小花猪

我是一只小花猪，
聪明又糊涂。
会吃会睡会长大，
不知人生苦。

我是一只小花猪，
快乐又幸福。
看山看水一个样，
朝朝又暮暮。

我是一只小花猪，
春秋刚一度。
日月星辰对大海，
待我来起舞。

我是一只小花猪，
蹒跚学走路。
今天外面好热闹，
雪花把酒煮。

天堂灯已亮，
松香卧玉露。
横竖一刀间，
不用问屠夫！

2019 年 8 月 11 日

31. 石语

我是，
几十亿万年前，
飞花结出的硕果。
风雨在我门前悄悄停留过，
日月在我窗前轻轻徘徊过。

我是，
几十亿万年前，
大地抛出的枷锁。
高山在我身上温柔迷恋过，
大海在我心底暗暗浮沉过。

我是，
几十亿万年前，
春秋无名的欲火。
流星问我诗中可有泪河，
江流问我曲调可曾落寞？

我说：
我是，
几十亿万年前，
宇宙腾飞扬起的一片，
一片不变的云朵。
不信，
你看！
我正把时光消磨，
生命的音符，
只有铿锵，没有懦弱！！

2019 年 8 月 13 日

32. 月色思念

月光下，
残荷一瓣，

那是我心中的山水。
我的山水如此简单。

竹影里，
星辉点点，
那是我无边的思念。
我的思念如此平凡。

疏篱外，
萤火闪闪，
那是我小时的梦幻。
我的梦幻如此恬淡。

月色思念，
可以煮酒，可以扬帆。
月色思念，
可以随缘，不可太贪。

2019 年 8 月 14 日

33. 生命之花

生老病死，油盐酱醋，
谁不是为这些忙碌一生？
不同的是，
诗人，
把生死都兑成了希望的颜色。
画家，
把生命最美好的一瞬间变成了永恒。
音乐，
让我们在山水间追逐我们失落的灵魂。
可是，
有一群人，
他们的名字叫“医生”，
他们只能在病魔手上力争！

他们用誓言谱写青春，
他们用仁心换来人心。
“健康所系，性命相托”的豪迈早已融入骨髓；
“医者仁心”的简谱早已在奔跑中定格成了永恒。

他们没有白天黑夜，
只为了患者生命中的一段旅程；
他们没有正常的节假日，
只为了抒写健康的高贵。
他们也有父亲母亲，
但工作中面对的全是亲人。
他们也有妻子儿女，

但只有患者的需要才能随叫随应。

诊断、检查、用药一路谨慎，
查房、手术、复诊一路同行。
他们用生命捍卫生命，
不为鲜花和掌声！
他们用时间争取时间，
只为从死亡线上把你拉回！

他们也有眼泪和伤悲，
他们也有委屈和不平，
但是他们从未忘记自己的职责和使命！
在疾病面前，
从来没有犹豫和退缩，
更没有后悔！

2019 年 8 月 19 日

34. 一念之善

医生也是人，
早出晚归，风雨无悔，
一念之善，
让我们奋不顾身；
患者也是人，
心身痛苦，需要安慰，
一念之善，
让自己劫后余生；

医生也是人，
失败挫折，初心不变，
善念长存；
患者也是人，
理解包容，配合治疗，
善念长存！

医学非万能，
治愈好转，尽力尽心；
医学非万能，
注重健康，探索创新！
医疗不是买卖，
信任是本真；
医院不是酒店，
救护是根本！
为人民服务是高度，
医疗照护是本质！

尊重自己，尊重生命，
一念之善，世界清明；
尊重自己，尊重生命，
你不是我的菜，我不是你的神！

尊重自己，尊重生命，
共同理解，共同奋进，
共同赢得鲜花和掌声！

2018年12月11日读“三甲传真”网站的文章有感

35. 无题

我掬来长长的夕阳，
煮碎孤独的高粱；
我掬来淡淡的月光，
填满青灯的心房。

我听任瑟瑟的芦花，
裁剪红梅的新娘；
我听任寂寞的时空，
唤醒沉醉的荒凉。

我问清风，
今夜留宿何方？
山冈、池塘还是沧桑？
白云悠悠飘过，
一起流浪，
不再彷徨！

2019年8月15日

36. 你是谁的月

你是谁的月？
星星摇落了梦，
你却在黑夜里完美无缺！

你是谁的月？
霓虹点亮了岸，
你却在水里重重叠叠！

你是谁的月？
吴刚砍断了树，
你却在山间不明不灭，
与风决绝！

2019年9月12日

37. 写给留守儿童

爸爸妈妈在远方，
风餐露宿，
只为托起你的希望！
爸爸妈妈在远方，
日夜兼程，
只为助力你的成长！

做个勇敢的好孩子，
梦想拒绝一纸彷徨；
做个优秀的好学生，
知识打造国之栋梁！

我是爸妈的骄傲，
风里雨里，
不再迷茫！
我是爸妈的骄傲，
山花小草，
一路阳光！

2019 年 9 月 13 日

38. 山语

风吹过，雨洗过，云恋过；
雁来过，花开过，眉描过；
日月不舍，春秋不弃，古今一体；
用真心，蓄静气，养浩气；
千帆过尽皆随缘，
我自修心向大千！

君心为我若不迷，
我送君心一片天，
一程风雨一程云，
一程明月照无边！

2019 年 9 月 22 日

39. 诗在哭泣

曾经，
我是人们心灵的歌唱！
我的调子清纯而不铺张！
我的韵律古老而不悲凉！
我的胸怀磅礴，步履坚定，
思想深邃，性情豪放！
婉约的风，清新的雨，
萧疏的云，静谧的湖，
都为我慷慨低昂！

如今，
山花裹着稀泥奸笑，
流水被乱石阻挡，
无辜的我，
多么忧伤！
无助的我，
呼吸不畅！

日月如梭，星空朗朗！
山川原野，莽莽苍苍！

禅心净土，无私无量！
让我离开，让我孤独，
让我痛定思痛，让我涅槃，
让我回到母亲的怀抱，
自在徜徉，
悦耳铿锵！

2019 年 11 月 23 日

40. 银杏黄了

银杏黄了，黄了！
只待风一吹，
就潇潇洒洒地飞走！
飞到想要去的地方！

也许，
生命的尽头，
不是自己的理想！
但是，
一定是明年花开的地方！

2019 年 11 月 28 日

41. 银杏

银杏，银杏！
古老的生命！
呼吸断续间，
演绎深情隽永！

银杏，银杏，
倔强的生命！
风雨哀怨间，
洒落一地黄金！

银杏，银杏！
不变的灵魂！
春秋交替间，
灌醉庭院深深！

2019 年 11 月 28 日

42. 你从远古走来

你从远古走来，
云烟洗净月亮的脸，
山花开醉溪水的心！

你从远古走来，
眉湾栖息生命的弦，

目光点燃太阳的灯！

你从远古走来，
一片竹林翡翠湿润，
一叶扁舟系住光明！

你从远古走来，
抖落一袖风尘，
问道海天深深！

2019年11月28日

43. 无言

风无言，任雨潇潇离去！
泪无言，相思入骨凄迷！

哦，心爱的他，
何日是归期？

月儿悄悄，溪水潺潺，
笛音稀落，已然三更！

竹影敲窗，惊动了谁？
诗中落寞，任文字栖息。

2019年11月29日

44. 心灵相约

风和雨的相依相恋，
是前世的心灵相约。
花和叶的相亲相爱，
是今世的心灵相约。
山和水的相识相守，
是来世的心灵相约。

我和诗呢，
无论是擦肩而过，
还是回眸一笑；
无论是月夜徘徊，
还是殊途同归，
都是三生三世的
心灵相约。

2019年12月7日

45. 大雪无雪

风，冷冷的，
掩了你的芳容。
水，冷冷的，
藏了你的秘密。

山还是山的颜色，
不悲不喜。
云还是云的颜色，
不离不弃。

熟悉的小路，
飘落的杏叶，
横卧的衰草，
张扬的芦花，
低飞的苍鹭……

一张白白的纸，
一支红红的笔，
心中那朵馨香的梅，
就这样迟疑在窗前……

一起等待，
等待，
等待你的悄然来临。
一管笛声，惊醒万丈红尘！
一袭素白，洗尽世间不平！
一颗真心，换来烂漫
天真……

2019 年 12 月 7 日

46. 冬天的太阳

冬天的太阳，
在松枝上撒欢，
不早也不晚！

冬天的太阳，
在黄叶中翻飞，
不浓也不淡！

冬天的太阳，
在竹影里娑婆，
不急也不慢！

冬天的太阳，
让我流连忘返，
芦花似雪看！

2019 年 12 月 8 日

47. 一束光

一束光，
带着天际的秘密，
飞奔而来！

树林披上袈裟，
收起冷冷的外衣，
开始祷告！

落叶检视着光斑中的自己，
哦，
原来，我已在天堂！

一束光，
在树林间曼妙，
无须对白，无须彷徨！

2019年12月10日

48. 一辈子

白云悠悠走过，
你不是她！
溪水潺潺流过，
你不是她！
月亮悄悄来过，
你不是她！

她一身白衣，
秋水长天，
落花独立，
柔情似海！

我愿意，
就这么痴痴地，
在风中，
在雨中，
在梦中，
等她！
等她！

2019年12月14日

49. 无题

静止的时光，流动的风。
花前的告白，失落的虹！

云烟婉转，摇落星河的梦！
月影悄悄，拨乱黎明的钟！

衰草清歌，人生几何？
譬如朝露，聚少离多！

落叶翻飞，
生命中注定的一瞬！
窗前的红尘，
是谁在细雨霏霏？

2019年12月19日

50. 冬天的夜

风沉沉地睡了，
雨悄悄地走了，
月亮忘了约定，
空山寂寂无语。

我一如既往，
徘徊在乡间小路上，
想念萤火虫，
想念逝去的时光……

几声鸟叫不太寻常，
它们是看透了荒凉的世界，
还是呼唤黎明的曙光？
淙淙的溪水不舍昼夜，
还是毅然地奔向远方。

我不想打破夜的宁静，
只好用写实的文字，
把冬天的夜，
记录成：
诗在梦中徜徉，
春在窗前梳妆！

2019 年 12 月 21 日

51. 落叶的离去

告别昨天的风雨，
抖落一身的尘埃。
让沧桑与苍天面对面，
让傲骨与霜雪肩并肩。

秃枝正在有序训练，
白云正在润滑琴弦，
树根正在调试音响，
一曲动人的旋律，
即刻就要开演。

哦，
落叶的离去，
没有悲伤，
没有走远，
只是在母亲的怀抱，
默默地加油，
无私地奉献！

2019 年 12 月 22 日

52. 空山在歌唱

光秃秃的树枝，
褪去了昔日的芳华，

空山在歌唱！

疏疏朗朗的林间，
检视着一年的风雨，
空山在歌唱！

矮矮小小的生命，
见到了日月的光芒，
空山在歌唱！

衰草浮云，溪水长调。
空山有梦，沉淀过往！
雪里梅花，早春来报。
空山有梦，至简疏狂！

2019 年 12 月 22 日

53. 青苔

你是山中的幽灵，
绿色的外衣上，
总是闪着湿湿的泪光。
你是幽灵中的绝唱，
阳光总是捕捉不到，
你生命中的悠长。

你是你自己，
紧闭禅门，
却道破了风的节奏，
雨的铿锵，
云的曼妙。

你是你自己，
不争天地，
却洋溢着生命的活力，
青春的气息，
岁月的静好！

2019 年 12 月 22 日

54. 无题

一直在现实与梦想间打滚，
一直找不到汉魏风骨里的柔情。
最后一滴露珠碎了蓝天之梦，
最后一片土瓦拾起了青苔的魂。

我无意穿越在今古之间，
无意激扬文字的韵律。
只一心一意，
摸摸石头凉凉的肌肤，
描描池塘静静的倒影，
飞奔在窖藏着春秋秘密的地方，
与山水对话，

与云烟和解，
忘了自己！

2019 年 12 月 28 日
读李斌的诗随感

55. 钢筋混凝土的疯狂

不要小瞧了
钢筋混凝土的疯狂，
它们势必要越过那道曙光；
不要小瞧了
电锯电光漫天的荣耀，
它们势必要接受冷漠坚强。

从无到有，
星河两岸，
平地铿锵，
谁主玄黄？

2019 年 12 月 31 日

56. 故乡

故乡，
因为有亲人
重重叠叠的脚印，
所以，
我用数学量不出它的短长。

故乡，
因为有亲人
心心念念的牵挂，
所以，
我用语文读不出它的苍凉。

故乡，
因为有童年
懵懵懂懂的幻想，
所以，
我用诗歌写不尽它的朝阳。

啊，故乡，
你是红黄，你是圆方，
你是恒常，你是铿锵。
你是夜色下的低昂，
你是季节里的忧伤，
你是我走不丢的情郎！

2020 年 1 月 1 日

57. 无题

我用诗，
祭奠黄昏，
风雨之后落叶缤纷。
我用诗，
描绘烟云，
时光零落一地贪嗔！
我用诗，
洗涤灵魂，
青山之外还有青春。

2020 年 1 月 17 日

58. 红梅绽放在阳光下

红梅绽放在阳光下，
念与不念，
春天都已来临。

红梅绽放在阳光下，
想与不想，
祝福都已启程。
红梅绽放在阳光下，
愿与不愿，
山水自在空灵。

2020 年 1 月 25 日

59. 我要舞蹈

病毒，
一边复制去吧，
我要舞蹈！

阳光，
一边凉快去吧，
我要舞蹈！

黑夜，
一边梳妆去吧，
我要舞蹈！

生命，
一边倔强去吧，
我要舞蹈！

2020 年 1 月 26 日

60. 明天会更美好

空气凝固了，
天空静得出奇，
灯笼高高的了无生机，
花儿郁郁的满眼惶恐，

太阳像落单的孤雁……

没有一丝风起舞，
没有一片叶歌唱，
水里的影子没有了鲜活形象，
屋顶的炊烟没有了豪迈铿锵！

混沌中，
一袭白衣划过黑暗，
一声军号响彻云霄。
没有硝烟的战场，
家家门前插上钢刀，
人人心中筑起铁墙，
为自己而战，
为家国而战，
为人类而战。

每个人都是战士，
每个人都在心中摇旗呐喊，
不需冠冕堂皇，
不需鸣锣开道，
迎着五星红旗，
那是中华儿女的希望，
明天会更美好！

2020 年 1 月 31 日

61．守望明天

时光隧道突然中断，
我和你相隔太远。
看着你匆忙的脚步，
我只能泪花闪闪！

天地之间风云变幻，
我和你相守诺言。
望着你疲惫的面容，
我只能深情呐喊。

大爱无疆，
我们共同开启春天！
风雨之后，
我们牵手拥抱明天！

2020 年 2 月 3 日

62．焦虑

天空在焦虑，
你什么时候醒来？
大地在焦虑，
你什么时候醒来？
山河在焦虑，
你什么时候醒来？

溪水凌乱的脚步，
惊扰了山风，
太阳贪婪的双眼，
拐进了黑洞。
狮子大张口，
魍魉横着走……

一声鹤唳破长空，
一只凤凰落梧桐，
你是龙子龙孙的龙，
昂然天地间，
阴阳陡转，
一剑封喉！

2020 年 2 月 3 日

63. 芦苇

有风吹来，枝影重叠；
有雨飘来，含羞瑟瑟；
云烟缭绕，清新热烈。

风雨人生，何如芦苇？
不太潇洒，脚下有根！
风雨人生，何如芦苇？
伊人在岸，幽谷深深！

2020 年 2 月 3 日

64. 岂曰孤独

岂曰孤独，东方已白。
岂曰无助，紫气东来。
打不垮的，
是炎黄子孙、独立不改。
浇不灭的，
是凤凰涅槃、英雄气概。
祖国，
只有一个未来，
那是，
亿万人的心，
连成的铜墙铁壁，
天地情怀！

2020 年 2 月 5 日

65. 一盏明灯

一盏明灯，点亮黑暗，
多少英雄儿女，
向着你的方向，
大义凛然。

一盏明灯，挂在窗前，
多少中华儿女，
向着你的方向，

并肩作战。

一盏明灯，刻在心间，
踏着你的脚步，
我们奋勇向前，
快马扬鞭。

收好承诺，你不孤单，
天使般的笑脸，
赋予大江南北，
坚毅果敢。

2020 年 2 月 7 日

66. 出走的风

出走的风，你在哪儿？
是在天国飞扬，
还是曾经回到我的窗前？
我看不到你依稀的笑脸！

出走的风，你在哪儿？
是在天涯流浪，
还是散步在温暖的沙滩？
我听不到你歌声的依恋！

出走的风，你在哪儿？
听着你的哨音，
我们牵手春天奋勇向前！
你在我们每个人的心间，
竖起坚定的信念：
黎明终将划破黑暗，
胜利就在眼前！

2020 年 2 月 11 日写给在抗疫
中英勇献身的白衣天使

67. 不出门就不出门

陵江之水，依然滚滚东流；
红梅映日，谁把春光尽收？
云中的高楼，
寂寞的街道，
空旷的广场，
孤单的灯笼，
我们正以非凡的毅力坚守，
坚守就是为了明天的长久！

不出门，
不出门就不出门！
万户开门日，
向天吼一吼！
朋友啊，好酒！
火锅啊，爽口！

川北凉粉哟，
春在柳梢头！

2020年2月12日

68. 我的亲人我的家

我的亲人，我的家，
小桥流水，桃花杏花，
风筝一线，白云一把！
走南闯北，你是我牵挂！

我的亲人，我的家，
相思一卷，孤独夜话，
说好不舍，说好不怕！
海角天涯，你是我的他！

我的亲人，我的家，
蜂飞蝶舞，春色如画，
你可知道，儿已长大！
他守护我，我守护他，
你是我们永远的牵挂！

2020年2月15日

69. 这个春天

这个春天，
山不转水在转，
我来到了你的窗前。
这个春天，
水不转风在转，
我来到了你的身边。

这个春天，
风不转脚在转，
白衣天使一路驰援。
生命重于泰山，
心与心相连，
手与手相牵，
我们一起走向春天，
再把地球变成美丽的家园，
爱你每一天！
爱你一万年！

2020年2月16日

70. 等你

风在等你呼唤，
雨在等你卷帘，
春天，我们一起狂欢。

樱花开满山头，
车马来往如流，
亲爱的，我们再聚黄鹤楼！
一起念：白云千载空悠悠！

2020 年 2 月 17 日

71. 无题

明月照天心，
痴恋到如今。
一分付水三分春，
六分不堪寻。

大雁问黄昏，
彩云真不真？
千山万水过无痕，
到底是何因？

风雨送春归，
柳絮满天飞。
杏花疏影暗香来，
肥瘦不堪论是非。
满把春光枝上堆。

2020 年 2 月 26 日

72. 菜花香

菜花黄，菜花香，
蜂蝶翩翩好风光。
谁是我牛郎？

一湾水，一担粮，
日子平凡早春忙。
谁为我梳妆？

柳影摇，戏鸳鸯，
偷闲做主我为王。
花自插头问斜阳，
水中云儿水中央。

2020 年 2 月 29 日

73. 无题

风穿过树梢奔向星河，
云走出大海奔向田野，
花抛弃绚烂归根净土，
雨穿过黑暗送走黎明。

一根古老的弦，
奏出迷人的音符。
一双美丽的眼睛。

洞穿了宇宙的秘密。

时光与梦幻交织，
每一个点，
都是失落的灵魂。
文明与野蛮同步，
每一张纸，
都写着诱惑的青春！

2020 年 2 月 29 日

74. 流星

流星划过天际，
不生不灭。
阴阳搅动风云，
不垢不净。
世界本来绚烂，
不惑不迷。

晨昏颠倒的精灵，
从哪里来，
要到哪里去？
风不认识我，
我也不认识你，
我们的交会，
怎么也迈不过，
从前的距离！

所以，
无须回眸，无须停留。
该来就来，该去就去！
沿着地球的轨迹，
踩空了时光的桥梁，
我们永远在一起！

2020 年 3 月 1 日

75. 无题

我从天际走过，
你说见到了我。
可那只是我的幻影，
我本不能留下什么。
不用悲伤，
不用难过，
天地太大，
星河太多。

76. 春晓

春晓，门前，
面向东方，沐浴朝阳。
风在树梢寻觅，

云在山崖漫步，
溪水拨动了青石的琴弦，
带走了我的祝福，
我的思念。

清香，梦幻，
天地之间，今夕何年？
燕子衔泥迂回，
邻里鸡犬相闻，
翠竹挡不住苏醒的露珠，
带走了我的祝福，
我的思念。

2020 年 3 月 1 日

77. 武汉的樱花（一）

武汉的樱花，静静地开放，

是在享受阳光，还是在思念远方？

武汉的樱花，静静地开放，

是在回想过去，还是在思考未来？

春天正在奔走相告，
春风正在扬帆起航，
思念你的人儿，
早已鬓白如霜。

春雨淅淅沥沥寻找，
明月依稀恍惚游荡，
昨天许的承诺，
把生命之旅唱响！

2020 年 3 月 6 日

78. 无题

琴弦太短，奏不出悠扬。
云层太厚，挤不出阳光。
风雨太大，点不燃火炬。
旋涡太深，跳不出黑洞。

今夜，只听心声。
用烈火浇灭烈火，
用烦恼驱散烦恼，
用空灵拍打灵魂，
用生死斩断黄昏！

2020 年 3 月 10 日

79. 生活

生活，
就是锅碗瓢盆，一日三餐。
生活，
就是风雨雷电，春夏秋冬。

生活，
就是我中有你，你中有我，
日子在时空中交错。
生活，
就是半闲春色，半开花朵，
半是人生起起落落。

2020 年 1 月 11 日

80. 武汉的樱花（二）

武汉的樱花，
向着风雨，向着阳光，
天地情缘，何时了？

武汉的樱花，
结成彩带，张开双臂，
一世情缘，何时了？

武汉的樱花，
我正呼唤你的名字，
天地情缘，何时了？

武汉的樱花，
我正雕刻你的模样，
一世情缘，何时了？

2020 年 3 月 18 日

81. 有风吹过

我坐在窗前，
有风吹过，
古调
竹影婆娑。

我坐在门前，
有风吹过，
青春
岁月如梭。

我坐在屋顶，
有风吹过，
一曲
朝阳恋歌。

那是家的呼吸，

梦的蹉跎，
生命的旋涡。

2020 年 4 月 5 日

82. 枫叶

你是春，
你是秋，
你是热血铸就。

你是火，
你是风，
你是铿锵霓虹。

你有蓝天的风度，
你有明月的从容，
你有诗歌的豪迈，
叠影重重！
不眠不休！

2020 年 4 月 8 日

83. 槐花

带着雪花的冷艳，
赶上春天的末班车，
我来了。

一洗心中的忧虑，
掀开高洁的面纱，
我来了。

没有传说，
没有仪式，
这只是一次平常的约定。

独步黄昏，
穿过田野，
我只是偶然的过客。

向着阳光，
落地无声，
生命就这样悄然轮回。

2020 年 4 月 12 日

84. 听到了吗

听到了吗？
雨是孤独的，
花是孤独的，
夜是孤独的！

听到了吗？
云是孤独的，
风是孤独的，
我是孤独的！

听到了吗？
他是孤独的，
你是孤独的，
月是孤独的！

各自散去吧！
太阳没有照不到的地方，
我们需要的只是孤独和等待！

2020 年 4 月 20 日

85. 理智是什么

理智是什么，
他说任他说！
历史一根线，
三维模样任切割！

理智是什么，
月下泪婆娑，
他乡遇故知，
办法总比困难多！

理智是什么，
孤独且放歌，
钟鼓听风雨，
梦里梦外自张罗！

2020 年 4 月 20 日

86. 无题

拂晓，
有太阳歌唱，
有鲜花舞蹈。

黄昏，
有月亮陪伴，
有星星导航。

只有风，
不低眉，不奉承，
走过虚空，穿过森林，
轻抚万物，不改初心！

恍惚间，
我听到呐喊，
谁是雨后的彩虹？
谁是地狱的光明？
谁与今生舍离不羁？

2020 年 4 月 20 日

87. 谷雨有约

杨花谢了春红，
谷雨煮了清茶。
麦苗抽穗，菜籽灌浆。
孤独深处，静待美好！

浮萍绿了荒凉，
柳絮揽了阳光。
青杏渐老，胜鸟于桑。
孤独深处，静待美好！

2020 年 4 月 20 日

88. 黑色的郁金香

不是天地的尤物，
而是黑夜的精灵，
一路迷失到了黄昏。

看着孤独的夕阳，
欣赏明月的高洁，
窥探了风雨的秘密，
原来，
宇宙虚空，无梦无痕。

今生，脚步匆匆，
青山万古，细水长流，
落花时节，何以缤纷？

2020 年 4 月 22 日

89. 夏天

你是春的续集，
秋的前奏。

没有了花的娇羞，
就一意把清凉守候；
没有了风的温柔，
就一意把绿色护佑。

莲荷在池塘高歌，
落日在山崖独舞。
芭蕉等待一场雨的光临，
柳絮忘却了出发前的约定。

不老的青松啊，
三生石看够没有？
趁着星星还未高悬，
潇洒回家吧！
时光斩不断流水悠悠！

2020 年 5 月 19 日

90. 今日小满

小满的衬衫，
绿绿的，
可是一出门，
就遇到了红红的玫瑰。
风，目光淡定，
水，黯然无语。

一架荼靡的芳华，
半掩着岁月的清新宁静；
两只嬉戏的鸳鸯，
半枕着一湾不老的夕阳。

疏离青山的钟鼓，
点燃欲望的芳草，
一杯酒是今夜
最美的新娘！
不信！
请听！
谁在歌唱！

2020 年 5 月 20 日

91. 隧道

穿过了四季的轮回，
模糊了青天明月的容颜，
我已流落到了天涯。

滚滚红尘间，
没有一声完整的叹息，
没有一段精彩的回忆，
我在被人遗忘的黑夜捕风捉影。

前一世，
我荒废了太多的风雨。
前一世，
我用焦虑蒙骗了自己。
这一世，
就让我用两袖清风逆袭光明吧！

2020 年 5 月 24 日

92. 风中的花朵

我是青石荒凉的梦，
我是山风不息的根，
我是大海不舍的情。

我来到这里，
也是一世的缘。

我听到古老的呼吸，
正迈着孤独的步伐，
一步步靠岸！
清澈的海水，
静谧的时光，
为何总是把月光思念？

我来自哪里哟，
何时才能把暗礁触摸成沙滩？
日升日落，月缺月圆，
风中的凌乱，
该是一种怎样的期盼？

2020 年 6 月 3 日

93. 无题

水是我今生的梦，
花是我今生的爱。
天知我冷暖，
地知我深浅。

春夏秋冬，
我有不同的容颜。
方圆内外，
谁的眉头舒展？

不用说，云水禅心！
不用说，沉鱼落雁！
烟外樵歌，是我的本真！
大道至简，是活动的画卷！

青松的坚毅，
掠过斜阳的双肩。
月光的清凉，
开启无题的新篇！
今夜，
星光与霓虹一起璀璨！

2020 年 6 月 8 日

94. 考试前夕

这段路程，
我坚定地离家出走。
我不再从树梢飘过，
从石头缝隙里挤过，
从悬崖上越过！

我让自己沉入海底，
去寻找珊瑚的足迹，

去看看水母的进化历程，
冷一冷这颗浮躁的心，
听一听地球日夜不停的怒吼……

累了，就忘掉执着，
忘掉从前，
忘掉是是非非，
枕一帘幽梦，
沉沉地睡去。
直到拂晓的钟声，
把白云唤醒；
黄昏的细雨，
把忧伤洗净！

风中的承诺，不即不离！
归来的脚步，出发在今夕！
亲爱的我和我自己，
剪一缕时光，
把明月托起！
碎一地文字，
让落花在此，
唯美，
不弃！

2020 年 6 月 12 日

95. 今天，眼睛有话说

有人说，我是心灵的窗户。
有人说，我美过纯净的秋水。
有人说，我能传神会意！

中医说，肝开窍于目。
情侣说，相对两无言。
摄影师说，其实最美的画面是活动的，
它已经被眼睛捕捉到大脑！
病人说，我要寻找光明。
医师说，我要尽可能地助你复明。
眼睛说，
主人，请善待我，
我中有你，你中有我，
我们各自独立又不能分割！
眼睛还说，
主人，请呵护我，
你给我生命，我给你光明，
我们共同努力才能正常生活！
眼睛又说，
主人，日月如梭，
你不孤单，我不落寞，
风中雨中，我都是你体面的定格！

眼睛还想说，
两弯蛾眉下，
眼睑和睫毛机警地保护着我！
我的名字不等于角膜、
前房、晶体、玻璃体、视网膜、
脉络膜、巩膜，
甚至视神经、黄斑的总和！
因为，我用精巧的结构，
为你装扮着几千种颜色。
我用诗人的激情，
为你成像奔波，
我用星空的宽度，
衡量江河的长度！
我用不变的情怀，
和你相守一生一世！

相信，
爱我，没错！

2020 年 6 月 14 日

96. 美就是坚定不移

阳光执意照过每一寸土地，
花儿肆意迎风绽放，
喋喋不休的雨，
从清晨走到黄昏，
仍然没有放慢脚步……
哦，
生命就是不放弃，
美就是坚定不移。

灵魂执意在风骨中寻找，
肉身肆意在红尘中消耗，
奔腾不息的血液，
从红细胞到红细胞，
仍然越不过血管壁的甬道……
哦，
生命就是不放弃，
美就是坚定不移。

小小的心脏，
托举着我整个的理想。
氧气、二氧化碳忙忙碌碌地，
穿梭在肺的跑道上。
筋骨连着筋骨，
脏腑催生脏腑……
哦，
生命就是不放弃，
美就是坚定不移。

目光呆滞中，
是谁，悄悄地，

接过了神经的指挥棒？
一枕幽梦里，
是谁，默默地，
带着我远航？
哦，
生命就是不放弃，
美就是坚定不移。

2020 年 7 月 10 日

97. 光影

风摇着树叶的光影，
流落到我的窗前，
那是近在咫尺的遥远。

雨淅淅沥沥地，
告别白云的舒卷，
那是最动人的相知相恋。

花浩浩荡荡地，
开在春天的怀抱，
那是生命定格的美好。

水明明白白地，
流转在沧海桑田，
那是人最初的底线。

美安安静静地，
享受月缺月圆，
那是我一生寻找的终点。

2020 年 7 月 6 日

98. 问云

踏着风的节奏，
追着梦的脚步，
一不小心，
凉拌了黄昏。

捧着诗的浪漫，
揣着水的柔情，
一不小心，
辜负了天真。

藏着山的高大，
装着海的深沉，
一不小心，
错过了单纯。

夜的堕落，
断送了明月的前程。
雨的叹息，
助长了贪婪的浮萍。

斜阳下的野草，
枯树上的寄生，
石桥上的幽灵，
到底是谁出卖了谁?
又是谁许诺了谁?

2020 年 7 月 8 日

99. 风的承诺

没有越不过的河，
没有翻不过的山，
没有过不去的坎。

承诺月光前，
守在疏篱边，
一曲卷珠帘。

红尘听雨夜，
思绪任悲欢，
谁道鹊桥仙?

花儿对云天的承诺，
是色彩斑斓；
青苔对枯树的承诺，
是一切随缘；
种子对大地的承诺，
是生命繁衍。

我对君的承诺，是不思不念!
心中有你，何须千言!
笔下有你，何须开端!
诗中有你，何须求全!

风中的承诺，
该删就删，该减就减!
风中的承诺，
开启生命的长卷，
见证凤凰涅槃，
聆听钟声久远!

2020 年 7 月 15 日

100. 生命的荒原

遥望蓝天，
再艳的花也只是星星点点。
流放岁月，
再多的苦也只是风中一线。
拾起梦想，
再长的路也需要临时靠岸!

炙热的阳光，
来回寻找生命的荒原?

迷离的色彩，
上下求索清凉的画卷？

结在墙角的蜘蛛网，
风中雨中，依旧缠绵！
开在池塘的莲花哟，
一袭白衣，勇往直前！

今夜，
谁偷走了量子的密码，
神秘不再东躲西藏。
此时，
谁肢解了种子的心脏，
青春不再扬帆起航。

我在一盏煤油灯下，
昏昏欲睡，不得要领！
惊破了胆的蚊子哟，
刚刚在月的脚边划出一道血痕，
就葬送了自己的前程！

2020 年 7 月 16 日

101. 无题

你，上下纵横，
彰显着生命的丰富。
你，内外攀缘，
大写着生命的圆融。

你，平平淡淡中，
悟出了生命的真谛。
你，不屈不挠中，
谨守着生命的孤独。

蝴蝶在你面前驻足，
生命如此美好！
山溪从你心底流淌，
看见爱的天堂！
我拾起你的风花，
装满出发的行囊！
生命无须计较。

2020 年 7 月 22 日

102. 无题

生命，是勇往直前，
有时也流利婉转，
犹如一朵花的盛开，
遇见春天的铺排。

生命，是自在从容，
有时也希望落空，

犹如一朵花的盛开，
遇见了风雨彩排。

生命，是一曲高歌，
有时也泪眼婆娑，
犹如一朵花的盛开，
大不了从头再来。

2020 年 7 月 22 日

103. 藤亦有韵

风在藤间徘徊，
雨在藤间清唱，
蝉在藤间迷失了方向！

光在藤间搜寻，
影在滕间闲逛，
我在藤间收获了希望！

云在藤间曼妙，
花在滕间绽放，
诗在藤间悠然弹起了
生命的乐章！

2020 年 7 月 27 日

104. 雨

你是散落的珍珠，
从一个梦跌入另一个梦，
看够了红尘的纷纷扰扰，
尝过了所有的悲欢离合……
原来，
没有谁辜负了你，
所有的都是你自己辜负了自己。

你是瑶池洗过的泪珠，
从一只眼照见了另一只眼，
穿过了黑洞的深深泥潭，
跳跃了势利的万水千山……
原来，
没有谁能拯救你，
所有的都是你自己在拯救自己。

你是天堂洁净的灵魂，
从一朵花走向另一朵花，
悟透了人生的潇洒自在，
淬炼了生命的美丽动人……
原来，
你是你的前世今生，
你走你的时光流程，
你把万物摆渡在阳光彼岸，

而你，独自守着一片纯真！

2020 年 7 月 30 日

105. 落寞的思绪

结束一场旅行，
开启另一场旅行！
风在路上等我，
雨在荷塘落寞，
生命的律动一直在讴歌！

晚蝉像是知道了什么，
一直不停地叫着！
要说泪水和汗水的区别，
或许，只是，
哭泣的地方不一样壮阔！

滚滚车流，
带走了多少悲欢离合。
灯红酒绿，
掩藏了多少肮脏、龌龊！
雨后的明月，
又点亮了多少人的希望和寄托？

七月的风花，
来不及整理思绪，
就已经猝然
跌入了八月的旋涡。
倾盆的暴雨，
淋湿了多少人的衣袖和包裹？
生命的转弯处，
又有多少机遇等着我？
等着我，
继续横跨生命的长河！

2020 年 8 月 2 日

106. 碧峰峡随想

秋雨枕着凉风
飒爽而来，
露珠放弃虚无
满载而归，
枯藤面对绝壁
交错前行，
落花带着豪迈
奔向轮回。
松间明月，彼岸花开，
一呼一吸醉者谁？

清泉扶着斜阳
下载黄昏，
白云驮着蓝天

孤独配音，
诗歌扭曲灵魂
摆渡人生，
翠竹摇着影子
决绝真纯。
愁不恋旧，水不洗尘，
自性自了自低眉！

2020 年 8 月 8 日

107. 无题

露珠，
把我从现实中带了出来。
原来，
生命可以这样纯净无争。

飞花，
把我从执着中带了出来。
原来，
生命本是这样风雨兼程。

落叶，
把我从幻灭中带了出来。
原来，
生命终将回归净土。

忘掉时光的忧伤，
丢掉沉重的包袱，
拾一缕阳光，
剪一缕清风，
在溪边漫步，
在窗前发呆，
在黑夜里数星星，
让生命做回自己！

2020 年 8 月 8 日

108. 七夕的风

一只鸟见证了红尘的悲壮，
一条鱼游过了谎言的隧道，
一首诗暴露了礁石上的毒疮！
原来，
孤独里藏着浪漫的风采。
原来，
无声处皆是美妙的自在！

一叶小舟，
在江湖飘荡，
既不是搁浅了灵魂，
也不是锁起了贪嗔，
而是，
只是，

任凭落寞绑架黄昏，
任凭云烟思念故人！
任凭艰辛迷惑清晨，
任凭后果数落前因，
直到生命再一次轮回！

你来，有风守候！
你去，时光不留！
月光拨弄琴弦，
那是谁的眼泪，
一路婆娑，
一路通透？

2020 年 8 月 25 日

109. 无题

落花迷恋光阴的翅膀，
脚步总是摇摇晃晃。
明月撑开流水的心脏，
双眸无处躲藏。
诗歌窃取生命的密码，
灵魂散乱、虚妄。

唯有凌虚乘舟，
心手双畅，
才能去撞击宇宙的高墙，
去抚摸尘埃的脸庞，
去找寻太阳的踪迹，
去跟风对话，
去看云飞扬！

天地玄黄，
何必早早收场？
蒹葭苍苍，
何有角徵宫商？
深夜彷徨，
何必智取朝阳？

天堂的谎言，
让孤独披上华丽的新装！
神的历史，
让神去忧伤！
我只让心随意流浪！
无真无假，无善无恶，
方寸之间，来了就好！

2020 年 8 月 29 日

110. 洗衣随想

风沉默不语，
夕阳慢慢西去。
水沉默不语，

白鹭翩翩而起。
大树阻隔了光阴，
光阴碎成一地。

我闻着腐朽的气息，
千里万里寻你。
我知道，
风雨背叛了你的华丽，
苍天辜负了你的眼泪。
你只是一意生长，
想让明媚穿透黑暗，
想让翡翠见证生命不息！

我牵你的衣袂醒来，
原来，
我在洗衣机旁入定！
机器停止的落差，
惊动了引擎的眉梢，
一段迷离！

2020 年 8 月 30 日

111. 中元节的风

时间在风中出走，
百合花开成了你的笑容！
溪水在山间出走，
一片云敲响了暮鼓晨钟！
明月在窗前出走，
一滴泪奔向海阔天空！

拂晓的鸟叫，惊扰了故地重逢。
朝阳的梦呓，打破了光影重重。
落单的脚步，埋怨谁有始无终？

归去吧！
生命在轮回里，雨打梧桐！
呼吸在天地间，勿问西东！
归去吧！
门前荒草，一派葱茏！
水月无痕，一缕清风！
淡淡的相思，
又添一道鸿沟！

2020 年 8 月 31 日

112. 中元节的月光

秋风轻轻地拂来月光的气息，
烟火中夹杂着思念的味道。
桂花闲闲地品尝月光的气息，
馨香中涂抹着云烟的缥缈。
夜色寂寂地吸吮月光的气息，
无形中界定了阴阳的情操。

知白守黑，黑中有白；
绿萝执扇，牧童横笛；
一溪流水，半山孤寂。
到底，
熬不过今夜的月光。
今夜的月光，
荒凉中数不尽过往，
迷离中抹不掉忧伤，
无聊中迷失了方向！

可是，
我分明听到，
有个声音从月光中洒下来。
孩子，出发吧！
大不了拉开儿时的风箱！
潘多拉魔盒早已百孔千疮！
一曲落雪听禅，
共举清白善良！
撬动大爱无疆！

2020 年 9 月 2 日

113. 秋雨送残花

空山寂寂，暮雨潇潇。
白云一会儿翻转，
一会儿赛跑，
是要去向何方？

花瓣已残，花蕊已老。
接连几天的雨，
让一枝枝快凋零的花，
没有遇到生命中最美好的时光。
如此又何妨？

笛声悠悠，伊人曼舞。
哦，
原来我的不舍是如此不堪，
凋零的颜色，
无非是告别的风帆！

日月轮回，照此一生。
谁说错过了黑夜，
就一定会错过清晨？
谁说错过了清晨，
又一定会错过黄昏？

无须选择，毅然转身。
山河处处是光明。
松涛依旧，
云水禅心，
他日一程今一程！

2020 年 9 月 3 日

114. 家

家，
竹影下的思念，
水塘边的素描。

高调的蝉声，
是大提琴无边落寞的心情。
偶尔几声蛙鸣，
打断了鸟儿们的高谈阔论！

当黄昏来临，
当炊烟袅袅升起，
白云总会打个呵欠。
归栏的牛羊，
慢腾腾的脚步，
吆喝着夕阳的余晖！

女人的围裙，
老人的皱纹，
柿子树下的青春，
依稀不减当年。

2020年9月6日

115. 芦苇

小时候，
白发是我的梦想。
长大后，
白发飞不出芦苇荡。

翻阅了光阴的心事，
锁住了今生的翅膀！
白发与秋风煎熬，
两败俱伤！

索性，
横笛江上，
与秋雨同谋。
一不小心，
捉住了鱼儿的心跳，
却是我的影子，
落寞了它的坚强！

收起流浪的心，
让白发飘扬！
天苍苍，野茫茫，
用心歌唱！

2020年9月11日

116. 出走的风

出走的风，
一不小心，
把春天的红色，
夏天的绿色，
秋天的蓝色，
统统给吹翻了！

一片落叶掉下来，
孤傲地关掉了门窗。
月光的冷艳，
不知为谁而来，
却闯进了，
白色迷离的梦乡！

不屈的风骨，
四野奔跑！
失落的灵魂，
无处躲藏！
一缕清香，
莫非那是梅花的黑桃？
抑或皇后的春装？

不对！不对！
错愕的不只是眼神！
还有那弯弯曲曲，
故作纵深的淡定！
水洗了万物，
却洗不掉自己的风尘！
风撕破了梦想，
却找不回出走的心！

2020 年 9 月 14 日

117. 无题

一米阳光，我会生长。心儿连着家乡！

一缕清风，我会飞翔。游魂出走山冈！

一丝细雨，我会惆怅。山那边有我的爹娘！

墨绿的瓦房，灰白的土墙，
归家的牛羊，月下的荷塘。
刚刚拾起的行囊！
一起走进唐诗，
走进宋词，走进善良！

善良的人儿，
种了海棠，醒了芭蕉，
画了清凉！

天不彷徨，地不忧伤，
水不张狂！

2020 年 10 月 21 日

118. 无题

问道来，
得道去，
虚云不住我和你！

随缘来，
随缘去，
山花野草共风雨！

来也空，
去也空，
空空如也有无中！

2020 年 10 月 25 日

119. 家乡的一角

雨后天晴，
我是风中的幽灵！
哪里都有我，
哪里都不需要我！
树已死了，
可灵魂却还在
天堂的路上，
倾听大地的声音！
它的名字是
人间沧桑的见证者
——木耳

李子树果实累累，
阳光从密密的缝隙里走过，
就怎么也迈不动脚步了，
肆意享受起来！
酸酸的，甜甜的，
都是青山的味道！

山药在地里生长，
而外面的世界
却在藤上结缘，
蓝天白云正对着
那些不能吃的果子微笑！
它们的沉默是
千年万年的歌谣！
是我眼中的地标！

茶叶在阳光下
绿亮绿亮的，
把山风的醇香

一并携来。
我就站在这里，
不动也不想，
看看采茶人的背影，
就万般美好！

蝉鸣和着鸟叫，
喇叭花吹醒了野草，
它们还都是端午的情调！
当然，
肯定不是因为我的到来，
我此刻不外乎是
一个匆匆的红尘过客！
纵有双眸，不够清亮。
纵有双肩，不够粗壮！
纵有情思，不够豪放！

一道道白云
已经散落、疏朗！
阳光还在竹林游荡，
山野的绿，
就这么深深浅浅地，
就这么无休无止地，
呼吸，
歌唱！

2020 年 6 月 27 日

120. 无题

风，
毫无顾忌地把浮云偷看；
水，
小心翼翼地把落花流转。

雨，
一低头，
就温柔地把山川吻遍。
竹叶，
泪眼婆娑，
待我虔诚许愿！

蝉声未变，
鸟声未变，
是谁带走了昨日的容颜？
扁舟未变，芦苇未变，
是谁横笛把心儿唱乱？

2020 年 6 月 28 日

121. 为文字奔走

黑夜里，我愿意，
提明月照江河，
为文字奔走！

白昼里，我愿意，
抱日出洗沉疴，
为文字奔走！

风雨里，我愿意，
拾落花酿三生，
为文字奔走！

四季里，我愿意，
剪光阴注流水，
为文字奔走！

高山大海，
那是文字拉开的长卷。
野草天涯，
那是文字疯狂的爱恋。
古寺青灯，
那是文字诠释的通达。
笔墨纸砚，
那是文字理性的回归！

我愿意，
为文字奔走，
而没有任何借口！

2020 年 6 月 28 日

122. 乡愁

乡愁，
是山间的清风
一路狂奔！
乡愁，
是屋顶的炊烟
缥缈落寞！
乡愁，
是门前的月光
越发神秘！
乡愁，
是按捺不住的
足底风光！

它们在山间跌爬滚打，
载歌载舞！
湿漉漉，水灵灵，
情切切，意绵绵！
迷离的梦幻，
不变的明天！

2020 年 6 月 28 日

123. 山风

我把散落的花瓣，
穿成彩色的晚霞，
那是山风捎给我的浪漫！

我把儿时的足迹，
重重叠叠地寻找，
山风笑我，童心未老！

我在水杉林里深呼吸，
阳光从树梢洒落下来，
斑斑点点，光怪陆离。
仿佛这里才被
前世的钟声敲醒！

不太粗壮的树干，
任凭幽幽的青苔，
快乐地低吟浅唱！
低调，
清清朗朗的低调！
藤蔓在树上肆意生长，
一圈圈绿色的波浪，
不是遗落的翡翠，
而是没有被辜负的好时光！

我在竹林里陶醉，
蝉声阵阵，竹影摇曳，
凉爽的山风在这里
圆了又碎，徘徊不定！
新出土的竹笋尖尖，
引来了一只红蜻蜓！
它们悄悄地诉说：
长大后的理想，
云天的开阔，
溪水的脚步，
成熟的味道，
以及夜晚的明月和星星！
山风吹动蜻蜓的翅膀，
来不及告别，
它就消失了踪影！

我在茶园里写诗，
每一个字都成了独立的个体，
它们一个个精神抖擞，
不是飞向蓝天白云，
就是迷失在绿色丛林！
我找啊找，
才勉强捡回两句：
山风不舍的情，
是我抹不掉的相思泪！

2020 年 6 月 29 日

124. 生命的乐章

一阵清风，
带走了，
白云的最美年华。

一抹青山，
阻断了，
夕阳的浪漫前程。

一叶扁舟，
横断了，
江流的前世今生。

沧桑，
是岁月割不断的线条。
从容，
是红尘悲壮里的柔情。

花开，
是青春无悔的见证。
果实，
是生命兑现的诺言。
枯枝，
是昨日华丽的转身。

接下来的人生，
才是岁月静好！
不再纷纷扰扰，
不再匆匆忙忙！
轻拿，轻放！
如烟，如雾！
散落成星光点点！
散落成空色万象！

2020 年 6 月 29 日

125. 写在第三个中国医师节

一生不换岗，
门诊手术加病房；
一生不换装，
长袖短袖白霓裳！

若问眼科医师：爱是什么？
答：放眼新视界，
为心灵的窗户保驾护航！
没有豪言壮语，
只有医者仁心，
默默念叨：
爱是冬天不灭的火；
爱是夏天清凉的风！

爱是裂隙灯下闪烁的双眸，
爱是病历书写中不变的春秋！
爱是你的信任赋予我的动力，
爱是你的坚强赋予
我们无悔的青春！

让我们一起大写有趣的灵魂，
风中，雨中，
守在每一个转折的路口！
让我们一起守护心灵的家园，
阳光，雨露，
又见月上柳梢头！
生命，就是活得自在通透！
生命，就是牵着彼此的手，
一起向前走！
向前走！

2020 年 8 月 19 日

126. 春

春还没有开口，
东风惦记着
那树含苞待放的樱花。
春还没有表白，
斜阳踏着落梅的节奏，
款款而来。
春还没有梳妆，
柳芽迫不及待地
绽开了一道风采。

春还没有醒来，
鸟儿听见了她在梦中喃喃自语，
老树听见了她的筋骨舒展豪迈……
春，
在等待五颜六色泼彩，
在等待高山流水摇摆，
在等待一声“嗨”的篡改……

春，如来如不来。
春，悄然立不败。

2021 年 2 月 19 日

127. 不甘落寞的云

不甘落寞的云，
时而翻滚，
时而肃静，
总是风流成性！

不甘落寞的云，

时而深远，
时而天真，
总是相约黄昏！

不甘落寞的云，
时而像雪，
时而像火，
总是万般痴情！

不甘落寞的云，
我的生命里有你的尺寸，
我的诗歌里有你的爱恨！
贝多芬的琴弦上，
有你千万遍的吻！
岁月在你的面前，
终将化成灰烬，
而你，再把岁月唤醒！

2021 年 2 月 23 日

128. 诗心不灭的老女人（1）

诗心不灭的老女人，
在一曲《落雪听禅》里，
听到了雪花打滚的声音。
诗心不灭的老女人，
在绣花鞋上，
寻找少年的痴情。
诗心不灭的老女人，
在一颗茴香豆里，
听到了心脏破碎的声音。

诗心不灭的老女人，
在一支笔尖上，
拨弄岁月的皱纹。

诗心不灭的老女人哟，
让星星给你的脸，
再补些清纯；
让鲜花给你的每一个细胞，
保留点自尊；
也让风雪燃掉你的艰辛，
让日子变得单纯，
再单纯！

2021 年 2 月 23 日

129. 诗心不灭的老女人（2）

看着秃枝傲然挺立的势头，
诗心不灭的老女人，

突然激动起来，
加快了走向春天的脚步。

听着溪水黄鹂般婉转的歌喉，
诗心不灭的老女人，
毅然把手中的光阴，
揉碎成落魄的孤魂！

风雨见证了一朵山花的豪放，
蜂蝶扑闪的影子捉住了，
一曲挽歌的悲凉，
诗兴不灭的老女人，
终于敞开了心扉，
敲打着平平仄仄的琴弦，
酣然入睡。

2021 年 1 月 22 日

130. 捡石头的老男人

捡石头的老男人，
皱纹深深，
却还是刻不进石头的年轮。

捡石头的老男人，
脚步沉沉，
却还是拂不去岁月的伤痕。

捡石头的老男人，
梦里初心，
风雨只是肩上失落的灵魂，
阳光唤醒的才是石头的前世今生！
温暖如春！

2021 年 2 月 22 日

131. 摄的老男人

摄的老男人，
拂晓到黄昏，
日月抖精神。

摄的老男人，
看花还是花，
看水绕孤村。

摄的老男人，
枯树向青天，
梦里有乾坤。

摄的老男人，
一帘风雨，落地生根！

一把时光，灌醉昆仑！
一滴朝露，道尽艰辛！
一身正气，瘦骨嶙峋！

2021 年 2 月 22 日

132. 四季轮回

春天笑容满面，一意生长，
还没有看够、跳够、唱够、闹够，
就变成了夏天的模样！

夏天挥霍张扬，衣袂翩翩，
来不及拾起行囊，
就已经走在阳光大道上，
在一个黄昏的路口，
突然就拐弯到了秋天。

秋天振臂一呼，流浪江湖，
把毕生的梦想，
挥洒在沧海桑田，
月亮的皱纹悄悄地，
抹上了山楂树之恋，
告别，就意味着走进冬天！

冬天啊，
迷途知返，褪去芳华，
在白雪的面前，
终于挺起了胸膛，
天真原来只是简单，
简单到又听见了春的呼唤！

2021 年 2 月 27 日

133. 春雨

随着春雨的到来，
春寒也粉墨登场了。

看那正在热播的油菜花，
粉丝爆棚时，
却被雨水弄花了脸，
来不及补妆，
就冲撞了雪片般的出场券！

本不起眼的李子花，
顶着一身的雪白，
洗尽了前世的铅华，
仿佛读懂了生命的密码，
不争，不屑争，
与谁都不争，
活成自己本来的样子，
优雅，潇洒，不怕……

半开半闭的梨花，
咀嚼着春雨的味道。
稀稀落落的桃花，
眼角饱含着激动的泪光。
来不及告别就出发的柳条，
用翠绿编织着生命的荒凉。

诗人蠢蠢欲动的心，
丢失在何方？
春雨知道？
在这个分不清是非的晚上，
谁一直唱着地久天长，
渐入梦乡？

2021 年 2 月 28 日

134. 无题

风吹圆了月亮，
云浮起了幻想，
花不知所措。

头痛的男人，
被
咳嗽的女人吵醒，
原来，
孤岛上的春天已经来临。

2021 年 2 月 28 日

135. 黄昏

枯枝与斜阳道别，
无语。
时光只见证过程，
是对各自的尊重！

水从山里走出来，
无形。
山风吹拂着月光，
欲埋葬山的脊梁！

花在花前飘然离去，
无声。
却惊动了春的琴弦，
触碰了古老的歌谣！

风的小船，
终于驶出了虚拟的网，
带着生命的密码，
带着生的希望！

2021 年 3 月 6 日

136. 枯枝

枯枝，
生命的倔强！
向着蓝天，
向着来时的方向！

不问闲愁，
不问过往，
只把诗意的皱纹，
刻成时光的模样！

任风雨一次次远航，
任春秋一遍遍收藏，
任心灵之旅，
照见山水阳光，
一路芬芳！

2021 年 3 月 9 日

137. 无题

一颗星点亮对你的思念，
高山流水，
袅袅炊烟，
走过了多少童年的梦幻！

一朵云捎去对你的思念，
门前杏花，
黄莺婉转，
找不回多少沧桑的誓言！

一片月捣碎对你的思念，
灯火摇曳，
长空望断，
蜘蛛侠的皮囊铁锈斑斑！

诗歌，
终于，
禁不住雪花一声幽叹！
跌进红尘的万丈深渊！

2021 年 3 月 11 日

138. 悠悠一条嘉陵江

悠悠一条嘉陵江，
穿越了旧时光。
奔腾不息的生命里，
全是青春的梦想。

悠悠一条嘉陵江，
风干了旧时光。

父母不屈的双肩上，
写满岁月的沧桑。

悠悠一条嘉陵江，
生命总要出场。
记忆打开的一扇窗，
洒进心灵的阳光。

2021 年 3 月 14 日

139. 星空的琴弦

星空的琴弦，
空旷无边，
我在白云跳动的音符里，
听到了你的呼唤。

星空的琴弦，
寂寞无边，
我在日月交替的脚步里，
听到了风的浪漫。

星空的琴弦，
流利婉转，
我在莲台坠落的花瓣里，
捡到了光阴的碎片。

2021 年 3 月 13 日

140. 谁说

——写给五十岁的自己

谁说五十岁要知天命，
我还想一切从头来。
带着二十岁的心摇摆，
不是更精彩！

谁说一年一度桃花落，
水云间竹笛一排排。
唱着童年的歌谣嗨嗨，
生命好自在！

谁说光阴一去不复返，
我把黄昏的门推开。
一点一滴都谱上弦乐，
天地更豪迈！

2021 年 3 月 14 日

141. 那座山

那座山，
何止千年万年。
风雨声中，
听惯了凤凰涅槃。

那座山，
何止千般万般。
春来春去，
付出了伤心一半。

那座山，
屹立于天地之间。
岿然不动，
道破了沧海桑田。

2021 年 3 月 14 日

142. 山野的春天

山野的春天，不紧不慢，
梅花才醉，樱花款款。
山野的春天，不急不缓，
桃之夭夭，菜花片片。

山野的春天，不浓不淡，
蜂飞蝶绕，山河装扮。
山野的春天，梁上紫燕，
门前溪水，一派田园。

山野的春天，
清新一朵云，亮丽一片天。
山野的春天，
袅袅的炊烟，满满的思念。

山野的春天，
儿女的牵挂，老人的期盼。
一把黄昏的锁，锁住现在从前。
一弯古时的月，洗尽白露枫丹。

2021 年 3 月 14 日

143. 春愁

梨花落，如下雪，
东风愁已绝。
桃花落，女儿红，
伤心都是梦。

昨夜风，昨夜雨，
一半是无题。
看杨柳，看紫燕，
陌上色迷离。

春愁是一幅带泪的水墨画，
春愁是一粒发芽的小树苗，
春愁其实就是，
那一抹翠绿之光，
肆意生长。

2021 年 3 月 14 日

144. 朋友，不要哭

朋友，不要哭，
昨夜的风雨，
洗掉了昨夜的忧伤。

今天，大太阳，
明媚的春日，
舒展了明媚的时光。

朋友，不要哭，
一生的风雨，
要用一生的脚步，
去丈量。

晴天也好，雨天也好，
一段风雨之后，
总有一段阳光，
快乐飞扬！

2021 年 3 月 16 日

145. 山里人家

山里人家，四季落花。
流水听惯了鸟叫，
山风扶绿了桑麻。

山里人家，老实巴巴。
只借明月的深情，
演绎时代的芳华。

山里人家，今非昔比。
电视、电灯、电话，
早已是夕阳西下。
手机、电脑、百度，
信息量狂轰滥炸。
足不出户的老人，
会用视频通话；
家家门前的公路，
来往商贩砍价；
散学归来的小孩，
也道略知天下。

山里人家，开满幸福之花！
山里人家，迈着矫健步伐！
山里人家，说着四个现代化！

2021 年 3 月 16 日

146. 顶着白衣天使的光环

——一个手术室护士的闲言碎语

顶着白衣天使的光环，
打针、输液与情绪无关。
朝九晚五，
哪里就能把一页翻篇？
加班加点，
我走在无奈的边缘！

顶着白衣天使的光环，
刀刀剪剪与个性无关。
星河遥远，
哪里不能催生出丰满？
不言放弃，
我只怕衰老的容颜！

顶着白衣天使的光环，
我把生命看得神圣无边，
我用善良收购我的不满，
我用蓝天洗掉我的厌倦，
我用消毒水重排每一天！

2021 年 3 月 16 日

147. 今天的风

一朵花破涕为笑。
今天的风与我想象的不一样。
凌乱的影子助长了它的梦想。

一朵云虚惊一场。
今天的风与我想象的不一样。
失散的灵魂改变了它的方向。

一条河搅动忧伤。
今天的风与我想象的不一样。
生命原来可以重新起航。

2021 年 3 月 18 日

148. 六月六

大雁掠过白云的翅膀，
门前晒着火红的衣裳。
姑娘双眼秋水般明亮。
阿哥芦笙在耳畔回响。

六月六的大太阳，
晒着阿哥阿妹的希望。
六月六的大太阳，
一对鸳鸯游戏在池塘。

六月六的大太阳，
一阵风吹走昨日的忧伤
六月六的大太阳，
一朵花开在归来的路上。

2021 年 3 月 18 日

149. 花开了

花开了，
草绿了，
梦醒了，
原来我已经老了！

时光打着一把油纸伞，
只为寻寻觅觅从前！
蝴蝶迷了路也不回头，
只为听到星空呼唤！

桃花谢，
梨花落，
鸟唱歌，
原来春天已不多！

斜阳穿过沙漠的边缘，
谁在指指点点？
黄昏锁住屋顶的炊烟，
谁在轻轻思念？

2021 年 3 月 18 日

150. 谁在风中哭泣

——听《见到鱼玄机》有感

谁在风中哭泣，
那是前世的你，
遗落在星河的叹息，
忘掉了约定的归期！

谁在风中哭泣，
那是明月的心，
跳进水中的距离，
撕碎了杨柳依依的谎言，
见证了山花对酌的玄机。
鱼玄机，鱼玄机，
谁在风中哭泣？

2021 年 3 月 19 日

151. 阆中古城

吹走了岁月的乌篷，
远去了三国的匆匆，

泛绿了街边的梧桐，
唤醒了生命的律动。

阆中古城，飞檐翘角，
细雨蒙蒙。
古城阆中，青砖碧瓦，
缕缕清风。

数不清的酒帘下，
有多少深埋的幽梦。
看不够的古墙头，
明月下可有你曾经的笑容。

2021 年 3 月 20 日

152. 春分时节看樱花

春分时节看樱花，
你在樱花树下美若晚霞。
我凌乱的脚步，
是否惊扰了你心中的那个他。

春分时节看樱花，
细雨蒙蒙中你素面无华。
我痴痴地念想，
你是否已经忘掉了那个他。

春分时节看樱花，
我为你弹起了心爱的土琵琶。
你在樱花丛中美若晚霞。
可否陪我流浪天涯？
我听到了唢呐的喧哗，
那就是你响亮的回答。

2021 年 3 月 21 日

153. 门前一棵树

门前一棵树，
那是家的方向。
花开花落，
不变的是沧桑。

门前一棵树，
那是生命的航标。
顶天立地，
不变的是阳光。

2021 年 3 月 22 日

154. 春天

春天,
不是万紫千红的舞台,
而是生命奔放的青春。
花开必然就有花落,
就像生命来来去去一样,
丰富着我们内心的独白。

春天,
不是此长彼消的争吵,
而是生命长河的交错。
枝繁叶茂就有希望。
就像生命的种子发芽一样,
见到风雨就会开怀一笑。

春天,
让生命的画卷,
抹上油画般的色彩。
春天,
让生命的倔强,
执着彩排。
春天,
我的痴心不改,
风中雨中,
天籁地籁,
循着生命的方向,
不懈不怠!

2020 年 3 月 22 日

155. 春天的绿

谁是你美丽的外衣?
风雨中,听到了自己的呼吸。

谁在花下吹笛?
归来的燕子,道破了玄机。
生命无非南来北去,
不自醉,不入迷,
俱涅槃,俱无题。

2021 年 3 月 23 日

156. 枯枝写意蓝天

枯枝写意蓝天,
绿色奔走呼唤。
流动着朵朵白云的那个桥,
在阳光下遥想当年……

菜花一片片,
桃花惊艳了桑树颠。

有人在城里乡里往返，
看惯了袅袅炊烟。

我的青春我的童年，
黄昏处风光无限。
抓蝌蚪掏鸟窝的借口竟然是，
听惯了黄鹂婉转……

我的青春我的童年，
不散场的青春，
明媚如春天，
洁净的心不减当年。

2021 年 3 月 25 日

157. 山水有约

山水有约，
水墨有魂，
牵动岁月的根。

山水有约，
水墨有韵，
舞动风雨黄昏。

山的倒影，
带着色彩余温。
水的模样，
绚烂可爱清纯。

山水有约，烟雨纷纷。
山水有约，明月一轮。

2021 年 3 月 29 日

158. 涅槃的凤凰

——焦尾琴之歌

你是涅槃的凤凰，
煅烧的尾巴音韵悠长。
我知道，
昨夜的梧桐已心花怒放。

你是涅槃的凤凰。
远古的梦想清冷高亢。
我知道，
你是顶天立地的儿郎。

传说中的天方地圆，
呼吸中的向背阴阳，
你用简单的五音，
唤醒万古沧桑。

2021 年 3 月 30 日

159. 槐花开了

白云朵朵挂树梢，
不剪不裁自窈窕。
若有风雨来问路，
一山更比一山高。

谁家姑娘赶得巧。
月光树下郎吹箫。
郎问春风好不好，
槐花不言月儿笑。

2021 年 4 月 9 日

160. 病得不轻

头痛，剧烈的头痛！
一阵风吹来，
沙尘模糊了双眼！

胃神经开始忧郁，
开始离群索居，
开始沉醉不醒！

一朵花的颤抖，
一只脚踏破了斜阳的门槛，
一朵云流落在江南！

白天不再交替，
星星找不到回家的路，
月亮把愤怒的欲火点燃！

凤凰在涅槃，
山水在回旋，
天地在动与不动之间！

万念俱灰的心掩埋了曾经的荒凉，
堕入地狱吧，
谁敢肯定地狱的最下面，
有一段通往幸福的美妙时光！

2021 年 4 月 8 日

161. 因风而起

回应风的无忧无虑，
杆杆翠竹皆菩提。
回应风的无来无去，
月光婆娑水不迷。

你是天边一片云，
衣袂飘飘忘归期。
我是恒河一粒沙，
一往情深到何时？

因风而起，
许下来生的相思。
因风而起，
得见缘尽终有时。

2021 年 4 月 13 日

162. 品茶

一壶风雨人生，
一杯淡月孤魂。
你在时光沉淀中苏醒。

一曲高山流水，
一段聚散浮沉。
你在凤凰涅槃中明净。

风雨人生，淡月孤魂。
拿得起，放得下，
如君子般淡定。

高山流水，聚散浮沉。
人有义，茶有德，
如阳光般纯正。

2021 年 4 月 14 日

163. 雨后天晴

雨后天晴，
蔷薇花在风中
抖落顽皮了一夜的露珠，
昂起头！
阵阵芳香扑鼻而来。
谁在凝望她的娇羞？
又谁面带多愁？

蝴蝶翩翩赶来，
约会才刚刚开头。
一只小鸟的叫声，
惊扰了枝头的梦，
花瓣散落成了传说中的虹！

2021 年 4 月 16 日

164. 烟雨黄昏

烟雨在时光中流转，
载不动黄昏的愁，
靠不近月光的岸。

那就让我以山水为墨，
以天青色为船，

一点，一点，皴染，
皴染一片大好河山。

2021 年 4 月 17 日

165. 听罗付培、刘铭老师歌曲《老师你没有走》有感

走过老地方，
风声依旧，
你是否还是从前的模样？

走过老地方，
绿翠荫浓，
你是否早已迷失了方向？

走过老地方，
大雁飞过，
你是否为我打开了天窗？
思念的泪水，
早已漫过了天际，
英雄的赞歌，
一直都在生命的长河回响！

2021 年 5 月 12 日

166. 冷冷的风

窗外，灯火辉煌。
寂寞的梧桐，
冷冷的风。

窗外，灯火辉煌。
熟睡的苍穹，
冷冷的风。

窗外，灯火辉煌。
相思的文字，
撞碎了明月的梦！
落魄的琴弦，
扯断了曾经的痛！
谁在自由放纵？
谁在海誓山盟？
冷冷的风！

2021 年 5 月 12 日

167. 天要谁留

天要谁留？问问宇宙。
出发的路，可有尽头？

一杯淡酒，风声依旧。

归来的明月，不带一丝闲愁。

天要谁留？何须等候。
生命的长度，拂晓时黄昏后。

2021 年 5 月 24 日

168. 溜走的是时光

没有阳光，
只有风。
那就索性孤独吧！
听流水轻弹时光，
看白鹭成对成双。
远山渐渐走入苍茫，
天空淡淡拾起行囊。

星河有梦，
对月梳妆，
归来的大雁，
今夜栖息何方？
谁家的灯火为你铺张？
谁家的门前笛声悠扬？
原来是风剪掉了华章，
青藤爬满了篱墙，
水草在夜色中徜徉。

我涂抹一丝闲愁，
能不能撞破低矮的山冈？
没有回声，
没有风。
只有自己的心跳，
知道自己并不慌张，
更不匆忙！
我坐回原地，
等待孤独的启航！

2021 年 5 月 29 日

169. 诗渡今生

一段光阴，
送给白云。
流浪的风住进黄昏。

一弯明月，
检验真心。
彼岸的花思念的人。

诗渡今生，诗渡今生！
莫叹红尘！
诗渡今生，诗渡今生！
古寺青灯，

载不动一山一水一程！

2021 年 6 月 2 日

170. 明月心

明月心，似我心，千里不失真。
明月心，似我心，梦里数黄昏。

风在等，雨在等，老树有年轮。
山之巅，浅水边，思君怕问君。

明月心，似我心，滚滚是红尘。
举杯更向何处寻？
落花又深深，落叶又纷纷。

2021 年 6 月 7 日

171. 你在我心中

落叶随风，随风，一直随风。
流水向东，向东，永远向东。
是你，是我，编织了明月的梦。

落叶随风，随风，一直随风。
流水向东，向东，永远向东。
晨钟敲醒了山的脊梁，
夕阳落下了无边的虹！
你在我心中，
衣袂飘飘，烟雨蒙蒙。

2021 年 6 月 3 日

172. 温热的风

温热的风经不住雨的诱惑，
一头扎进了粼粼的波光中。
水面上跳动的音符，
是重重叠叠的圆。
前仆后继的遮掩，
在幻灭中把生命点燃。

水杉的绿在这夏日里略显苍老，
香蒲的倒影却略显修长。
青草的绿在水边遐想，
走过青春的杨柳，
目光看起来有点惆怅。
温热的风，
把脸拉得老长老长。

白云兜兜转转，
又回到了出发的地方。
鸟儿上上下下，
追逐着乾坤的梦想。

我用双肩扛着一缕温热的风，
把湿透的光阴反复丈量。
剪贴了一下午的时光，
却无处安放。

那就把他们统统丢掉！
也许相识一场，
终是孤独一场，
归去何妨？
只有温热的风，
还在四处游荡。

2021 年 7 月 10 日

173. 感荷

夏天，
有荷的清香，
风就不会张狂。

池塘，
有荷的摇曳，
生命就不会病入膏肓。

明月揉碎了熟透的时光，
哼着梦一般的小调出场。
唱吧，
蛙声、蝉声，
各有各的方向。
跳吧，
碧玉、珍珠，
各有各的航标。
舞吧，
红的、白的，
都是生命历程中的最好。
美是自然流淌！

2021 年 7 月 7 日

174. 升钟湖的水

升钟湖的水，流动着蓝天白云。
升钟湖的水，养育着父老乡亲。
绿透了的山梁，
翡翠般的女人，
这里有你的朗朗乾坤，
这里有你的子子孙孙。

升钟湖的水，
我用什么留住你的青春？
升钟湖的水，
我用什么壮大你的胸襟？
升钟湖的水，

我用什么书写你的灵魂?

春夏秋冬,
落花没有忘记带着生命回归。
日月星辰,
风雨没有忘记守着你的梦里黄昏。
扁舟拨动琴弦,
那是杨柳诉不尽的深情;
明月挂在树梢,
那是你的魂正在演绎自然本真。
我醉在每一个清晨,感恩!

2021 年 7 月 5 日

175. 赌气

卷子跟笔赌气,
风笑着走了。
眼睛和视网膜赌气,
黑夜代替了白天。
心和心赌气,
路越走越窄了。

终于,
流水死在了大海的温床里。
笨鸟却翻过了第一座山。

2021 年 6 月 26 日

176. 妈妈走丢了

妈妈走丢了,
所以星星在黑夜里寻找。

太阳望着西方一路狂奔,
月亮却一心要在早上回家,
谁也不肯回头,
结果呢,
世界就只有了白天和黑夜。

风很执着,
从四面八方来,
又到四面八方去。
白云慢悠悠地爬上山顶,
对自己说:
第三条路才是捷径!
三生万物!
万物闲来都是主!
连尘埃都感受到了
太阳的温暖和月亮的清晖!

2021 年 6 月 26 日

177. 山水等风也等我

山水等风也等我，
白云白云一朵朵。
我问斜阳有多美？
一半清心一半火！

山水等风也等我，
珍珠翡翠一颗颗。
我问大雁思念谁？
南来北去自掌舵！

山水等风也等我，
我是谁来谁是我？
明月依稀还记得，
莲台净土种因果！

2021 年 6 月 20 日

178. 生命如此美好

生命如此美好，
何必自寻烦恼？
打开一扇窗，
世界多宽广。

生命如此美好，
何必斤斤计较！
翻过这座山，
越走越坦荡。

生命如此美好，
快乐紧紧拥抱。
坎坎坷坷人生路，
东方不亮西方亮。

2021 年 6 月 14 日

179. 今天是星期天

今天是星期天，
请我的闹铃自己去闭关。
我要睡个自然醒，
管他是雨天还是晴天。

今天是星期天，
让我的肠胃也减减负担。
一顿不吃又何妨，
索性蔬菜瓜果一大盘。

今天是星期天，
煮着绿茶给父母报平安。
黄昏出去走一走，

戴月归来仍觉是少年。

2021 年 6 月 13 日

180. 无题

枯枝写意蓝天，
绿色奔走呼唤。
流动着朵朵白云的那个桥哟，
在阳光下遥想当年。

菜花香一片片，
桃花红湿透了月亮的脸。
我在城里乡里往返，
看惯了袅袅炊烟，
听惯了黄鹂婉转。

我的青春，我的童年。
青春不散，风光无限。
一颗洁净的心，
约会在黄昏的小溪前。

2021 年 6 月 12 日

181. 煮茶之际

在沸腾的时光中，
我听到了泉水叮咚，
叮咚。

热气带着丝丝欢快，
远走他乡。
茶色越来越浓。

那是生命淬炼过的从容，
那是凤凰涅槃后的清新，
那是对佛许下的莲蓬。

放下该放下的，
听声声晚钟。
拿起该拿起的，
任半世匆匆。
一如飞鸿，
壮丽腾空。

2021 年 7 月 15 日

182. 晚霞

你从酷热中走来，
带着火焰般的风采。

你从大雨中醒来，
铺展出明净的色彩。

以云观云，
你拨动了山水的琴弦。
以物观物，
你拉开了秋天的序幕。
以心观心，
你吹响了前进的哨音！

不用停留，
你已穿越了时空。
不用寻找，
来如尘去如风。
繁华落尽，
明月当空，
归去的脚步，
坚毅从容。

2021 年 8 月 8 日

183. 我只想

——写在第四个中国医师节

我只想，
在累了后可以静静地休息。
我只想，
看着你治愈后安静地离去。

我怕，
无可挽回时，
你眼底还有几分期许。
我怕，
在曾经相聚的地方，
看见落寞的你。

我的青春，
我的时间，
我的生命，
都交给了一个白衣天使的传奇。
我的疲惫，
我的怀疑，
我的绝望，
都经不起一件白大褂的洗礼。

天空好蓝，
那是谁的脸，
笑得如此清晰，
迷离……

2021 年 8 月 19 日

184. 处暑听风

风从立春一路走来，
毫无停顿。
一片落叶悄然而下，
风忍不住点了点头。
拂了清凉，
褪了霞光，
圆了僧人
一盏心灯通万古的气场。

花非明亮，
水非壮阔，
溪游山谷，
空纳万象。
火烧了自己的岁月，
成全了一滴泪的梦想。

残荷的睿智里，
躺着寄生的小夜曲，
一寸一寸，
向着彼岸生长。

2021 年 8 月 23 日

185. 凤凰涅槃

凤凰涅槃，
点亮天边的沟沟坎坎。
凤凰涅槃，
用炽热把灵魂淬炼。

风声走远，
箫声走远，
梧桐树下，
夜雨打翻了时光的谎言。

凤凰涅槃，
原来，
你只是，
在每一个清晨和黄昏往返。

2021 年 8 月 24 日

186. 我家有棵风水树

山有魂，树有根，
春夏秋冬你最真。
若问家乡在哪里？
一棵树，情深深。

天地魂，岁月新，
望断清晨与黄昏。
若问家乡在哪里？
燕子回，父母亲。

2021 年 9 月 2 日

187. 夜话蜘蛛

蜘蛛的夜空，
纵横交错，
泾渭分明。

一道忙碌的身影，
正为你打开通往天堂的门。
莫徘徊，
相聚的缘是前世注定。

如果侥幸，
突破重围，
今夜的月光将为你停顿。

淡定，淡定！
天地之间，
总有漏网的鱼。
日月轮回，
只有不变的心！

来与不来，
我都一样把你惦记！
惦记你，
那是我唯一的使命！

2021 年 9 月 2 日

188. 走在上学的路上

背着书包，背着希望，
蹦蹦跳跳，走在上学的路上。

我们是妈妈的心肝，
我们是爸爸的希望。
我们是爸爸的星星，
我们是妈妈的月亮。
我们走在上学的路上，
我们是明天的太阳。

小小书本，写满阳光，
快快乐乐，走在回家的路上。

2021 年 9 月 5 日

189. 乘着《西域情歌》的翅膀去飞翔

你从远古走来，带着梦幻般的色彩。
揭开你的面纱，醉了天边的晚霞。

驼铃声声，一路念着你的名。
西域情歌，吹进了敦煌残破的石窟。

我用天山的高度，丈量西域的深度，
想与岁月平起平坐。
西域情歌，那是漫漫黄沙的落寞。
西域情歌，那是洁白哈达的复活。
西域情歌，那是小白马向往的楼阁。

沧海桑田，沙漠已变成了绿洲。
你回首的地方，玉门关的石壁，
昆仑山的巍峨，
千年不倒的胡杨，都见证了什么？

我来了，但是我的笔锋不够老辣，
蘸不干月牙泉的泪河。
我来了，但是我的脚步不够轻盈，
走不进莫高窟的心窝。
那就让我的生命在这里燃烧，
再给自己一个郑重的承诺：
看日月觉醒，任风雨打磨。

2021年9月18日听赵振元词、彭涛曲、钟丽燕演唱的《西域情歌》即兴

190. 小明的中秋

月亮婆婆在天上，睡得香不香？
我有一个饼，月下在放光。
爷爷喝着酒，把你望了望。
说我不听话，打入寒宫，
与你做伴，一辈子见不到爹娘。

月亮婆婆在天上，吃得好不好？

我把水搅浑，你就跟着晃。
是在告诉我，爷爷在说谎！
爷爷笑呵呵，摸摸胡须，
把我抱起，快快长大孝敬爹娘。

爷爷总有一天，
要去月亮婆婆那儿报道。
爷爷告诉她，
孙子是爷爷的骄傲，
孙子是爹妈的太阳，
我一不小心，
就在爷爷的肩头睡着了。

梦中，月儿圆，桂花香，
月亮婆婆在弹琴，
小兔姐姐在捣药，
白云牵着我的衣袖，手舞足蹈！
月亮婆婆告诉我，
我将要长成妈妈的模样！

2021 年 9 月 21 日

191. 光阴

我在船上，
看见沿岸的芦花舍我而去。
我在路上，
看见明媚的光阴离我而去。

我走累了，坐了下来。
才发觉光阴无边无际，
看不见、摸不着，
也偷不走。

我的相思打动不了他，
我的诗心装不下他。
索性，我就与此刻共存。
窗外的风声，是如此美好！

2021 年 9 月 24 日

192. 丰收

掰玉米，金黄一片彩云低。
打谷子，一片金黄带月归。
鸟儿飞，家家有酒笛横吹。
牛儿肥，夜夜清风不画眉。

我是谁？一个庄稼人。
不怕苦，不怕累。
一块田地一条心，
只把白发催。
玉米谷子堆成堆。
累了就举杯，

喝出烟火味。

2021 年 9 月 24 日

193. 听《星空下的忧伤》旋律即兴

星星亮了，
花儿在说什么？
月亮爬上来了，
云儿在说什么？
风走过了田野，
走过了荷塘，
走过了红高粱，
在一朵雪花的面前痛哭……

收住匆忙的脚步，
拒绝所有的造访，
拒绝所有的祝福，
拒绝梦里
把诗歌点燃。

仰望星空，
夜色拨动琴弦。
一捧明月，
照见我的面容。
风敲开了山花的门，
月亮穿过流动的河。
你来到我身边，
开始凝望我的眼，
心与心相通，手与手相牵。

啊，
星河流转，
漠漠苍天。
繁华落尽，
只有一轮明月高悬。

2021 年 10 月 24 日听李琼词、刘铭曲、林霞演唱的《星空下的忧伤》即兴

194. 再听《星空下的忧伤》即兴

星星悄然坠落，
指尖划过琴弦的末梢，
一个音符越过时光的隧道。

风儿轻唤阳光，
白云张开美丽的翅膀，
落叶无声带走前世的忧伤。

火焰凌空绽放，

低调的旋律，
不是童年的歌谣，
黎明却带走星空下的忧伤。

2021 年 10 月 28 日 再听李琼词、刘铭曲、林霞演唱的《星空下的忧伤》即兴

195. 听院歌《精诚仁心》即兴

听，白衣天使的脚步正走过黄昏。
听，输液管的脉搏正划向黎明。
听，平稳的呼吸正安抚乾坤。
听，一曲高山流水正诉说着
风花雪月的痴情！

我们在红尘深处演绎着医者仁心，
我们在惊心动魄中习惯了生命的轮回。
我们还是一如既往，早出晚归，
坚守着人性的善良和本真。

2021 年 11 月 26 日听李琼词、刘铭曲的南部精诚眼科医院院歌《精诚仁心》即兴

196. 还是那一抹红

还是那一抹红，
悄然挂在树梢头。
如约而来的风，
扯断了云的衣袖。
岁月匆匆，
秃枝成全了藤蔓的梦。

还是那一抹红，
悄然挂在树梢头。
阳光明媚的日子，
钟声在空谷弥留。
滚滚红尘，
明月依稀瘦了莲蓬，
芦花告别了肉体的痛。
春风的旋律正在石壁上解冻！

2021 年 12 月 18 日

197. 不老的河

今夜，你静静走过，
不老的河，
月亮唱着儿时的歌。

今夜，你独自沉默，

我还是我，
生命无须对谁许诺。

山风把好事多磨，
零点的钟声，
划动满天的星河。

一声祝福语，
一串笑呵呵。
我用真心酿成的酒，
以及你脸上的酒窝，
一起醉在，
不老的河。

2022年1月1日零点

198. 追着风的影子

追着风的影子找到你，
你在花丛里说缘聚。
追着云的脚步找到你，
你在大海边梦已许。

太阳流连忘返于你的双肩，
白鹭拨动你快乐的琴弦，
浪花唱起童年的歌谣，
我见到你美丽的容颜。

浅浅的酒窝挂在月亮的窗边，
流星划过天际，
那是你的思念，
轻轻呼唤，凤凰涅槃。

深深的祝福飞向梦的边缘，
一页经书翻转，
那是你的呼吸，
菩提树下，道法自然。

2022年1月2日听轻音乐《西海情歌》随感

199. 一个字在坚守

一束光的温柔，
唤醒了太空的梦。
搭上宇宙的航班，
奔向另一个星球。

风声依旧，
雨声依旧。
白云来来去去，
牵着时光的衣袖。

没有天长地久，
没有天高地厚，

没有善恶美丑。
一颗相思豆，
一杯柠檬酒，
一碗黄花瘦。

莫问我，
无中生有，是何感受？
我只看到，一个字在坚守，
那就是，“诗”的蠢蠢欲动！

2022 年 1 月 3 日

200. 此番风雨

沿着风雨人生铺下的路，
我一路向前，何曾回头？
提笔写山河，
我知道我很寂寞。

在俗世里给自己画一件袈裟，
我得到了什么？
放下执着，
却又独自守着黄昏。

盼来了星星和月亮，
再一次送走黎明。
此番风雨，
它是谁的根，又浇灭了谁的梦？

青灯燃烧了自己，
却不能点亮整个夜空。
月亮敲开了诗人的嘴，
却听不见拂晓的钟。

蝴蝶来了，只有片刻的停留。
我与曾经的我擦肩而过，
边界、虚无、赌注，
我一样都输不起。
莲花、菩提、须弥，
哪一样不是死之欲和生之苦？

此番风雨，
得到也好，失去也好！
此番风雨，
放下也罢，执着也罢，
最终都会孤绝潇洒，荼靡一架！

2022 年 1 月 7 日

201. 无题

风轻轻地搂住树梢，
不要惊慌。
那是烟花自己割断了最后一

根稻草。

你看，
星星还是那么亮，
月儿还是那么高。

绚烂的烟花，
注定是看客的道场，
记忆要么尘封，
要么释放。

绝望或许是救赎自己的拐杖。
善良不只在天堂。
一颗星星定定地望着远方。

2022 年 2 月 2 日

202. 春天的模样

——写在立春

雪花飞舞，
装不下红梅豪放。
海棠艳丽，
盖不过青青绿草。

东风刚刚苏醒，
柳芽就迫不及待地打扮梳妆。
时光刚刚入梦，
就被鸟声惊动了翅膀。

山在祷告，
水在低昂，
白云毅然推开了阳光。
万物都在肆意生长。

春天的模样，
是雪花送来的吉祥。
春天的模样，
是红梅铺开的桥梁。
春天的模样，
是梦想支撑的海洋。
春天的模样，
就是你最好的模样！
让我们尽情歌唱！

2022 年 2 月 4 日

203. 流浪花间

春风送暖，
谁流浪花间？
一曲阳春入云天。
春雨绵绵，
谁流浪花间？

一地残红也嫣然。

是青春的记忆，
欲把时光轻弹。
是岁月的沧桑，
欲剪春秋无边。

2019 年 3 月 6 日

204. 禹迹岛

阳光流浪在岛上，
寻找曾经去过的地方。
红红的果子不知
是春天还是秋天，
只是羞涩地守在路旁。
没有绿叶招摇的秃枝，
更见其风骨，
更见古意沧桑。

水是生命的源泉，
动或不动，
都是一首歌谣。
云水禅心，
是一个洗练过的灵魂，
是一溪倒影铺排的诗，
是一段梦中的旅程！
灯火辉煌，
归家的风，
把这一方宁静还给月光。
生命的倔强，
需要在静默中成长！

2020 年 1 月 4 日看刘铭老师影集《禹迹岛》随感

205. 这是禹迹岛（儿歌）

这是禹迹岛，山水真奇妙！
花儿开口笑，鸟儿开心叫！

这是禹福桥，小脚去丈量！
大禹治水听我讲，
鱼戏斜阳我知道！

慢慢走，有礼貌，
不踩小草守规矩，
不丢纸屑不乱跑，
青松白云蓝天好！
爱护家园我做到！

2020 年 1 月 22 日

206. 陵江水

默默地，
默默地，
从你眼前淌过。

静静地，
静静地，
为你泛舟扬波。

幽幽地，
幽幽地，
滤掉红尘杂念。

慢慢地，
慢慢地，
又把黄昏诉说。

白云知道。
我原是山中的小河。
花儿知道，
出发时，我也曾泪眼婆娑。

风一肩，
海一痕，
月一梭，
我们对酒当歌！
不少也不多！

2020 年 6 月 19 日

207. 遗忘

老树遗忘了红叶，
重新发了芽！
岁月遗忘了曾经，
重新绿了春！

梧桐遗忘了黄昏，
重新敲了梦！
星空遗忘了黎明，
重新点了灯！

孤独遗忘了自己，
重新开了门！
红尘遗忘了梵音，
重新谱了曲！

残荷遗忘了莲台，
自在飘零！
诗心遗忘了诗意，
纵横驰骋！

2018 年 12 月 14 日

208. 八尔湖之春

春日，八尔湖，
花红柳绿，生机盎然。

桃花激情绽放着青春的风采，
翠柳悄然摇摆着青春的气息，
碧水洗映蓝天，
白云悠悠照影
清波扬帆起程，
残荷依然傲挺……
在那看不见的地方，
不知有多少胚芽
正敲着破土的声音！

哦，
春天的韵律，
是蜂蝶翻看着花仙子的衣襟！
春天的韵律，
是一架没完没了加长的竖琴！
春天的韵律，
是一阕未完待续的诗意诗心！

2019 年 3 月 17 日

209. 秋天的迷茫

青峰在白云下迷茫，
江水在夕阳下迷茫，
芦苇在云烟中迷茫，
山花在细雨中迷茫，
露珠在晨风中迷茫，
秋天在西河岸迷茫！
我来了，
不想迷茫，一脸迷茫！

写在树叶上的诗，
开在墙角边的花，
泊在浅滩中的船，
鱼竿幽幽的影，
杨柳柔柔的发，
江上轻轻的风，
迷茫了秋的双眸，
迷茫在西河桥头，
迷茫了我的心！

从此，
秋天的迷茫，
西河的迷茫，
梦中的迷茫，
诗意般从容！

2018 年 10 月 25 日

210. 等你在西河

风光无限，
寂寞无边。
山挂斜阳水洞天。
芦花深处对愁眠。

轻舟款款，
白鹭翩翩。
闲云淡淡拂柳烟。
小鱼嬉戏在浅滩。

清波之上，
青峰之间，
山水写意任裁剪。
等你日日又年年。

袅袅炊烟，
惊鸿影单，
红尘何事问月圆？
乡音一曲把酒欢！

2018 年 10 月 28 日

211. 长钓

长钓山，长钓水，
何敲钟鼓问黄昏？
梧桐化作彩蝶飞。

长钓风，长钓云，
花间鱼自戏乾坤。
金秋五谷胜春晖。

长钓柳，长钓月，
一壶诗酒寄余生。
斜阳万里自纵横。
执子泛舟行！

2019 年 9 月 17 日

212. 无题

溪水缓缓流淌，
山风静静吹落，
吹落了花，
吹落了露……

云烟缥缈无尘，
翠竹婆娑无声，
无声处舞，

无声处行……

空谷扬起一袖青绿，
斜阳风干半斗苍凉。
松香默默，白鹤徜徉，
岸芷汀兰，荷塘月光，
一片霓裳，一处芬芳，
几许疏狂！

2019 年 9 月 18 日

213. 无题

芳草随风扬，
青苔任雨飘，
石上问禅何逍遥？

红枫对梧桐，
欲语又彷徨，
山高路远何悲怆？

浓翠点微黄，
明月过山冈，
一竿长线钓何方？

秋鸿频过往，
云天鱼米乡，
心无杂念独徜徉。

2019 年 9 月 19 日

214. 钓鱼郎

优雅的翅膀扇走寒冷的风，
深邃的眼神带着海天的梦，
迅疾的扑腾解了钓鱼郎的密码！

踏歌起舞，羞花闭月，
嬉戏水中，珍珠粉泪！
唳破晴空，如梦初醒，
江天一色，江天一梦，
江天一诗，江天一魂！

鱼儿听够了秋水瘦秋诗，
看够了梅雪断风尘，
于是把自己托付，
托付给钓鱼郎！
同是天涯沦落人，
相逢何必曾相识！
本是前生缘注定，
飞天正是涅槃时！
涅槃时！

2018 年 12 月 26 日

215. 你不是来时的模样!

山花见证了岁月的沧桑,
春风吹过树梢。
山还是那座山,
你不是来时的模样。

细雨打湿了岁月的翅膀,
小溪一路欢笑。
梁还是那道梁,
你不是来时的模样。

2022 年 3 月 27 日听彭涛曲《如歌岁月》即兴

216. 思念

——听赵振元、彭涛歌曲《蝴蝶泉边寄思念》有感

云烟淋湿了翅膀,
你飞向了何方?
惊雷在山谷回响,
我把你的名字珍藏。

小溪在脚下流淌,
你飞向了何方?
向着心中的太阳,
生活的路有短有长。

金花、蝴蝶,
我用一生的幸福把你寻找,
你飞向了何方?
惊雷在山谷回响。

2022 年 3 月 28 日

217. 清明时节看槐花

一堆石头而已,
却寄托着哀思。
槐花说,
那是几辈子的秘密。
守住它,
生命才有来有去。

一缕馨香而已,
放下短暂凄迷。
槐花说,
那是天地间的秘密。
因为它,
清风落寞几许。

我在路上走走停停,

听鸟儿在枝头唱歌，
坟前有菊花几朵，
天上有大雁飞过，
槐花一直在那里
默默张罗。

2022 年 4 月 4 日

218. 挂着阳光

挂着阳光，
每一朵山花
都开成了来时的模样。
挂着阳光，
每一片树叶
都惊心动魄郁郁苍苍。

挂着阳光，
一段痴情，一段惆怅，
花是叶的梦想，
叶是花的故乡。

从迷茫到迷茫，
有向背，有阴影，有俯仰，
还有一张完美的网，
允许我用心去流浪。

2022 年 4 月 8 日

219. 豌豆花

像一只蝴蝶，
张开了翅膀，
不为飞翔，
只为守望。

温柔的风，
甜蜜的阳光，
可否留念，
幸福的味道？

那是烟火中，
烧红的灶膛。
那是烟火中，
一颗铜豌豆，
硬邦邦，响当当。

2022 年 4 月 8 日

220. 绿

披着生命的嫁衣，
不再执迷。
循着生命的足迹，
不再叹息。

阳光下，
一寸一寸，如画如诗。
风雨中，
一程一程，数着归期。

鸟儿欢快的叫声，
杜鹃花灿烂的笑容，
蒲公英无边的期许，
都是半世的相知。

生命的起点，
是你在等我，
生命的终点，
是我在等你。

2022 年 4 月 12 日

散文篇

花开见佛空生色，
云水禅心道法中。
半落枝头红翠梦，
闲来煮酒慰东风。

云水禅心，刹那芳华

1. 云水禅心

前世，我是云；今生，我是水；来世，我归海。随缘而生，随缘而灭，随缘即自在。

佛祖讲经拈花笑，自有迦叶心通妙；吾生为水亦为云，来日深海开禅道。

当我为云时，看过蓝天本色，看过山川河流；赏过月圆月缺，问过春夏秋冬；舞过暴风骤雨，怜过花开花落……也曾舒卷日月，也曾画马腾飞，也曾若即若离，也曾披霞喝彩，也曾遮天罩地，也曾与你悠然一见……

这天，一阵风把我刮到了深山，那里有翡翠般的深度，君子般的风度，竹影婆娑，山幽气清，苔绿流深……有些零星的诗句就自然而然地浮现在我的脑海里：“松风拂露过清凉”；“风雨无心先得道，落花流水闭禅门”；“竹影横斜水自流，石青苔绿意通幽，禅音渐远空风过，七贤偏安古月愁”……谁写的？莫非，我前世来过这里？莫非，我曾经会过竹林七贤？这一分心，一颗透明的心就留在了竹尖。

哦！我是竹叶上的一滴露珠，那就同竹叶一起舞蹈吧！天地通明，鸟儿伴唱，溪水奏乐，山风和弦……疯狂地吻过一片片竹叶，我筋疲力尽，口干舌燥，累了，睡了，梦了……

梦中，我粉身碎骨，头昏脑涨，惊慌失措，辨不清天南地北，听不见自己的心跳……

雨后的清晨，明媚的阳光，灿烂的山花，一群嬉戏的小孩，拍打着我的脑门：嗨！早安！山溪！

哦！感恩！原来，我今世的名字叫——山溪！我是水！我新生了！我在红尘中历练！但我已不再孤单，我和我的兄弟姐妹们手牵手、肩并肩，我们昼夜奔波，从不停息，奔下山谷，奔入河流，奔向大海。我们从不贪恋痴情的花朵，也不眷恋知心的岩石，更不沉睡在温暖的沙滩，我们就这样一路向前，向前，再向前！

明天，我会投入大海的怀抱，母亲的胸怀会沉淀我这一路的风尘，我只需静静地聆听母亲的心跳，同天地共呼吸！

2017 年 6 月 9 日晚 来自泸沽湖旅途的灵感

2. 秋云有约

我来了，你在哪儿？

今天就是约会的日子，我在等你。你在哪儿？

为了今日与你相见，我已经准备了很久。雨几日前就已经被我灌醉，至今未醒；风这几日身体不适，正在调养，我昨天才去看了他，今天他不会出门。太阳正归隐西山，月亮还在梳妆，这个黄昏就是我们约会的日子。我来了，你在哪儿？

别看那金碧辉煌的西方，那是我们朝圣的地方；别看那坠落山崖的云梯，那是我们下凡的天路；别看那云集的朵朵花仙，那是我们今日拉开深秋帷幕的表演者，你看她们都穿着节日的盛装，披着金纱，满脸笑容；别看那朵绚烂至极的金菊，她是我们今晚的明星主持，你看，她拖着长长的裙摆，正在款款上台，深秋的帷幕随着她那轻盈的步伐缓缓拉开，把潇湘水云的序曲拨响，让花仙们把全部的色彩一一展现。明天，我们将奔赴远远近近的山川、河流，海角、天涯，把秋的色彩隆重渲染……

别再看了，回家吧！在那桂花飘香的地方，在那两株古老的丹桂树下，满地的桂花已铺成了厚厚的红地毯，给你斟的桂花酒已经飘出香味，我已点燃心灯，摆好你喜欢的古琴——云和，痴痴地屏住了呼吸聆听你的脚步，等着你！亲爱的，你在哪儿？

2017 年 9 月 13 日

3. 秋雨来了

秋云有约之后，秋雨静静地来了！

我盘着腿，闭着眼，用两只耳朵仔细听着窗外淅淅沥沥的雨声，雨声里有秋风悄悄飘过的梦呓般的香魂，她是谁？又要随风到哪里去？

寂寞的夜，孤独的心，他们是要收谁的魂？我要循着黑夜去看个究竟！哦！桂花正与玉露结缘，痴痴地一起腾飞，看他们的姿态，明天，他们还将昂首阔步于今天缠绵的轮回！

2017 年 9 月 14 日晚夜雨有感

4. 秋叶红了

（一）一叶知秋

秋天的色彩，在一片叶子的脸上由绿变黄，绯红，枯黄，飘落，随风飞扬，短暂的宁静，永远的安详。我的心随着一片叶子又走过了一季。在心底，那个脆弱的地方，把你永远珍藏。

春暖花开，哪一芽新绿又是你的希望？高山瞭望，哪一朵浮云，曾经与你同航？对酒当歌，红梅映雪，哪一份思念，不带着你的绚烂、辉煌？我的心里，永远装着你的梦想，一路远航。

（二）秋叶红了

秋叶红了。落吧！落吧！红红的，黄黄的，飘然的，凝重的，和着风的，带着雨的……一地的金黄，漫天的花语，扇动春天的情愫，捎去来年的青春梦想。我的心穿梭在你的梦乡，静静地聆听你豪迈的歌唱，轻轻地触摸你炙热的脸庞，斜斜地倚靠着你坚挺的脊梁……没有悲情，没有心伤。哦，你的心一如既往。

我看见，大地张开宽大的怀抱迎接你；四季的轮回路上，你是那么悠然、圣洁；春天的花海里，你是洗浴过的花瓣。哦，你飞向了远方，随风奔跑，无论我在哪里，你正把我悄悄拥抱。

2017 年 9 月 4 日

5. 黄花风铃木

一年三百六十五，从枝繁叶茂到把自己弄得光秃秃。

走过春夏秋冬，历经风雨洗礼，看过花开花落，悟透云卷云舒……

所有的准备就是为了迎接这庄严的时刻：十多天的花期。一夜之间同时地、满满地、齐齐地开了。满树的金黄，满缀的风铃，满腔的豪情，衬托着天地万物……

小孩乐了，把你的树干摇一摇，围着你转圈圈；大人停步不前，拍着照，惊呼：什么花？好漂亮！然而，什么词语都不能表达你的精神，你的容貌。你是上天派来的仙女，又分明有着英姿飒爽；你是前世的花神、今世的神话，还是来世的天堂的模样……

你本真心，无须有名；你本慈悲，指点众生。是谁硬给你贴了一标签：黄花风铃木。自此风中、雨中、雪中、土中都有了你的声音，你的尊位……

可你没有留恋，没有忘返，花期一过，你就毅然决然地坠入土中，干干净净、安安静静，回归自然，真正重生。你曾经伫立过的枝头结满了果荚，覆盖着浓密的绿叶，你就在土中给他们加油、呵护，从未真正离开。

我想，此生与你有过相知相遇，生命就不枉然。末了，我也会和你一样，化作土，在我来时的地方。

明年，清明前后，老地方等你，不知哪一棵幼苗是你生命的延续？

最后，把你的汗，你的泪，你的血，你的精气神凝成一首诗：

满缀黄铃天国色，晚霞暗妒染金身。
风云际会豪情在，独把痴心赋予春。

2017 年 4 月 15 日第一次看见这种花，来自天国的花

6. 雪思

你飘然而至，那么白，那么纯，那么毫无思绪！顷刻，高山把大海抱在怀里，不再彩画距离。枯树把落叶揽在怀里，不让随风飘离。大地把万物拥在怀里，唱起儿时的摇篮曲。一片白茫茫中，时空交汇，默默无语！你娇小的身躯，坚定不移，誓要埋葬污言秽语，誓要填平污淖沟渠，誓要净化灵魂几许！

我寻觅松树的眉梢，我寻觅红梅的暗香，我寻觅昔日的蜂巢……我仿佛看见他们与你守在天际，色空不离！蓝天，白云，寒风，山谷，河流，岩石，树，叶，残红，都在你的素韵里，禅问自己，重塑人生，谱写春的序曲！

你，洁白无瑕，无为自在；无声敲击，无言对白；无私大爱，无去无来！生命归一，随缘不败！来春，我在花海里，再次与你独白！

2017年12月18日

7. 凉风乍起

红尘之中，有人心心相念，有人时时牵挂，浪漫几许？鲜活几许？

想你了！就在刚才，像流星划过天际，那么自然又那么意外！这个时候，能拥你入怀，该是怎样的光景？

苦涩吗？遗憾吗？心疼吗？不用问自己，问流星吧，那一定是生灭不已！问月亮吧，那一定是圆缺交替！问天空吧，那一定是浩瀚无极！问那颗思念的心吧，窗前忽又凉风乍起！

无语，无语，呼吸向你，一路奔去！

2017年12月7日

8. 感悟生命的遗憾

生命,怎么活都有遗憾,区别只在知与不知,知了又能不能了悟！

观天地万物，春花有春天的遗憾，日月有昼夜的遗憾，高山有大海的遗憾，白雪有梅香的遗憾，生命有轮回的遗憾！

观人世沧桑，贫穷、富贵各有各的遗憾，城市、农村各有各的遗憾，高处、低谷也有各自的遗憾。虽然条条大路通罗马，但走了这条路，就看不见那条路的风景。生命有选择的遗憾！

生命，怎么活都有遗憾。那么，我们就学会舍得，花开是生命的绚烂，是对时空的注脚和对永恒的昭示，而花谢是自然的生命历程，是潇洒的再生，从中让人悟透生命的本质，不惧红尘！月有阴晴圆缺，潮涨潮退由不得谁，能读懂残缺才是美之极致，生命就会豁达起来！

每一个生命都是高不可攀的，都是值得尊重的！缘深缘浅都是缘，是缘就有来去。擦肩而过的缘太浅，但谁敢说离去的背影里没有阑珊，不定一回头，生命又开始了遇见！相守一生的缘太深，有时睡梦之间忘了属于谁，醒来之后觉得一切都是应该！唯有在路上，才明白自己期盼家人的等待和家的温馨、宁静！

生命，怎么活都有遗憾。那就让生命回到本真的状态，带着朴素、自信、大气回归自然，直到，忘掉遗憾！

2017 年 11 月 27 日

9. 雨后黄昏

听，风的音符，无声，无弦！

一息轻叹，云烟呢喃。舒舒衣袖，理理发端。噙着泪，扬着帆，向前，向前！

老树摇落了乌云一片，落花零乱了风云缠绵，溪水流走了今生、前缘……

一叶轻舟，无意划破了波光的梦幻，掀开了黄昏之恋……

雨后晴空，阴阳叠翠，大美自然。清者自清，明者自明，一瞬绚烂……

任残阳把山川红遍。任白鹭蹁跹，蝉鸣醉晚。任乾坤一体，日月同辉，东西不辨。云水之间，浮生一梦，何其短暂！

月光淡淡，红颜褪尽，清风归岸……

宁静，用空明敲碎黄昏之恋。流水，用透明把天空沉淀。天籁，邂逅诗的灵魂咏叹！

2018 年 7 月 31 日晚看刘铭老师的
《宝马河咏叹调》视频后即兴

10. 云（一）

你来自亘古，翻越了千山万岭。你来自银河，俯瞰着黎民苍生。

你的前世是雪，是水。你的来世是海，是宇宙，是诗和远方。

你是所有，而你一无所有。你，生命不已，生生不息，而你，又一无所住。你，在天成象，在地成形，而你，从来没有执着过一身，一程，一念，一花，一草，一木，一魂……

天圆地方。你用一颗透明的心告诉我们，方中有圆，圆中有方；一寸之间，方圆有别；万丈之外，方圆一体；上善无为，方圆自通；无往不利，只在真心！

你就是你，上天入地，无怨无悔！
你就是你，陪伴日月，抒写光明！
你就是你，化生万物，尘不染尘！
你就是你，大爱无疆，德成道成！
你就是你，一息过往，今古轮回！

2018 年 8 月 11 日

11. 云（二）

黑夜来临，黑幕沉沉。你用真情把山川拥抱，一帘幽梦，一枕安详，一丝清凉。翠竹凝露，花瓣留香，小草含玉，清风不再流浪……

拂晓，你抖落一夜的缱绻，轻舞霓裳，把禅门轻敲，轻敲……溪水潺潺，山风过往，一雁翻飞，朝阳万丈。

黄昏，你奔向西方，任晚霞把你燃烧。你唱着高调的歌，拨动古老的弦，舞动一曲火凤凰。凤凰涅槃，凤凰涅槃，你在重生中永久地歌唱。

2018 年 8 月 16 日看刘铭老师的
视频《嘉陵江抒怀》即兴

12. 当我明白

当我明白，童年是最美的时光，我已经老了。当我明白，父母是最高的山峰，他们已经不在了。当我明白，儿女是最长的人生，他们已经排好了远方的行程。当我明白，什么是真正的爱情，我已经学会了放弃。当我明白，命运还是掌握在自己手中，我已经选择了平淡。

生命，就是一场旅行。沿途的风雨，会把我们的棱角削平。不要在掌声里迷失了方向，不要让自己的心蒙蔽太厚的灰尘。闭着眼也没关系，但得让心醒着！醒着做梦，醒着离去，不枉轮回一世！

2018 年 9 月 1 日

13. 秋云有约　此情可待

立秋一过，暑气顿收。秋云有约，不淡不浓。素面出场，秋弦拨动。

同样舒卷风月，更见淡定从容；同样描画人生，却能收放自如；同样云水禅心，照见真心与共。不徘徊，不搔首，不矫情，不犹豫；化秋雨，生秋露，吐秋声；抛壮志，舍华章，奏五音；与朝阳同乐，与晚霞共醉，与秋花私语，与秋叶对唱。情到深处，五蕴皆空。 秋云有约，秋云有约！桂香月圆，孑然孤立，净秋心，守秋魂。此情可待，此景可忆！

2018 年 9 月 25 日看刘铭老师的
视频《秋云有约，此情可待》即兴

14. 徘徊

告别昨天，风一路徘徊。刚在叶尖听到了自己的心声，一朵白云就轻悄悄地牵动了他的翅膀，誓要一起远航。黄昏来临，斜阳恋上了彩云，风羞红了脸庞，执意流浪。

告别白天，风一路徘徊。刚与花儿畅谈理想，露珠就风干了他的心房。不能乘梦高飞，索性游荡浅滩，听流水弄弦、空山蝉鸣、平沙落雁、白雪阳春……松香沉沉，朝阳红红的脸盘横跨山岭，步伐豪迈，碧波流金……风再也按捺不住自己已然跳动的心，毅然奔向光明。

告别尘心，风一路徘徊，一路奔腾，一路清歌，一路豪情……

2018 年 10 月 26 日

15. 归宿

蓝天是白云的归宿，空山是落叶的归宿，大海是泪河的归宿，家是我的归宿。

家，我的家在哪儿？家在晨昏间？家在灵山间？家在玄黄间？哦，家在天地间，家在自然间。

一方净土，一朵白荷，一片红叶，一瓣残花，它们各有各的缘，各有各的归宿！无须落寞，无须惆怅，无须彷徨！

今夜，我把心安顿在文字里，让它静静的、空空的、淡淡的，找它前世的、今生的、来世的归宿！

刹那星空，量子纠缠间，我看到了你的风姿，千里万里，正向我而来，我们同命运，同归宿！

2018年11月19日

16. 大雪日记

大雪之夜，雪终于未来。

小雪没有雪，好像没什么遗憾。可大雪还见不着雪花那轻盈的身姿，闻不到雪花洗过的空气的味道，就再也按捺不住心中的想念和寂寞了！窗外雨声凄厉，雪是否还在赶路？哦，我需要更大的耐心！

其实巴蜀的冬天，城里是几乎见不到雪的。翻看了昨晚写的大雪节气诗，读了两遍《枯树赋》，突然激动起来，枯藤不哭，像残荷一样，正在轮回，人生何不如此？又想起好久没写对联了，于是写了几副对联，接着写诗填词，还是不过瘾，又写古风、自由诗。一晚上就在窗前，与梦中的一场雪对话，空空地用诗煮着梦中的明月，与雪中的空山、流水、落花、老树、秃枝有约，把自己的心放到雪中去洗练，去歌唱，去升华……

可是，黑夜熬不过青灯，黑发熬不过岁月！雪未来，而睡觉的钟点却催得紧，只好放下了，梦里去寻雪吧！但愿，梦中，雪中，葬掉过往，告别黑暗，迎来清新和明净……

2018 年 12 月 7 日

17. 春的五弦琴

秋天一到，落叶就纷纷飘离枝头，悠然地奔向大地的怀抱，静静地聆听大地的心声，为春天的五弦琴早早地敲出“宫”音的旋律。一路不停地欢呼：阳春，阳春，我来了，我怎么看不见你明媚的脸？于是，我在萧萧落叶中听出了敦厚典雅的梵音！

冬天刚刚敞开了心扉，秋云就变了心，眼帘低垂，心神迷离，水中的倒影越来越深，有时甚至屏蔽了水的清纯，一片雾茫茫中，我什么也看不清。一阵细雨，破了昏晓；一声鹤唳，哀婉动人。哦，原来，云烟正聚散浮沉，春天的五弦琴找回了“羽”音。“孔雀东南飞，五里一徘徊”；我心随明月，天涯有知音；宫商角徵羽，云烟共水生；此处若变心，一羽何独行？

风不停地在秃枝间寻找，时而悠扬，时而高亢，时而凄厉，时而心伤……哦，是在谱一个传说中的“角”音！难怪，秃枝有韵，原来他们高举着风倔强的灵魂，正在重生！

枯树，匍匐在地，念念有声，细数轮回！夜夜空弦煮酒，对月长吟，仿佛在念叨黄昏的雨，又或思念放飞的鹰，有时婉转，有时低沉，但最终他昂起了头，抖落一生的风尘，目光坚毅，奔向黎明！

我看到了春的五弦琴上多了一个“徵”音！那音带着山中的空灵，渔樵的淡定，生命的智慧！

这时，雪呢？我怎么没听到雪的轻灵？春的五弦琴上还缺一个可以埋葬爱情、埋掉痴念和一切龌龊陷阱、污浡沟渠的“商”音。我屏住呼吸，等你！无论多久，我也要等到你的到来，让春的五弦琴鲜活过来，让大地的血液沸腾起来，让山水呼吸急促，让梅花含笑入泥，让鲜花铺成海洋，让人间春风细雨，让诗心明月有寄……

哦，宫商角徵羽，春的五弦琴；12356，春的流浪音；土金木火水，相克又相生；脾肺肝心肾，呼吸自清明；从此逍遥客，无畏在红尘！

2018 年 12 月 21 日

18. 愿我

愿我就是风，无论你到哪儿，我都能跟上你匆匆的脚步。愿我就是花，无论等多久，我都要开在你如火如荼的日子里。愿我就是雪，一生只恋一次，不是树梢半掩的梅帘，而是你的眉心。愿我就是月，你怎么奔跑，都有我长长的影子伴着你。

愿我就是春，你无须等待，就已迷失在我的花海里，日日清歌。愿我就是夏，满满的都是我热烈的爱，荷塘月色里喃喃的都是我们的情话。愿我就是秋，把世间最绚烂的云朵一一给你捧来，任你裁剪成心中的模样。愿我就是冬，用最纯洁的心为你煮着酒，把你的冷漠化成丝丝春风。

愿我就是雨，与你缠缠绵绵，一生一世，永不分离。愿我就是叶，看够了蓝天白云，衰老了容颜，还能轻轻地涅槃在你的怀里。愿我就是诗，你只需把我轻吟浅唱，我就在你梦里，在你心里。愿我就是我自己，从不知酸甜苦辣，从不知生老病死，更不知情淡情浓，只是轻轻地，轻轻地，游荡在空中我想去的每一个地方。

2018 年 12 月 24 日

19. 夜话读书

世界读书日，你读书了吗？非世界读书日，你又读书了吗？读书，是一辈子的事，不是一天的事。但是，我们可以在这一天任性一点，读多一点，读宽一点，读深一点，读远一点……

读书，读的是什么？就几千个方块文字和一次文字游戏吗？当然不是！读书，读人生，读世态，读今古，读自然，读本心……

读书，听风雨落花一路阳光明媚，听高山明月一世自守初心，听鸟兽虫鱼演绎大道无形，听时光隧道一叹千年红尘，听人生百味怎样诠释三世三生，听暮鼓晨钟怎样敲醒前世亡灵……

掩上房门，一张桌子，一盏青灯，一本闲书，自己就进入“大隐隐于市”的角色了，何乐而不为？翻开自己喜欢的书，慢慢读着，忘掉一切喧哗和繁杂，慢慢地不能自拔，竟然有时感动得痛哭流涕，有时又捧腹大笑，有时又另开小差，让思绪漫天飞扬……这些从古代走来的文字，这时鲜活在我们面前，手之、舞之、足之、蹈之，人生的长度在这一瞬间是无限的幽远，人生的高度在这一瞬间与天地同宽，人生的意义在这一瞬间是无比的快乐、绚烂……

一个字，或许会改变我们的一生；一段话，或许会帮助我们做出正确的选择；一首诗，或许会打开我们尘封已久的记忆闸门……

让我们从骨子里爱上读书吧！用书打开智慧之门，用书抒写豪迈人生，用书追寻圣贤的足迹和梦想……

2019 年 4 月 23 日

20. 《诗意人生》首发式暨研讨会上的答谢辞（节选）

《诗意人生》，这枚青涩的果子终于和大家见面了！

这里，想谈谈我所理解的《诗意人生》。诗意人生，并不是说要追求把生活过得像诗一样浪漫，而是说，在工作、学习、生活中，在交朋结友中，在社会关系中，始终保持一颗初心、童心、真心，善于发现生活的美、自然的美、心灵的美……诗意，是一种境界，确实很难！但我骨子里就喜欢山水、田园、花草……也算投自己所好！我会尽力而为，坚持下去，不抛弃，不放弃！正如拿到这本诗集后我写的一首小诗：

诗意人生路，花间掬月明。
乾坤同入梦，流水听松声。

诗意人生路？是一条追求真善美的路，净化心灵的路，安顿内心的路……

花间掬月明？在大自然间，在生活中，掬月照心，照童心、初心、本心、真心、慈悲心……

乾坤同入梦？与天地共呼吸，遵从自然规律，即老子讲的人法地，地法天，天法道，道法自然，尊重自然，用心生活！

流水听松声？达到无我之境，听到的是自然界的万物，如花与花，花与树，水与山……听到它们对话的声音，听到大道的声音……这是我的诗追求的最高境界，只可惜，太难，我的诗里能达到这种境界的还太少，修炼不够！

人生，各有各的追求，各有各的喜好，当然也各有各的难处。

不是每个人生都能圆满，不是每个清晨都有阳光，不是每一次的选择都是最佳，不是每个月圆之夜你都在我身旁……人生，很多时候都需要我们独自面对。但无论怎样，坚守初心，坚守做人的底线，能笑看残缺美，不愧对自己，才会有真正强大的内心，也不枉父母送我们来人世走这一遭！

这就是我的诗和《诗意人生》想要表达的！当然，仅是个人之见！

2019 年 4 月 6 日

21. 来自《诗意人生》的感动

2019 年 4 月 6 日，我的诗词集《诗意人生》首发式暨研讨会如期举行。早上 7 时 59 分，陈宗美院长就在我们医院微信群里发信息说已经到了福康供水公司（滨江路 180 号）了，但因为是在假期，并且离通知的时间还早，故还没有开门。感动！我们精诚眼科医院的员工正如“精诚”二字，本就没让我操什么心，这会儿陈院长到了，我自然可以一百个放心了。感谢陈院长在这个特殊的日子里，早早地给我带来了第一份感动！

8 时 07 分，南部旭川博物馆陈旭先生就打来电话问有什么需要做的，或者是否需要搬运什么东西。又一次感动！什么叫朋友？我也不用费笔墨了！就是感动！

8 时 36 分，我到了福康供水公司门口，欧阳仕茂老师正在迎接客人，上楼后一看，全体参会员工做清洁的做清洁，摆书的摆书，一片忙而不乱的情景。他们正在用心给来宾营造一个整洁温馨的环境。好一份感动，心里暖暖的，一如当日的阳光。为我们的团队骄傲、自豪！

参会人员陆续到场，送花的，送书画的，送书画镇纸的……每一份礼物都是精心准备的，每一位嘉宾的笑脸都像盛开在这春风里的鲜花！还有一个员工悄悄地对我说“生日快乐”。今天不是我的生日，我的生日已经过了三天了，因为这几天都忙，我没过生日，但她认定这一天给我补了句“生日快乐”！我会心地笑了，心里是满满的感动！

170 多个座位的会场很快就座无虚席了，会议也按预定时间和议程开始。感动于这么多的领导和朋友放弃休假来到现场，感动于大家如此用心地读了我的诗词，并真诚地点评、诠释！

马经义教授在讲话中点评了我的一首小诗：

瀑　韵

一曲飞珠颂，天河落梦圆。
只身东去路，一步一回弦。

他的解析太好了，完完全全就是我所看到的那幅画面。除了感叹马教授解析生动、精准外，更感觉到他赋予了“诗情画意”新的艺术内涵！

杨庆萍女士在百忙之中，在还没有拿到我诗集的情况下，通过微信和“巴蜀艺苑”群里找到并打印了我的那么多诗词来深读并精彩点评，深入到一个女人的内心世界里，其深度、高度、广度和女性特有的如水般的柔情与细腻的观察力，体现出了文化人独有的情怀，让我感动的泪水在眼眶里打转。其他人的点评也都深刻通透，我诗中的禅意也得到了大家的认同，还有什么比让人通过我的作品了解我的内心更让我激动呢？事实上我的美学理念就是以“佛心”禅“道”为主的，这让人不得不感叹中国传统文化的魅力无穷！是它，让大家欢聚一堂，说古道今！是它，让我们海阔天空，壮志满怀！

是它，让我们在诗情画意中，共同度过这一段美好的时光！

感动，感动！感动于老科协的精心组织和何国恺、何广发两位秘书长的统筹安排与亲自主持，以及其他几位老师如熊太平、欧阳仕茂、刘铭等的用心协助。

中午的朗诵也让我感动！我们医院的院歌合唱和福康供水公司的杜实朗诵的《云水禅心》，让我感动于对事业的执着是多么的美好。两首自由诗《不要以为》《冬天的落阳》能被年轻的朗读者王瑾等选中，也让我又一次检视着过去。哦！原来青春的记忆和体验是那样的一致；原来，那些年写的东西依然有它的存在价值。还有儿子若愚诵读的《天地玄黄》的第四、五、六章，除了让我再次坚信应该敬畏自然、热爱生命外，更自豪于孩子的成长和成熟。我感动着！

几首歌曲也让我感叹，因为我不识谱，故刘铭老师写了谱子后这么久，我也只有干等着！听了马春梅老师自弹自唱的《星空下的忧伤》，我好像突然明白了什么是“高、大、上”。她的歌声抑扬顿挫、张弛有力，相比之下，我的原唱就像山妹子唱山歌，只能说尚带着泥土清香。真的服了！李兴永老师演唱的《破阵子·山寺古梅》和《踏莎行·咏雪》，让我又进入了另一个天地，那川味十足的戏剧般的诠释，完全就是我的诗意之升华，诗心之豪迈，诗魂之纵横！南部中学任鸿鹰老师和马春梅的《诗意南中》之一、之二的朗诵，又仿佛让我回到了青春的励志校园。王雪明老师激情朗诵的《一抹残阳》，让我再次体味到残阳并不让人遗憾，反而是那样的壮美！艺术本相通，关键在于我们是否沐浴在其中，并净化于天地之间！由于音响放不出声音，刘铭老师现场即兴为所有的朗诵配乐助兴，错过了与友人神侃与豪饮的时刻……

午餐结束在肖梦竹老师朗诵的诗歌《今生，只是一首诗的深情》中！感动！

下午，在轻松愉快的交谈中，我又学到了不少的知识，第二本诗集的名字在舒畅老师的建议下初步定为：《雪中的月亮》。

这样，我又给自己的内心找了个安顿的框框，我也很乐意被框在里面，自得其乐！

为了记住这个美好的日子，以此篇小记。祝愿大家天天开心，万事如意！

2019年4月7日

22. 杨岸森文章读后感

一直告诫自己，多写点医者医事。可是满脑子都是山山水水、花花草草，总有写不完的东西。所以，一看到杨医生的文章，就喜出望外。

杨医生的文章正是医者医事的点点滴滴、方方面面。其文善于从小处着手，从细微出发，道出“人之初，性本善”的真谛。每个小标题都不是立在那儿让人看热闹的，最后都能落实到工作、学习、生活中，让普通人产生共鸣。他的亲情杂文，看似朴实无华的文字却正是生活的本质，平平淡淡最是真！

的确，生活不只是诗和远方，还有遗憾、辛酸和无奈……但是人性的光辉总会在生活中灵光一闪，只要还拥有一颗善良的心，一双善于捕捉、善于发现的眼睛，相信每个人的心底都能保有清水一潭……

医生的工作责任重大，有些事情暂时无法改变，但我们可以用心，用笔，用文字呼吁、呐喊！社会需要正能量，正能量不是口号，得从生活中来，得从善良中来！改变不了别人时，先改变自己！我想这就是医者之文章的最好注解！

守初心，守本心，让我们共同努力！

2018年12月6日

23. 闲聊杨施民先生

今日又读了杨岸森的文章，其《家父杨施民古体格律诗词赏析》，解得好！也让我突然想聊聊他老人家。

二十几岁就认识了杨施民老师，当时请教过他不少古汉语方面的问题。也是很多年前就已拜读过他老人家的《违时残稿》，特别喜欢他的花诗。本想挑选一部分格律诗词大家共赏，一直未付诸行动。今天看到杨岸森的这几篇赏析，甚感欣慰，甚为感动！

诗词有目共睹，我就不多说了。因杨老师与我家先生是至交，亦师亦友，我家先生又喜欢他，又骂他，一起喝茶也是边提问题，边讨论边骂，我在旁边插不上话，冷静处之，细思究竟。

纵观杨施民先生的诗词、文章，一如他的性格，一如大自然的花草，因为违时而自见风骨，因为违时，也更见风骨！那必然是他的东西！有浓浓的性格特征和时代沧桑，也有生不逢时的诸多感慨。他骨子里就是不甘寂寞的，冷峻犀利的，眼光独到的……所以他的诗，特别是花诗，可以在鸡蛋里挑骨头。他的作品里像藏了一双深邃的眼睛，锋利如利剑，未出鞘就足以让人脊背发凉，对时事能鞭辟入里，剥茧抽丝，让你读后不得不想，不得不思，其文字功夫也不是我们这些普通人能超越的。他的作品值得再读，再思！

我们写东西应该从实际出发，从自己的喜好出发，从自己最熟悉的人事出发，如果连自己都感动不了，那怎么能感动别人，那意义何在？读后让人有所思，让人有所得，让人有所悟，让人可以开怀一笑，抑或暂时忘却烦恼，向善出发……诗言志，这个“志”是多方面的。放宽思维，结合实际，人生何处没有灵魂的净土？

医者仁心，没事写写文章，看看书，既接地气，又修身养性，多好！社会复杂，人情冷漠，先管好自己，才能治好病人，我想这是每个医者最基本的生存之道！但愿医者能自医，进而医人，都能管好自己，社会自然清明了。

最后，希望能读到杨医生更多的文章！

2018 年 12 月 9 日

24. 《流浪在江南》读后感

匆匆读完杨剑横医师的第二本诗集《流浪在江南》，胸中像哽着一团气，不吐不快！可是那团气正混沌交织在一起，一时辨不清南北。哦！此时需要闭着眼，沉住气，默念五分钟！终于，那团气慢慢地鲜活了起来，原来那正是中医所讲的“元气”“宗气”，不愧是医者之诗，我的思绪已被他的诗直接带入生命的起点！

因为种种渊源，我和杨剑横医师既是朋友、诗友，更是同行。所以，我一下就被那些带着原始气息，和着中药味，伴着风花雪月，流动着诗心诗意的医者之诗吸引。

我的诗主要是写山水、田园、花草的，涉及医疗行业的较少，所以一向对能够脚踏实地写医疗话题的医生诗人钦佩不已。杨剑横医师及其兄弟杨岸森医师继承并发扬了其父杨施民老前辈的精髓，实在是值得我学习！

我想杨剑横医师的诗首先得从中医的角度来理一理。中医是我国的国宝，杨医师是有大情怀的名中医，熟读《黄帝内经》《伤寒杂病论》《神农本草经》等，医者仁心，他每天怀揣着慈悲之心和对生命的敬畏之心，接诊那些现代社会里焦虑多思的病人，穿梭、思辨在今古之间，奔走、落寞在理想与现实之间，恨不能济苍生于无穷……

在难得的休闲时间，他那停不下来的思绪，就一发不可收拾地奔向了山间、田野、故乡……他那颗始终流浪在红尘中的心，听到的是江南的细语，江南也毫不保留地对他倾诉着西施、越王，倾诉着远去的征程，诉说着凄美的故事，给予他无穷的智慧。千岛湖的宫阙，仿佛还屹立在岸边；钱塘江的浪潮，仿佛还携着古时的宫商角徵羽。在诗中相遇，却又被拉回骨感的现实，真让人欲罢不能！“追赶一株株弯腰的残荷”，这是惊喜后的无奈吗？不！这是追赶着古人的足迹，不弃大道、不弃生命、不弃自我、不弃红尘，坚守仁道、仁心、仁术于生命轮回，在江南的流浪中顿悟，将小我置于天地之间，物我一体，天人合一……

西湖龙井，筋骨已老；灵隐寺的晨钟暮鼓，正同油纸伞下的姑娘一同呼吸；江南的桥，江南的雨，滋养着青石板的孤独……这些亦古亦今的意象是否都像诗人一样，正追逐着诗的远方！可作者的目光还是穿透了这些表象，凭着医者的敏锐，细细品读鲁迅弃医从文的忧伤。医者之诗，医者之笔，掏出内心，捧出灵魂，一起细看亘古的历史，一起放声歌唱！

流浪在江南，心却穿越时空，时时回到故乡，用故乡的风云，故乡的味道，把江南醉倒，把自己醉倒！被风吹走的山村，在诗人眼里始终如花季少女，从来就没有真正离开过！树梢的月亮，陪旧宅变老，而小河一声不响，默默数着星星，思念远方，等我到天荒地老……

不想结束是不行的，阅读诗歌是第二次创作，我只是用我的视角串联了《流浪在江南》的零星碎片。医者之诗，既有中医古老的智慧，又有浓厚的现代气息，更有浸透骨子的忧患意识，愿医者都能找到一剂万能的良方！用药不行，就用心唱！

2019 年 7 月 23 日于南部

25. 三十年同学会感言

三十年同学会，人生能有几个三十年？同学们，你们还好吗？

三年同窗，甘苦与共；青春岁月，绚烂多姿；美好记忆，山高水长！“89 级护士一班”，雅安卫校一个响当当的班级。无论是学习成绩还是文艺节目、体育比赛等都是名列前茅的！操场上你矫健的身姿如在眼前，林荫下你读书的身影还是那么清晰！晨曦中我们迈着希望的步伐，课堂上我们专心致志，实践中我们勤学苦练！终于，迎着满天朝霞，我们走向了各自的工作岗位！我为我是雅安卫校 89 级护士一班的一员而骄傲，而自豪！

工作中，我们牢记希波克拉底誓言，践行着南丁格尔的梦想，在平凡的岗位上坚守，在日常的琐碎中奉献！五年，十年，二十年，三十年，光阴似箭！我们已经不再年轻，但我们仍然初心未变，理想丰满！

俗话说：五十知天命。今天，我们已相识三十三年！三十三年，人生的一半，何其珍贵，何其壮观，何其蔚然！让我们牵手，让我们拥抱，让我们放歌！

感谢老师们的教导，感谢同学们的努力，让这次同学会得以顺利召开……

26. 冬的絮语

冬天，正用一支枯黄的笔细细地描绘着春的画卷。看那裸露着脊梁的山崖，春天一定是最早披上绿色盛装的地方。看那迷离在山坳的层云，正轻轻哼着儿时的歌谣。看那飞奔的溪水，正欢快地拍打岩石的肩膀……

风装满了梦想，翠竹无意掩饰沧桑，满地的落叶不再倔强。光秃秃的树枝，湿漉漉的青苔，绿油油的松针，稀稀落落的红叶，含着露珠的小草……生命的顽强，正一点点剥开荒凉；坚定的步伐，正走在回家的路上。

或许一场雪的到来，一朵梅花的盛开，一个老人的叹息，都会猛然启动春的旋律。我坚信，春天就在我没有看到的地方铺排。

一滴露珠落在我的眉梢，我抬头望向我家这棵风水树。雾蒙蒙的天空下，这棵高大的树，仿佛就是我整个的天。冬去春来，它在岩石间自由生长，在风雨中自在呼吸，从未停顿！而我的青春却已一去不返，我从这里来，还将从这里去，可大树都知道吗？或许根本就不用问，天地万物谁是谁？回去吧，天黑了，只有父母才记得你是老几……

2019 年 12 月 20 日

27. 舍得舍不得

昨天，我舍不得青春，可是，青春一去不返了！今天，我舍不得诗心，可是，诗心已经开始修行了！明天，是否，我会舍不得自己？可是，我到底是谁？

一念止，一念生。云何应住？云何降伏我心？

云舍掉了风，揉碎了光阴。花舍掉了雨，净化了灵魂。水舍掉了山，成全了大海。月亮舍掉了星星，开启了黎明……

我该向哪个方向，去寻或不寻？我该用哪种文字，去分或不分？我又该，用哪年哪月，去对话黄昏或清晨……

2020 年 1 月 12 日

28. 缘

曾经，我与一片花瓣有缘，它成了我的书签，可我忘了那本书很多年。

曾经，我与一片菩提叶子有缘，因为太过珍惜，我把它过塑后放在书桌上，随意地使用。可是，今晚把它从书里拿出来后，却突然觉得它被我剥夺了轮回的自由。有点舍不得，但我还是鼓起勇气，毅然剪开了那层硬硬的塑料，撕开。叶子瞬间化成了碎片并飞舞起来！而叶子的纹理却在两片塑料间烙上了深深的纹理，菩提的不尽的缘，竟然是在我放手的瞬间！

生命，有什么不能放手的？也许没有！只是我们没有试着先放了自己！

2020 年 1 月 12 日

29. 2020 年的春天

2020 年的春天，是一场生死考验。

武汉加油，加油武汉，那是全国人民的呐喊。能收尽收，能治尽治，科学临床肩并肩。与时间赛跑，与生命对话，哪里有白衣天使，哪里就能起航、扬帆。星夜连战，不休不眠，火神山、雷神山、小汤山，山山尽显英雄本色，山山都把曙光再现！志愿者的身影把大街小巷行遍，桩桩件件，实不平凡。你在家里防守，我在门外站岗，他在积极募捐，我们同坐一条船。

从上海，从山西，从江南，四面八方、五湖四海，接力棒把火炬点燃！方舱医院，又拉开了生命的另一道防线！山川异域，风月同天！人类生命共同体，谁也没有旁观！善良，刻进每个人的心间！善良，开启人类生命的明天！

灾难，让我们更坚定，更冷静，更周全。灾难，让我们喊出：爱你，我的亲人！灾难，让我们思考：生命大于天！

岂曰孤独，东方已白。岂曰无助，紫气东来。打不垮的，是炎黄子孙、独立不改。浇不灭的，是凤凰涅槃、英雄气概！祖国，只有一个未来，那是，亿万人的心，连成的铜墙铁壁，天地情怀！

春天一定会来，实际，春天已经来临！窗外，红梅还在，菜花已开，柳树已把春风摇摆！2020年的春天，请重新认识自己，重新思考未来！每个人都有一把哨子，让哨声吹响四野，把每一个生命善待！

2020年2月14日

30. 美与孤独

几天前，接到杨岸森先生的电话，要我为他的诗集作序，我一下就胆怯了！虽然平常很喜欢读他的杂文和诗歌，但是作序，我不擅长，而且他的文字里都是浓浓的佛学智慧，对我来说，只能欣赏，不能点评，更不能抓住他诗中的精髓。那就试着往下读吧！

“美是回来做自己”，我觉得把蒋勋老师这句话拿来比照着读杨岸森先生的诗最适合不过。他的诗简短明了，他的文字清新、质朴又暗含着禅意和哲理。他用佛家的悲悯从容地抒发儒家的浩然正气，用佛学的智慧剥茧抽丝般把生命的本真和本源一层层揭开给我们细看，同时总会留着一扇窗把我们的思维引向更广阔的远方。我觉得，他对佛学的通透铸就了他的诗的特色和价值。我从他的诗集里挑几首来解读，算是美的洗礼吧！例如，在他的诗《曲终人会散》中有这么几句：“人的来不是因为去。来就来了，去就去了，好便是了。”也许因为同是医生的敏感吧，读到此处时，我突然就想到了在这次疫情中看见的那句经典对白：

“医生，此去欲何？”

“战病疫，救苍生！”

“若一去不回？”

“便一去不回！”

如果说在生命的长河中，每一首诗就是一次截流而过的话，那么美就是每一个文字所吐露的真情。“来就来了，去就去了”，那么豪迈，那么无惧，那么饱满而又令人感动！而“好便是了”，则完全洞悉了生命的真谛！读到这里，你不得不停下来思考自己的人生，思考自己的生活态度。

孤独的美。孤独，不是寂寞，是独与天地精神相往来，是完美的坚守！生命是一个不断丰富的过程，人生的每一步都是对自己的检视和超越，用诗来记录生活，记录我们走过的每一步，生命就变得绚烂无比。生命之花不只开在少年时，只开在春天，而是一直开在生活中，开在自然中，开在生命的长河中。在生命的风风雨雨中，美就是孤独的坚守！在诗人的笔下，一条小径的幽谧，一朵野花的芬芳，一粒石子的坚守，一条小溪的奔放，一片叶子的凋零和眷念，一颗熟透的果子，一树枯枝的倔强，甚至一片雪花的心事，都是那么鲜活、丰满、感性，它们都是孤独的个体，同时又是圆满的生命体验！例如，《眼前的桌子不是桌子》中这样写道：“眼前的桌子，不是桌子，数年前，它是家具厂的一段木材。那段木材，数十年前，是森林里的一棵大树，那棵大树，数百年前，是一棵小树苗或者种子。那颗种子的种子的种子……呢，是一段历劫的虚无。数百年后，眼前的桌子也将不在，化为它来时的虚无。无中生有有还无。”读到这里，一个个孤独的意象是那么丰满，生命就是与孤独对话，就是不断地超越自己，就是生生不息的执着和美！

诗的主旨本不是我要探讨的内容，但是诗人在诗中自己作了回答，那我们就一起来读读吧！在他的《丝与诗》中有这么一段：“自诩诗人的大爱呢？播撒阳光一样的善良呢？净化社会引导真善美呢？还得反思掸去心灵的尘埃！真心流淌的文字，才是不朽的诗！”诗是什么？生命是一条流动的河流，诗人就用诗的语言去寻找生命的源头，在诗人的眼里，每一朵荷花都是一部佛经。天上一个月亮，地上有无数个月亮，只因挂得够高。小小蚂蚁谁在乎？蚂蚁在乎！彼岸并不遥远，仅仅隔着回头放下的距离……这些朴实的无声的文字，让生命做回了自己，也让诗人美美地做回了自己！

末了，我还想说两句，杨先生的诗，要泡着清茶，慢慢读，慢慢思考，这些简简短短的文字承载着传统文化的精髓！另外，期望他整理的散文、杂文也能早日见面，因为他的杂文里有更多的医者情怀，彰显着大医精诚的高尚品德，正是如今医疗界特别需要的一缕曙光！

让我们一起走进诗中的世界吧！

2020 年 2 月 19 日

31. 今日思考

永恒，是一件美丽的外衣，把我们的思绪引向天际！

穿过古罗马的城墙，风的裙摆不再时尚，阳光下斑驳陆离的泪痕正诉说着远古的忧伤和彷徨！

文明到底是什么？是对漫漫长夜的恐惧，还是闲暇的胡思乱想，或只是无知的惆怅？又或许是对大自然的模仿，对生命的眷恋，对无知的探索，对自我的肯定，对永恒的渴望……

文明是什么？文明是岁月洗礼后的传承，文明是共性中的个性，文明是典雅中的空灵，文明是思想和艺术开出的最美的花朵……

2020 年 6 月 1 日

32. 风的叹息

风在低矮、潮湿的堂前目光呆滞，霉变的味道充斥着它的全身，骨头因为阳光的抛弃而一蹶不振，灵魂在天堂和地狱间徘徊……

这样的时光沉沦，这样的乾坤颠倒，这样的昼夜撕扯……

呼吸越来越弱，心跳越来越凌乱，听不到悲伤，听不到狂欢，听不到从前……

突然，一声惊雷炸穿了闪电的背影，大雨倾盆而来，黑漆漆的灵魂索性不再奔走，任凭骨头酥软，任凭皮肤裂变，任凭血液凝固，任凭细胞凋亡……

一切的原罪就这样暴露无遗，惯常的肤浅就这样挥舞镰刀，不堪重负的四壁轰然倒塌……

太阳毒辣辣地照碎了锈迹斑斑的铁锁，月亮明晃晃地碾碎了青苔上的几滴泪珠，天地玄黄，宇宙洪荒……

老子的青牛在南山冥想，六字真言在金碧辉煌的屋顶飞扬，银铃般的笑声发自母亲的胸膛，喇叭花不再倔强，向日葵羞涩地望着远方，斜阳牵着风的衣袖飞翔，飞翔……

没有执念，没有羁绊，没有纷扰，风去向任何想去的地方，生命定格在回归平常……

2020 年 7 月 3 日

33. 寄语公众号

半日清闲半日仙，“半日清闲半日仙”！对！这就是我的公众号，一个诗意的公众号！我的笔名“半闲”的诗意居所，也是为我的诗保留的一方净土！

诗，是写给自己的心灵寄语，是取悦自己的内在精华！它在这里静静地修行、发酵，在这里随着时光慢慢地流淌、变老！没有开始，没有结束，无须褒奖，也无须牵挂！你来与不来，它都是自在的精灵；你看与不看，它都是文字的私语；你喜与不喜，它都是天地的造化！

昨天，我的足迹在这里徜徉。今天，我的感想在这里挥洒。明天，我的思维在这里扩展。我守着你，守着一份对自己美好的祝愿。我守着你，守住自己的一片蓝天！我们一起在月光下漫步，我们一起探讨生活的点点滴滴、方方面面！我们一起对着阳光呐喊！

2020 年 7 月 10 日

34. 诗歌

一整天的休闲，被零零碎碎成了焦虑不安；一朵花的盛开，被风风光光成了此岸彼岸；一首诗的意趣，被东拉西扯成了文明碎片；一本书的完整，被断断续续成了“花自飘零水自闲”！

今生，你是否端详过朝霞的脸，抑或聆听过明月的心？此刻，你看那片叶子正在蹒跚，它是在老去还是在念：归根曰静？抑或又只是在十字路口盘旋？

为什么？为什么这片贫瘠的土地，会把诗歌的弓箭拉满？时间消逝了，朝代更替了，大浪淘沙的结果，只有一批诗人的形象永立在天地之间，一首首诗的旋律像一颗颗种子播撒在每个人的心田，开花，结果，绚烂！

诗仙李白的“疑似银河落九天”，有没有让你心生狂澜？诗豪刘禹锡的“何陋之有”，有没有让你守住底线？诗圣杜甫的“无边落木萧萧下”，有没有让你感慨万端？诗魔白居易的卖炭翁，是否如今还晒着一张黑黑的脸？诗佛王维的“莲动下渔舟”，有没有让你忘掉尘世愁烦？李商隐的“巴山夜雨涨秋池”，是否早已捎去了思念的琴弦？

太多的疑问，划过时空的边界，与诗歌的种子一起飞向云端，在那里等待屈原的赴宴，等待东坡的调侃，等待你我的寒暄！

2020 年 9 月 1 日

35. 青花瓷碎了

青花瓷碎了，碎了！风听到了景德镇上空一片云的叹息。

大地从睡梦中惊醒：谁呀？一大早的，敲什么敲？

哦，原来是归家的游子啊！怎么，身上还带着支离破碎的蛇尾、凤头、花草？家里的泉水是甘甜的，无须你来塑形！家里的风是温和的，无须你来炙烤！家里的花草是有根的，无须你来栽种！生命，只是有无相生，难易相成，何须舍本求源，何须脸上敷粉？看！太阳花优雅的脸，是最动人的琴！狗尾草低头的一瞬，是丰收的含蓄、深沉！泥土的清香，是地球的心脏用高温提炼出来的精灵！干吗把你高贵的气息弄得不伦不类？

一阵暴雨呼啸而来，把青花瓷的梦想彻底粉碎。

一个月后，诗人在一片金黄的叶子下看到了青花瓷的纯净，虽然有着咄咄逼人的棱角，但像极了一弯新月。在一枝玫瑰花下看到了青花瓷的坚挺，有点冷，却像极了一个不会摇尾巴的小蝌蚪。又在溪水边看到了青花瓷，盘子中心的水仍然清澈透明。

诗人好像突然明白了：原来，青花瓷那惊心动魄的美，就是风雨淬炼过的人生！无论在时空的哪一点，无论是残了还是碎了，都不失生命的本真！原来，生命，换一个角度更美！生活，从来就没有一帆风顺！

诗人把它们小心翼翼地保存在书架上。从此，新诗开了一扇清凉的门！

2020 年 9 月 1 日

36. 芭茅

有人说我叫蒹葭，有人说我叫芦花，有人说我叫芭茅。其实，我叫什么都不重要。

有人说我来自《诗经》，有人说我来自大唐，有人说我一直住在深山里。其实，我在哪儿真的不重要。

重要的是：我是秋天的翅膀！

别看我在风中摇摇晃晃，我是尽力把秋天的愁绪舒畅！别看我在雨中羞羞答答，我是尽力把秋天的心事收藏！阳光下，我神采奕奕，那是我带着秋天的诗歌出场。月光下，我长发飘飘，那是我怀揣着青春的梦想！

我用我的激情在瑟瑟秋风中划开一道道忧伤，让它们自由流淌，流淌，直到消失在远方，白云不再迷茫！

我用我的坚韧在荒山野地里肆意生长，只为给秋天的梦想插上隐形的翅膀，让落花驮着夕阳，让柿子挂着月亮，让梧桐高举凤凰，让诗歌秉烛高唱！

此生，只做秋天的翅膀，如幽兰般高洁、绽放！

2020 年 10 月 15 日

37. 小雪有记

立冬后 15 天，基本无雨，阳光时不时地从厚厚的云层中钻出来晒晒心情，巴蜀的冬天漫溢着暖阳般的情调。

在乡下，我看见一树盛开的桃花，觉得很疑惑，朋友解释，因为桃树的位置当风，春天花开后果实不多，所以营养过剩，遇着这种小阳春般的节气，就又开花了。我吃惊于生命的倔强和坚守，这株桃花的颜色便是这个冬天最早送来的温暖，在漫漫人生中，有一种特殊的记忆留在了心尖。

然而，节气不是随便叫的。星期六，即小雪前一日，虽然风很大，但气温尚可，我还是抓紧时间一如既往地去富乐山赏菊，想抓住这秋天的尾巴。这时的菊花，大部分已经过了最好的年华，显出衰老的迹象。有小部分却开得正好，我精心挑选着拍呀拍的，想把秋天的书页尽量收藏。

星期天，小雪如约而至，温度一下降得厉害。只见寒风中树枝东倒西歪，把持不住，落叶纷飞，横带着小雨，冷得无法出门了，我只好收拾了东西赶快逃回南部，一回来就换上了棉袄，顿时觉得自己没有被冬天抛弃，与小雪和解了。

星期一，在微信朋友圈看到了西安下雪的照片。哇，这场雪也是说来就来啊，太美了！朋友见我喜欢，发了一些过来，于是这一周下班后，我就在书桌前安静地坐着，在脑海里一遍又一遍地拨弄雪的琴弦，听秋天的鼾声，看秋的灵魂是如何在雪中傲挺、洗净，听冬天与秋天的筋骨交错、碎裂、新生，它们就像一对情侣，有时窃窃私语，有时争奇斗艳，有时静如止水，有时你侬我侬……

终于，红枫穿上了白白的棉袄，青松扑簌簌地叩开了绝世的完美，残荷想当然地背叛了不舍……而我，不想背叛自己，索性费点笔墨，让雪飘落在我的生命密码前，让雪在我的生命里皴开一个小点点，再让它在风雨中，在岁月的洗礼中，慢慢变老，直到无痕！

2020 年 11 月 27 日

38. 水杉随感

在冷冷的寒风中，蓦然见到水杉，你会惊讶、迷惑的！一时竟分不清季节到底走到哪里了。如果是秋天，那这就是秋天最悲壮的颜色，是骨子里的豪迈铸就的辉煌；如果是冬天，那么这就是大自然馈赠给冬天的温暖，文人瘦弱的书袋里绝对装不下这一抹远古的绯红！

不过，水杉其实是没有顾虑的。它的生命就是丰富多彩，它的使命就是让春夏秋冬分明，它的修行就是挺拔向上、慷慨激昂。几片落叶悄悄地落下来，覆盖在落叶冢上，生命的厚度就又叠加了一层精华！

望着这一株株挺拔的树干，拾起这一片片凋落的叶子，我的心竟有几分荒凉。脚底的热和手上的冷分别提示着我什么呢？是春天的风正在梦呓，还是此时对于冷的感觉刚好就是生命的本真？管它呢，珍藏一片叶子，就是收获一片蓝天，我们一起等待风雪来临，等待鲜花盛开，等待下一个轮回的优雅登场！

2020 年 12 月 2 日

39. 我叫角膜

我叫角膜，别说不认识我。

我有一道优美的弧形的大门，它们叫眼睑。

如果你连大门都找不到，那我告诉你一个秘密：我的门上挂着瀑布般黑漆漆的门帘，它们就是为你遮风挡雨的睫毛！

进得门来，我们就可以煮酒邀明月，对影成三人！别说我黑得深沉，我其实很透明！我虽然有五层，但是它们排列整齐，分工明确，精诚团结，坚韧不拔……你也不用背单词，我不外乎一个上皮层，一个内皮层，中间一个基质层，基质层向前是前弹力层，向后是后弹力层。是不是超简单呢？

也不用细细考究我的形状，圆形，天圆地方嘛！所以我总喜欢看蓝天白云，绿树成荫！不过，如果你细心的话，会发现，我是略向前凸的横椭圆形。

我的横径是 11.5～12mm，垂直径为 10.5～11mm，前曲率半径 7.8mm，后曲率半径 6.8mm，中央厚度 0.5mm，周边厚度 1.0mm，折射率也会 1.376，屈光力 43D，相当于 4300 度，约为总眼球的 2/3。知道这些对你只有好处，没有坏处！

你离不开眼睛，眼睛离不开我，但我也不能孤立存在。这点我还是有自知之明的。

末了，我想说：爱护我就是爱护你自己！我其实要求也不高，适度用眼，劳逸结合，多带我去看山看水，吃东西也不要太挑剔，我只是偏重维生素和微量元素而已。

让我更好地和晶状体、玻璃体携起手来，不给视网膜增加负担，为你提供更广阔的视界。视力好，才是真的好！

2020 年 6 月 29 日

40. 闲扯光阴

日历又被我撕掉了一页，因为回来得晚，所以我撕它时没有任何迟疑，就像光阴从我身边溜走，也没有任何迟疑一样。

光阴也真是奇怪，它没有让任何事物停留，也没有为任何人停留，它自顾自地走着，走着，就不见了。但我又分明觉得它从来没有离我而去。刚刚才下过了一场雪，迎春花就开了；刚刚明明还在外面和朋友们聊天，现在我又坐在了书桌前。没有光阴的故事是不完整的，倒是我自己守不住光阴的寂寞，变老了，变丑了，失去了，得到了，就这么患得患失地瞎折腾。

窗外的车流声改变了风的去向，一颗星星却突然亮了起来，接着是两颗，三颗，四颗……原来黑夜正在看一场星星直播……而我，差点就错过了睡眠的最佳时间……

我情愿光阴就在我的睡梦中悄悄溜走……

2021 年 2 月 1 日

41. 两手空空

自己跟自己早就说好了，第三本诗集的诗词写到大寒节气，有一个完整的二十四节气诗就算自我交代了。从 2017 年以来，我每个节气都在写诗，好像生怕季节忘了我。慢慢地竟然爱上了这些古老的实用的节气，古人的智慧既不能突破，那就好好守着它！每写一首诗，仿佛都是在和古人做一场穿越时空的对白！

于是乎，大寒节气一过，我就变懒了，感冒也悄然上门了。加之工作忙，索性就给自己放了一周假。中途马马虎虎填了两首词不满意，也就干脆让它们都出局吧！咳嗽的喉咙吟不出高调的诗，嗜睡的头脑听不见春天的旋律，但是年终总结这一首必须得留下，留下一丝岁月的记忆！

于是乎，这一周我就这样粗服垢面、两手空空地来跟大家打个招呼。大家还好吗？庚子年的末尾能互相打个招呼的都是幸运儿。天道酬勤，自助者天佑之！愿大家来年平平安安，诸事皆顺！

另外，这一年以来，我的美篇和公众号配诗的图片除了很小一部分是我和诗友的以外，大部分是用的刘铭老师的美照，在这里一并感谢一下。真诚地感谢一下，明年好继续用！

2021 年 1 月 31 日

42. 春天的绿

春天的绿像襁褓中的婴儿，刚刚来到这个世界上。没有恐惧，也没有张扬，一切都那么新鲜，一切都那么可爱！听着鸟儿的歌唱，它们学会了点头微笑。看着清晨的阳光，它们懂得了风雨的无常。

春寒料峭，春雨来了，韭菜疯狂生长，桃花在不舍中舞蹈……春天的绿呢，它们在枝头拍拍翅膀，乘风破浪。风和日丽，彩蝶翩翩，一曲《梨花落》惊动了田园，一群白鹭扑打着水上琴弦……春天的绿呢，它们在枝头一点一点，不动声色，就用鹅黄翻开了翡翠的封面，用素描补偿万紫千红的软肋，用极简的风格演绎生命的倔强……

哦，春天的绿就是清新对着蓝天白云哼出的小调，没有悲伤，只有舒畅。春天的绿就是风雨对着人生喊出的大调，没有彷徨，只有豪放。

春天的绿，是新老交替的梦想插上了诗歌的翅膀，一路阳光洒满胸膛。春天的绿，是陶醉的韵律，苏醒的情调，正向着来时的方向用心歌唱。

生命可短可长，我的青春只属于我走过的地方。

2021 年 3 月 23 日

43. 春雨

当春天太过绚烂，太过热闹，膨胀的心无处躲藏，就是春雨该来的时候了。

支离破碎的风带着太息般的目光四处游荡，一瓣落花被惊醒的梦掩埋了荒凉，一段动人的旋律触碰了心底最脆弱的地方。

放下光阴的心事，蔷薇开成了冷漠的墙。舍弃生命的繁华，野草敷衍着老树的伤。一幅涂满胭脂色的画卷，再也无力张开翅膀，被抛掷在浮萍泛滥的池塘。

月亮悄咪咪地起航，绿叶抖动少年的痴狂，白云笃定泥土的清香，山峰把垂直距离无限拉长，朝阳在鸟儿的咳嗽声中缓缓出场。

被春雨洗涤过的灵魂不再张扬，柳絮终于可以青云直上。被春雨灌溉过的田园一派阳光，炊烟袅袅，紫燕双双。

2021 年 4 月 1 日

44. 生日漫谈

小时候，我家只有弟儿过生日时，母亲才会给他煮个鸡蛋，同时还要叮嘱他悄悄地吃，不要让我们几个大的知道了。弟儿不懂事，偏要拿到我们面前来炫耀一下，我们也不生气，因为平时都是让着他的，谁叫他是最小的呢！

工作后因为离家远，就只好自己给自己过生日了。可能因为我出生在桃花盛开的季节吧，我对桃花有一种天生的偏爱，每年过生日时，就约上两三个要得好的姐妹跑到绵阳商业学院去偷桃花。原来那里有一大片桃花，我们带着剪刀，趁着天黑，专拣那种含苞待放的，剪好后捆起来，绑在自行车上，一溜烟地下山来，然后悠然自得地回家把它们插在花瓶里，静待花开花落，直到花瓣铺满了书桌，芳华褪尽，都还舍不得丢掉。所以那些年我的生日是一段美妙的时光。

慢慢地生日的趣味就越来越淡了。有一天，好像突然领悟了“四十而不惑”的含义所在，就宣告不再过生日了。生日这天不再为谁忙碌，而是让自己静静地陪自己半天，思索人生，感悟父母之不易，自己审视自己，与心灵对话，感叹岁月不饶人，感恩所有的遇见……

又到生日了，我是不过了，但总还有记着的人，红包可以拒收，可是这么远安排送到诊断室来的花花，我可没勇气拒绝。收下了一份满满的感动，收下了友情的长长久久！

也许真的是气候变暖，如今桃花早谢了，小小的桃子已经傲然挂在树梢。桃花的偏爱一如既往，但是看到那洁白的低调的槐花，生命还是如此美好，人生需要记住的好像总比需要忘掉的多得多！

一个不争的事实就是我的生日没有变，而季节的脚步提前了，我的生日之花从此始于槐花了！那就用槐花的白来翻开人生的后半场吧！

不变的我，痴心的我，愿与大家风雨同舟，祝大家吉祥安康，开心快乐！

2021 年 4 月 8 日

45. 出窍

也许，我需要一次孤独的旅行，来打乱我这按部就班的生活。也许，我需要一场突如其来的狂风暴雨，来阻断如今匆忙的脚步。也许，我需要一个加长的黑夜，来整理我凌乱的思绪。也许，我需要一个不太完美的理由，来解读人生的意义。

闭上眼，我走入丛林，阳光洒满每一寸土地。鸟的叫声莫名地亲切，溪水弹着醉人的旋律，一片叶子飘飘欲仙地为我引路，一朵小花被蝴蝶团团围住，一只小白兔竖起两个耳朵听老树讲故事，一条青蛇把尾巴翘得高高的，欢迎我的到来……

转过山头，一阵风吹来，有点冷。满天的星星不停地旋转，月亮在树梢摇摇晃晃，我被一朵云高高地举起，飞奔起来……

2021 年 5 月 19 日

46. 夜里听蝉

一个夏天，蝉都努力告诫自己：知了！知了！老树嫌他烦，抖落一丝悲凉；山花嫌他烦，谢绝在青苔上。溪水悄悄走过，拾起一地的流光，欢快地奔向远方。

白云款款而过，淋湿了正在打坐的三生石，红尘的秘密就此泄露。风雨人生，不是你，不是我，是菩提在唱歌，是心中念叨着佛陀……

知了啊，何必这般折磨！箫声在蝉声中惊醒，夕阳在蝉声中蝶变，月亮在蝉声中落寞，时光在蝉声中蹉跎……

仰望星空，蝉声在蝉声中叠加，跳跃，平滑，直到筋疲力尽，五脏六腑都在蝉声中涅槃，飞奔，成魔……

诗人打量那具被遗弃的躯壳，忘了还有谁行走在迷茫的山坡，忘了还有谁烧掉了自己生命的河，忘了怎样用不屈的密码去解锁不屈的旋涡……

终于，蝉声还在，而白天却消逝在黑夜的尽头。这一次灵魂的出走，终归是鼾声枕着蝉声入梦，无由，无由！

2021 年 8 月 9 日

47. 秋天的风

秋天的风，在树梢摇摇摆摆，带着晚霞般的色彩；秋天的风，在云中潇洒自在，说来就来。

秋天的风啊，在田间轻快豪迈，说不完的悄悄话，酿不完的高粱酒，写不尽的红尘深处，看不够的稻谷飘香……

山花不再逢场作戏，落叶不再悲伤迷离，秋雨借着月色化成粒粒珍珠，撒向苍茫大地……

炊烟袅袅升起，那是秋风的序曲；泉水汩汩走来，那是秋风的音符；老牛慢腾腾地摇着铃儿，那是秋风饱满的思绪；红叶在夕阳中燃烧，那是秋风成全了自己……

2021 年 9 月 14 日

48. 桂花香

一到秋天，秋雨的意象就从各个角落铺天盖地而来。那么，秋天的魂到底是什么？秋雨吗？秋雨多愁，而秋天却是如此美好！

桂花的香味扑面而来，抬头看去，这一簇簇细小的花蕊，在秋风里不动声色，只是一味地香。我突然就有了一种冲动。哦，原来，桂花的香，是一片动人的时光。桂花的香，带着春天的浪漫，夏天的炙热，还有秋收的喜悦。还有呢？我得仔细想想。那是一种秋天的格调，高昂、干净、孤绝，犹如时光深处从容而过的轮回，看不出是悲伤、凄凉、欢快，抑或是唯美？

我继续在夕阳下寻寻觅觅，拂不去的香味让我不得不停留下来。林间的湿滑幽幽地叹息：那是沧桑注定的结局，拒绝摇头摆尾，只是一味给予。

我恍然大悟，生命的最高境界就是舍得。秋天的魂在哪里？不就是舍得吗？原来，桂花的香就是一首月光曲，铺开来就是一幅生命的长卷。

哦，这个秋天，忘不了桂花香了！

2021 年 9 月 25 日

49. 桂花落

生老病死，人之常情。成住坏空，物之常情。那么，花开花落呢？那就是再小不过的事情，生命中的一个片段而已。可是这花开花落，引来了多少喜怒哀乐，又牵动了多少痴男怨女的心，描绘了多少诗情画意的魂……

这个秋天，我细数桂花落，带走了根的思念、树的痴情、枝的骚动、叶的无奈……

我细数桂花落，拨动了风的琴弦，唱出了云的落寞，驱赶了夜的轻浮，担起了月的豪情，安慰了秋的不舍……

我细数桂花落，那风雨中的潇潇洒洒，是何等的壮阔！那夕阳中的一声叹息，是何等的警醒决绝！那生命中的芳香热血，是何等的高洁无我！

我细数桂花落，那泥土中的芬芳，生命还在，还在唱歌。歌中，有你也有我！

桂花落，那是落下了人生的枷锁。桂花落，那是抚平了秋风的颠簸。桂花落，那是生命有力的顿挫。

2021 年 9 月 26 日

50. 从太空看地球

从太空看地球，地球就是另一个银河。有山有水，有无数的星星在闪烁，还有冰封的雪山和汪洋的大海。

从太空看地球，地球就是一块镶嵌着生命画卷的蓝宝石。有血，有肉，有骨……血液在奔腾，细胞在呼吸，脉搏在跳动……

一条晨昏线上，擦肩而过的月亮和太阳留下了深深的思念，阴阳相隔间，生命从这里再次出发，然后滋生出无限的美好和从容。

每一株草，每一朵花，每一粒尘埃，都是生命的本源。每一座山，每一条河，每一个日落日出，每一个月圆月缺，都是银河的呼唤。

我想到北极去画一个圆，我还想用黄金分割线去寻一片天，用量子纠缠去兑现小时许过的诺言……

2021 年 9 月 26 日

51. 立冬

今日立冬，从绵阳回来看到书桌上乱糟糟的，周五走得太急了点。

台历还停留在霜降，可是昨夜寒风忽至，立冬大张旗鼓地搞了一场盛装出场，整整闹腾了一个晚上。落叶身不由己地群魔乱舞，树枝毫无准备地折断了翅膀，行人急急忙忙地跑向家的方向，夜里冷得睡不着，只好起来加了一床被子……

今早起来，看见微信朋友圈那些雪花飘呀飘。窗外，行人稀少，清一色的厚外套。这个冬天的门才开了一条缝而已，怎么感觉已是严寒相逼了呢！

秋风该是何等的落寞，来不及说再见，就被冬天拒之门外！冬天来得又是何等的仓促，来不及换上羽绒服，就被赤裸裸地暴露在冰天雪地中。

写下这篇日记，记住这个日子，强迫自己行动起来，跟上岁月的脚步，衣柜里翻出厚外套，床上添加厚被子，窗户开得小一些，与冬天和谐相处，与自己握手言欢。

我与冬天相聚在立冬的门前。

2021 年 11 月 7 日

52. 生日寄语

儿子，生日快乐！

二十五年前的今天，随着一声婴儿洪亮的啼哭，我们面对面地相聚在这个人世间，而在这之前，你已经在我肚子里准备了十个月。

记得那天下午，虽然是立冬后一日，却是天气晴好，夕阳斜穿过窗户照在手术台上，就像一盏引路的明灯，把你妥妥地送到了我的面前。

你一到这个人世间便与众不同。脑袋大大的，不知道带来了多少智慧。头发又黑又粗又长，把耳朵都差不多遮完了，看起来比满月的孩子还大。

第一眼望着你，心里想的是：这头发好漂亮，要是个女孩的话才不得了！嘿嘿，有时想起来，还真的不可思议，你从读初中开始，就喜欢把头发留得比一般的男孩子长，艺术范儿十足！可能你天生就有艺术家的气质吧！确实你身上有很多才华，无论向哪一个方向发展，只要肯努力，我相信都能达到顶峰，做到极致！

你也很倔强，因为是剖腹产，而且你出生的时间是下午 5 点 22 分，所以一晚上因为我输液没有关灯，第二天晚上，一关灯你就哭，最后我狠了心，关了灯睡觉，你就一直哭到声音嘶哑才睡着了。但是，从此你就适应了白天和黑夜，也因此你小时比较好带。

今天，你足足在这片土地上行走了二十五个春秋，到了青春觉醒期了。而我呢，也在你的帮助下成长，变老。五十一个春秋，对我意味着什么呢？应该首先来一个成熟的思考吧！

在更年期这条路上，我一个学医的还不如你睿智。多谢你的几次提点，让我能顺利迈过这个更年期的门槛。

现在，你懂得在乎自己的身体了，也戒烟了，而我也开始检修自己的身体了。感觉此时我们是第二次相遇了，相遇在另一个维度上，无关年龄。你在乎自己，我就可以放一百个心了！

同时，也感谢你这么多年，能以朋友身份与我相处，每一次的交流，都会让我少很多不必要的担心和顾虑。有时我自己也疑惑，我怎么就不像那些母亲那么想你呢？其实是因为你让我放心的缘故。我偷着乐就可以了。

诗词这块天地，是我心灵的一方净土，也多亏你的理解和支持，特别是从你的角度的建议，总会让我迈出新的一步，也让我觉得做什么事都义无反顾。

感恩！今生的相遇，母子的情分，朋友的豁达！愿我们都越过越好！

2021 年 11 月 8 日

53. 闲谈一二

音乐的尾音可以高昂，可以放大，可以华丽。也可以是收敛，走低，徐徐落幕，留下一丝淡淡的哀伤，在银河边际寻寻觅觅，灵魂出窍，甚至失魂落魄……

那么，人生的晚年呢？可以如红叶般壮丽潇洒，也可以像夕阳般美丽动人，当然也可以像空山流泉般寂静沉默，更可以像山寺枯木般睿智含蓄……

每一朵花的绽放都是独特的，每一片云的相聚都是短暂的，每一滴雨的坠落都是天使般的……

然而，每一次思维的开启都是打折的，来不及细品，就已经零落成尘，无法挽留，只有借助音乐的余音展开灵魂的救赎。诗歌写不完的，留给自然去淘汰；心中装不下的，留给日月去检索；眼睛看不到的，留给风雨去洗礼；脚步走不到的，留给别人去丈量。

我只需把自己交给自己，好好对话，好好和解，好好呼吸……

2021 年 11 月 9 日

54. 初冬的颜色

初冬的颜色，不是单纯的红，不是单纯的白，也不是单纯的绿。是四季的风雨一次次地调和、皴染出的沧桑白，是天地的呼吸一次次地交错、变幻出的老辣红，是岁月的画卷一次次抛光打磨出的祖母绿……

你看，下午时分才姗姗来迟的太阳，在冷冽的寒风中，敲击出暧昧的情绪，那是象牙白刚刚走出时光的隧道，来不及斜睁就要匆匆离开，青山、绿水、红叶都隐隐披上了白纱，似那娇羞的新娘照片在岁月里泛了黄……

这个季节最重的色彩要数枝头上的各种红和各种黄，无论是藤黄、杏黄、姜黄，还是柳黄，也无论是朱红、橘红、土红，还是铁锈红，它们都是从春天走来的，它们的生命里都流动着典雅的气息，婉约的风姿，坚定的信念……

一阵冷风吹来，它们就一批批地起舞，潇潇洒洒地奔向远方，生命如此美好！

芦荻举着黑黑的火炬却没有点燃天空的勇气，青松傲挺着一贯冷漠的脊梁，枯黄的树叶在千疮百孔中百炼成钢，蜘蛛网毫不费力地建起了天国的胸膛……

可是，胆小的心只敢驻足观望，无法品尝这成熟的味道。一只鸟在南天竹的果子上稍作停留，就飞向了远方，它们何时开始了互相欣赏，却从不打扰？生命真的是如此美好！

2021 年 11 月 15 日

55. 山与水

山与水的相遇，就是骨与血的相依。

风在山崖守候了一秋的落叶，云在深谷熬过了孤独的时光。阳光穿过每一个缝隙，一一找回失落的足迹。明月照见了大海深沉的秘密。

那一株彼岸花呢？来来回回，走在山水之间。可能是山的骨头太硬，骨质太密，也可能是水的温度太低，面色太冷，彼岸花竟然迷失在红色的晚霞中，既找不到山的出口，也找不到水的入口。

明月在山水交界的地方，看到了水在山的怀抱里静静地流淌。山有多高，水就有多深；山有多厚，水就有多纯；山有多快乐，水就有多恬静……

原来，彼岸花太寂寞了，只看到自己绯红的面颊，却找不到自己翡翠般的过去，所以，比来比去，都找不到自己的高度，乱了时空的方寸……

山还是一意向天歌，水还是一意向东流，但它们谁也没有忘记来时的路……

哦，山与水的相遇，就是骨与血的相依。

2021 年 12 月 14 日

56. 背叛

时间背叛了岁月，一路走向了春天。小溪背叛了高山，一路走向了大海。

白云守住最初的诺言，却随风流浪到了天涯。爱情喊着白头到老的口号，却被一块石头绊住了脚。

山说，守就守吧，守他一辈子，无边无际。风说，走就走吧，跌打滚爬，都试他一遍。诗歌呢？在柴米油盐中煎熬，最后却熬糊了自己，再也找不到出路。

太阳从东方慢慢升起，一路高歌，烤热了大地的心，再慢慢地离去。临别时，给万物一个灿烂的笑容，那就叫夕阳无限好，总得过黄昏。太阳走了，月亮却又悄悄升起来了，照亮了那些太阳照不到的地方。

万物都要生长，万物都要登场。走着，总比站在原地好；折腾着，总比泡在一潭死水中好。

所以，一支笔背叛了自己，写完了自己的人生。关上大门，走出幽谷，兰花完成了生命的第一次轮回。所以，人生每一段路，都是值得的。

2021 年 12 月 18 日看电视剧《背叛》随笔

57. 不求芬芳，只求无愧

穿过风的翅膀，扯断云的衣袖，雪花凭着记忆中的那一点白覆盖了整个山川。

青松挺直了脊梁，无意间听到了河床的喘息。我握着笔的手，好像触摸到了生命的荒凉。

那就索性一动不动，把苦难熬成一锅粥，再撒点盐，让腐蚀的骨头知道痛，让脱水的细胞再次膨胀。

最后的结局呢？我写不下去了。我发现，我又在这废纸上画了好多个长长短短。

我想出走，但是我不能放纵自己，我要像雪中的红梅那么守着初心，守着誓言，守着一条没有尽头的路，不求芬芳，只求无愧！

2021 年 12 月 21 日

58. 散落的珍珠

太阳刚刚爬上地平线，就被山峰孤立成了无边无际的光和影，这些光和影正好带着尘埃四处飞扬。

一朵花刚刚打开翅膀，就被露水打湿了脸，来不及登场，就被宣告了死亡。

一只蝴蝶拖着长长的尾巴，偷偷地把花蕊亲吻，偶然定格了一曲《蝶恋花》。

一枝风干的残荷，傲然顶着一个伸向光明的莲蓬，那是一个沉默的倔强的灵魂。

一支秃笔用一个谎言编织了一个跛脚的汉子，他居然从落雪的声音中听到了天堂散落的哭声。没有人相信，天堂路上也有一群落魄的游魂，凄凉的身体早已抵挡不住信仰的背弃，停止跳动的心脏像岩石一般坚硬……但他那颗昂起的头颅却正把一轮红日托举。

2021 年 12 月 22 日

59. 放空心灵

在这个城市的冬天，在这个冬天的夜里，第二遍审完我的诗集《雪中的月亮》后，突然就有了一种放空的感觉，看看时间才夜里十点多，离睡觉还有一会儿，索性就什么都不做了。闭上眼睛，想听听大雪的脚步声，离我还有多远？

有汽车奔驰过来，由远而近，不知要到哪里去。一阵风刮了过来，几乎触手可及时，它却不知为什么，突然改变了方向，完美地错过缘聚。左脚因为离火近，感觉有点焦虑，右脚呢？因为有点冷而愤愤不平，我只好侧过身子来，与烤火炉面对面。这个小小的烤火炉，能增加一点点温暖，却也让人迷恋。

算了吧，还是去梦里与自己对话，看看我的神经错失了什么，看看我的细胞缺失了什么，也看看我的心脏到底想要什么。醒着不能敲定的，梦里我都把它们敲定吧！让大雪覆盖整个儿的山川河流，让善良甩掉所有的包袱而永生……

2021 年 12 月 9 日

60．让灵魂歌唱

还有两个小时就要和 2021 年说拜拜了。总觉得要干点什么，干点什么呢？孤独的对话可能就是自我救赎吧！

首先，一年过去了，我还活着，活着就是最大的收获。在这多事的一年里，家人的平安健康就是最大的财富。感恩所有的缘分和祝福，同时也送出我的祝福，祝福自己，也祝福大家！

其次，今年居然顺利完成了半年的进修计划。原以为迈不出的一步却在春暖花开时拉开了序幕，天高云淡时满载而归。开心的岁月没有门槛。

再次，虽然心仪的敦煌没去成，却阴差阳错地去了一趟青岛。好像也不曾错失什么，反正都是在路上，缘分到了，哪儿都好。

新年的钟声马上就要敲响，微信“叮”的一声，原来是朋友送来了今年很火的祝福语：健康就是存款，快乐就是利息。照顾好自己，有存款又有利息，世界都会属于你。

呵呵，说得太对了！那就张开双臂拥抱明天吧！放下执着回来做自己吧！用诗歌祭奠风雨，用天真书写人生。让灵魂歌唱，让思念开花，让苦难告别荒岛，让不幸跌落深渊，让幸福爬满双肩……

2021 年 12 月 31 日

61．太虚的清凉

撕下新年的第一页日历，我才发现新年第一天我只剩下了孤独。

那么，孤独到底是什么？就是两个经常一起出现的文字吗？比如风和雨，比如山和水，比如天和地，比如空和色……

那么，把它们分开呢？比如孤单、孤胆、孤僻、孤寂，又如孤寡、孤儿、孤苦、孤行、孤舟，还可以是孤傲、孤高、孤品等。这个“孤”字就像流落银河的星辰，那么高远又那么真实，那么急切又那么倔强，那么微不足道又那么空旷豪放……姑且把这当成人生的第一个层次吧！

再看看“独”字吧，独立，独才能立，然后才能遗世独立；独行，然后特立独行，最后独步天下；独到、独白、独处，然后独一无二，最后独具慧眼……索性就把这当成人生的第二个层次吧！

孤独是一碗喝醉自己的酒，孤独是一面照进灵魂深处的镜子，孤独是一缕敢于越过黑暗的阳光……孤独就是无所不思，无所不想，无所思，无所想，最后把思维全部放空，空到无边无际，然后再一点一点回来做最真实的自己……或许这就是人生的第三个层次吧！

风有风的声音，雨有雨的琴弦，山有山的心跳，水有水的温度……一切都是自由自在的，一切都是缘起缘灭的，一切都是生死轮回之间而已。这样的实质可能就没有层次之说了吧？

我在孤独的字面意思里遨游，我想从孤独的门帘里寻找一扇可以推开的窗户，然后让阳光全部照进来，让沉闷的冬天活动活动筋骨，走向春天的花园，再带着诗歌的种子到菩提树下入定，听前世的钟声在生命的长河里呼吸，看时光的隧道如何定格生命的意义，想凌晨的梦长出飞天的翅膀，而我的思维就在这一刻化作太虚的清凉，不再附会牵强，徒然消磨了这仅有的时光。

2022 年元旦节之夜

62. 生命的鲜活

生命的鲜活，大到诗词歌赋，小到油盐酱醋，都可以用一根光阴的线把它们穿成佛珠。每一颗珠子都是温润的赌徒，不输不赢，只乐在其中。

生命的鲜活，大到生老病死，小到一花一叶，都可以在荒冢的衰草中寻找天机。大雪覆盖时，春天已经启程。

生命的鲜活，大到仁义礼智，小到贪嗔痴念，都可以被灾难的潮水吸干。麻木的骨头在天亮时腐烂，而滋生的霉菌却在风雨后灵光乍现。

生命的鲜活，一支笔在汉字的框架中寻找从前，一个字在异类中步履蹒跚，一朵云在悬崖边声声呼唤，一滴水在大海中独自扬帆……

谁是谁的开端，谁又是谁的肝胆？木材的燃烧都可以被定义为凤凰涅槃，清风的落寞被错译成空谷幽兰……我走过从前，还是那么寒酸。实不相瞒，实不相瞒，心如止水时，山还是山。

2022 年 1 月 8 日

63. 一路向前奔跑

你爱上了地平线，地平线却爱上了远方。你不得不耗其一身，失足在荒岛，最终爱上了棕榈树的新娘。

你最喜欢栀子花，而栀子花却在大众的喜爱中迷失了方向。栀子花是你的唯一，而你不是它的。某一天，你在玫瑰中睡过了头，你渴望栀子花寻你的足迹而来，用它的清香带你走出魔障，可是栀子花却在一瓣玫瑰前找到了自己从前的模样。你终究只有孤独的道场。

你看惯了花开花落，你见惯了云卷云舒，你以为你不会再哭，可是，那个秋天，当最后一片红叶带走了最后一丝温暖，你却在一只流浪狗前拘束不已，眼泪终于被自我放逐。

你期待一场风雨阻挡你走向未知的路，一阵风却吹走了那片向你走来的云。你并没有浑身湿透，却在一束阳光下战栗不已。惊雷毫无预兆，突然在前方炸响，万物都低着头颅不敢窥视，你却忘记了慌张和惆怅，一个劲儿地向前奔跑。黑暗的尽头有一团燃烧的烛火，足够广阔的时空让其显得忽明忽暗。你屏住呼吸，却怎么也听不到神的旨意在何方。绝望之余，你掉转了方向，继续在黑暗中奔跑，让火与火的激情两两燃烧……

你用一面墙堵住了人事的悲凉，你用一支笔画上了灵魂的翅膀，你用一碗水照见了本性善良，你用一阵风追赶疲惫的夕阳……可是，你忘了，你还在黑暗中流浪，生命的旋涡誓要把你百炼成钢。面对戈壁黄沙，你唯一能做的就是一路向前奔跑，一路向前奔跑！

2022 年 1 月 9 日

64. 有点看不懂自己

最近有点看不懂自己，文字故作深沉，像极了这冬天的雾霾，无论栖身在哪个角落，都只能看到昔日的荒凉和寂寞。

思绪在尘埃中膨胀，墙外的钟声居然高过了这张慵懒的床。肩关节好久没有得到舒展，正郁郁寡欢地没得商量。一日三餐吃得过饱，瓜子磕破了嘴皮，幸福无能为力，只好草草收场。

我好像又闻到了尸体腐烂的味道，我听说白狐勾引了她的新郎。还有清风四处流浪，归来却买不起一份清凉。团圆的桌子，缺的永远是老祖母的念叨，以及奢侈的粗粮。

我又开始在废纸堆里翻找，王晓岭的《歌词门》长成什么样？《要孩儿》的词牌又有什么说道？《寄生草》为什么寄生得那么坦荡？《山坡羊》为什么在北风中又肥又壮？算了吧，翻过这一页吧！另外找个避风港，把文字妥妥安放。

2022 年 1 月 9 日

65. 说说小花

是小花改变了我对狗的恐惧，但是这得从头说起。

我本是属狗的，却又特别怕狗，也不敢喜欢狗，为什么？因为七八岁时，跟同学约好要一起去割猪草，刚到她家门口喊了一声，一条大黄狗就猛地蹿了出来，对我一阵恶狠狠地咬，可怜年幼的我毫无还击之力！虽然已时隔几十年了，恐惧只是一团模糊的影子裹着一根生锈的针，但当时的惊慌失措和恐惧已经深深地扎进了记忆的神经，怎么也拂不去了！直到主人家出来才把那条凶恶的狗吼住并拉开了。当初狼狈成什么样子已经不重要了，但一定是恐惧大于疼痛太多太多了。每次亮出我的左手臂和腿肚子，都会看到那几大块疤痕，那被狗饱餐了一顿的地方，当初是怎么“春风吹又生”的啊？要知道，那些年我们都要隔好久才能吃上一顿肉啊！可恶的大黄狗，当年也是饿狠了吧！

所以一看到狗，我的神经就会紧张起来，甚至前两年去寻我读过一二年级的小学时，坐在车上路过那儿都会感到不安。虽然房屋、地貌都发生了很大的改变，一条公路已经妥妥地穿梭在各家各户门前，原来瓦房挨瓦房的促狭感已经没有了，一座座砖房已经稀稀落落地拉开了时空的距离，可我还是被记忆深处的那点心有余悸折磨了一番。

是小花改变了我对狗的恐惧。儿子从小很喜欢小动物，养过小花猫、小白兔、小乌龟，也养过流浪猫，但从来没被允许养过狗。这两年他独自在绵阳，因为女朋友有条狗，就自然而然地养起了狗，从而让我得以重新认识自己。

第一次见小花，一开门它就气势汹汹地叫了起来。儿子叫我莫怕，给它喂点东西，握个手就成。我内心是有点勉强的，但为了与大家和平共处，只好照着儿子的吩咐做，一丝一毫都不敢乱来。儿子叫我首先拿一块小花最喜欢吃的肉干举起来，然后学着用普通话喊：小花，蹲下！果然它就眼巴巴地蹲下了。然后儿子又叫：握手！小花眼睛盯着我的手一动不动，却伸出了它的右前爪和儿子握手，实在是心不在焉的样子，应付得很！我赶紧把肉送到了它的嘴前，它毫不含糊，叼着就跑，我却下意识地赶紧把手伸了回来。儿子急了，又唤它回来，把肉干从它嘴里夺了回来，叫我重新做一遍，一定要我跟它握手。这次我镇定多了，叫：小花，蹲下！他还是两眼直勾勾地盯着我手里的肉，一副期待已久的样子。我定了定神，说：握手！然后怯怯地用我的左手握了一下它的右前爪，再把肉喂给它。它还是叼着肉就跑。我轻舒了一口气，到底是与这过不去的坎儿低头了！小花倒是真的悄悄地待着，把我当家里人了，没有再叫过一声。不过，一晚上我也没再与它有任何交集，只当它是家里的空气。

过了一段时间，小花又被他们带回南部了。到了医院门口，我以为它又要叫的，结果它跟在他们身后一声不吭地到了我的办公室。有人夸它乖，它就往人家面前一点一点地挪，眼神温和无辜的样子。晚上因不能去酒店，只好放在家里。儿子一再跟我保证，它绝对不会把屎尿拉在家里，我才大着胆子把它牵回了家。果然是好样的！但是早上我就赶快把它牵到楼下去了，不敢按儿子说的，不管它。

一牵出门，它就高兴地抖动身子，激动不已，把浑身的黄毛抖得立起来，又趴下，立起来，又趴下，舒展得不行，自己又找地方拉了三次尿。我突然想起，小时候大人总说我们做事就像“狗儿子屙尿”，原来是这么形象哟，一次拉不干净，非要跑三个地方，拉三次，还真是事多，不靠谱！

想着等会儿有个喜欢狗的侄女要来，我就没把项圈给它解了，到时候把链子一挂就可以牵出去玩嘛。结果等我们中午回来，它早就把项圈给咬烂了。原来，它也不喜欢被约束哟！或者它太无聊了，闹着玩吧！反正儿子又忙着去给它买项圈。儿子再三叮嘱，没有人时，一定得把项圈给它取了，不然转个身它都会给咬烂的，这家伙淘气得很！

三天相处下来，我发现小花挺好带的，定时喂东西，一天牵出去一次，让它方便一下，它就温温顺顺地待在家里，也看不出有什么情绪，可能是习惯了吧。我在想，年轻人喜欢养狗的原因是什么？孤独，好玩，还是觉得有家的感觉呢？有条狗在家，每天得牵挂着它呢！

接下来自然也就跟儿子聊起了小花。儿子说，小花的品种叫“柴犬”，虽然看起来有点像土狗，但还是挺名贵的，女朋友花了几千块钱买回来的，买回来时很小，已经养了几年了，也确实很乖。不过，它骨子里可凶了，喜欢打架，它所在的小区里的狗都跟它打过架，而且都被它打得服服帖帖的，老远看到它，都要赶快对它点头示好，不然它就要冲上去跟人家过招，而且是势在必胜！小区里有条大狗，起初凶巴巴的，看不起小花，结果小花一下窜到它背上，专咬它的脖子，最终那条大狗败下阵来，灰头灰脸的，在小花面前实在是低调得很啊！哈哈，原来小花还知道讲究战略战术。

儿子他们再忙，再懒，每天都要带它出去溜圈。有天晚上出去晚了，想到小区已经没人，狗也都回家了，就索性解了绳子任由它跑，结果呢？它就围着小区熟悉的小路一圈又一圈地跑开来，喊它，不理，再喊它，也不停。最后他们看喊不住它，就躲进小区电梯门口，悄悄地看它，结果它又跑了几圈，每一圈都在那里停顿几秒，思索几下，听不到动静，就又跑了。它一定相信，它的主人是不舍得丢下它的。最后它可能有点没有自信了，就跑向了电梯，结果一看到他们两个站在那儿，扭头就又跑开了，还是一圈又一圈，最后他们索性就上楼了，在九楼的阳台上悄悄看着它，它又跑了好一阵子，终于疯够了，思索片刻，跑向电梯。当发现没有人时，就又跑到路中间，急得团团转。看不清它的神态，猜它可能是慌了神了，也或者正在默默地自责吧！这时候他们才坐电梯下去接它，一声：小花！它就屁颠屁颠地跳进电梯了。

又有一次，儿子在马路上捡了一只受伤的小狗，因为太晚没法送往宠物店，只好留宿在家。小狗明显很胆小，很害怕，就蹲在床前的地上一声不吭。而小花呢，平时晚上在卧室外安安静静，从不进卧室的，这一晚却隔一会儿就跑到卧室去望一望，隔一会儿又跑到卧室去望一望，连续几次，看他们两个人都安安静静地躺在床上，小狗也安安静静地蹲在地上，没有什么争宠的举动，它才放心地在外面安然入梦了。

这只小狗在家里待了几天，伤医好后，有人要领养，他们便带着小花一起给人送过去，约在咖啡店见面。大家坐下来，自然要夸小狗乖，小花可能是真的生气了吧，就跑到隔壁桌去对别人卖萌，人家夸它乖，它就对别人摇头摆尾，抖动身子，就地打滚，每滚一次，还要回头望一望自己的主人。反正各种看家的本领都使了出来，把邻桌的人逗得捧腹大笑。一会儿小狗被人给牵走了，他们唤一声：小花，回来！它立马就蹦了过来，邻桌的人再怎么唤它，夸它，它都装聋作哑了。它可能是太感动于主人最终只留下了它一个吧！

我猜它可能有两三岁小孩的智力水平吧！知道撒娇，争宠，还喜欢洗澡，运动等。只要它在家里，有人去或敲门，它就会汪汪汪地叫起来，做出一副看家护院的凶巴巴的样子。如果它到别人的地盘去，就知道乖乖的，一声不吭。

我想，儿子他们再懒，每天还要带它出去溜圈，也算是强迫自己出去呼吸一下新鲜空气吧！但是，会不会玩物丧志呢？我多次想提醒他们，又好像找不到什么充足的理由。每个人有每个人的爱好，就像我没事喜欢胡乱凑几个文字一样，不外乎是“吃酒不吃菜，各人心头爱”而已！看看我身上的伤疤，是不是也不那么难堪了呢？狗毕竟是畜生，宠物狗这些年可是有市场得很，但养起来可不是一句话的事，又花钱又花精力。养狗的人自然是乐在其中，我呢，可能只能冷眼旁观了。人的精力是有限的，得把最好的时光用在最恰当的地方，而我所丢不下的，只是一味用枯燥的文字所组成的苦药。我就像一个缺铁性贫血的病人，视这碗苦药为生命的救赎良方罢了！

说说小花而已，窗外一轮明月正走向黎明，生活还得继续！世间也没有一成不变的生活，放过别人就是放过自己！我将在梦中期许，期许一切的苦难都成为过去！

2022 年 1 月 18 日

66. 文字于我

文字于我是温柔的，能把无情的岁月串联成一颗颗闪耀的明珠。文字于我是寂寞的，在黑夜的眉梢，能听见自己的心跳。

文字于我更是疯狂的，能看到太阳烤焦的尸体，能偶遇月亮失落的灵魂，能听到秃枝撕裂了母亲的肩膀，能编排玫瑰的不堪，能让青石带着尘埃飞扬，也能让裹着铁链的双脚在冰上舞蹈……

文字于我终归是唯一的，比如现在，只有它能让我随意挥洒，无所顾忌。欺骗也罢，安慰也罢，漠不关心也罢，作茧自缚也罢，重要的是文字里有我可以停靠的地方。

2022 年 2 月 17 日

67. 人生

人生就是无数次的希望又“竹篮打水一场空”，无数次的绝望又峰回路转。

人生就是流不完的眼泪再次冲破了黑暗的堤坝，无边的风雨掀翻了无尽的谎言。

春来了，花还会再开。大雁飞过，泥泞的双脚在田野里徘徊，炊烟怯怯地评头论足、叽叽歪歪。 向左向右都不见你的身影，向前向后都是一手烂牌。

然而，雨后天晴，春去秋来，日历总要把过去深埋。向前，向前！远方总有一朵花、一株草、一片云，甚至一粒碎石、一场梦在彩排。总有未知的人和事要表演、要登台。

生命终结时，所有的交集都将化作虚无，所有的酸甜苦辣都将散作一挂星河，所有的爱恨情仇、功名利禄都不值一提……

那么，放过自己，用一米阳光铺垫，种下菩提，种下莲花，种下自己的幸福……

你看，那棵小树苗正在茁壮成长；那条小溪不计前嫌，一如既往；山顶的钟声撞击着慈悲的力量；而那朵玫瑰终归开成了应该的模样，三分羞涩，三分炙热，一分纯真，二分自然……

2022 年 3 月 27 日读杜阳林的《惊蛰》后随感

青石板路

1. 青石板路忆童年

（一）那条悠长、悠长的青石板路——我来了

那条悠长、悠长的青石板路，我拿什么来把你歌唱？想把你写进诗里，那湿漉漉的青苔，胖了身段，无法安放；想把你填进词里，每一块青石在我心底都已刻成了一堵城墙，词的曲调不够我壮你的排场。那就，那就用我的脚步来把你丈量！

又是雨后的清晨，我踩着泥泞，小心翼翼地进驻你的梦乡。目光向远，向远，向着你的方向。一条竹影婆娑中的青石板路开始启航。

刚出土的竹笋在林荫中诉说，诉说见过我的成长，企图羁绊我的脚步远扬。可林荫里的青石板路是那样的悠长……

小溪里浑浊的水在迷雾中奏出远航的音调。摇摇欲坠的露珠时不时滑过我的脸庞，一阵阵透心的凉。每一块青石板上都绿茸茸地铺满了苔藓，就像我遗落在这里的心事，那么轻又那么重，那么厚，那么亮……总是歪来歪去，寻找没有绿苔的地方下脚，因为不忍心踩碎石苔的梦想，让它们就这样相知相恋，地久天长。今天，我恨这双脚不能长上翅膀，像风，只瞭望；像雨，只漫长；像云，只过往；像空气，不离不弃，始终在你身旁，不住色，不着相……

几步一回头，打量每一段青石板路的模样。看山花烂漫，听微风细雨，醉溪流一路的豪放……酸枣子落了一地，好多年不见了，那酸酸的味道好像还在舌尖，可抬头寻找，再寻找，却不知是哪棵树，看来只能期待相遇，明年请早，两不相忘！高粱泡，娇羞无尘，楚楚动人，黄的，没黄的，想尝一尝的欲望再次膨胀！摘两颗，酸酸的，是童年的味道！想当初，饿了时是可以用它们来暂解肚子的饥荒的！

再次忆起童年的时光，在这条悠长、悠长的青石板路上，摸着黑赶路，山风吹过，树影零乱，晃来荡去像鬼魅一样；上学路上几

次与麂子相遇，它看着我，我看着它，就再也忘不了它的模样；一路背书，一路歌唱，一路在水中放花，一路也有跌倒……一不小心，就真一屁股跌倒在青石板上，哈哈！本以为：青石无心留倩影，只我梦得青石样！结果，留了一个屁股轮廓在石苔上，爬起来，说声对不起，拍拍微痛的屁股，穿过树荫望向远方，远山一抹朝霞正令人魂牵梦绕！

多想，多想，就这么静静地停留在这条悠长、悠长的青石板路上，任风雨飘摇，任云烟过往，任石苔迷醉，任溪水流芳，任春秋不辨，任红尘遗忘……

（二）那条悠长、悠长的青石板路——张开了回忆的翅膀

那条悠长、悠长的青石板路，是山里通向山外的路，是一条回家的路，也是一条伴我成长的路……

记得读小学三年级时，每天早上要背着一个背篼去上学。放学后，就在山下到处割猪草。那时猪草不好割，割满后往往已是天黑或接近天黑了。背着猪草，挎着书包，向着家的方向，急急奔去。大路还好，到山下时，有一穿山而来的洞子，黑洞洞的，常年有着哗哗的流水，时不时还有蝙蝠在洞口飞来飞去。洞子旁边一条通往山上的青石板路，就是回家的必经之路。

想象一下，夜色中，一个九岁的小女孩，背着一背篼猪草，挎着书包，从黑漆漆的洞子旁，瞪着大眼睛，独自一人走在山林里，走在那条悠长、悠长的青石板路上。石头不是很平，加之又是夜晚，没有猫头鹰的好视力，所以只见一个黑影踽踽独行，摇摇晃晃……刚刚甩掉黑漆漆的洞子，山里的晚风就呼呼作响，树枝摇来晃去，凌乱的影子像幽灵，鬼魅般出没在我身上，令人毛骨悚然。想要加快步伐，飞快地离开，可是，这双脚却怎么也不听使唤，越发迈不

动了！不敢回头，因怕身后有鬼跟着，据说一回头魂就会被鬼勾走。正战战兢兢之际，林中突然发出“扑哧扑哧”的响声，吓得我心脏怦怦直跳，腿不停地颤抖，刚回过神来，可能是野鸡？又传来几声猫头鹰或小鸟的叫声，吓得我全身冷汗直冒。还是不敢回头，不敢停留，还是得爬，爬，再爬。

有时脚底下突然窜出一只青蛙，也吓得半死。就这样喘着粗气，手里死死地握着镰刀，爬，奋力地爬！终于快要爬到那块种着庄稼的坟地时，总能听到我妈在家里拖着长长的嗓门使劲地喊我：琼——琼，琼——琼！那声音很大，震动了山谷，壮大了我的胆子，我全然不怕了，可以歇一会儿了，实在太累！可是莫名地觉得好委屈，好委屈！于是，在坟地里，在夜色中，放声大哭，山风没有给我揩泪，溪水没有给我安慰，鬼影也不再作祟……哭够了，还是只有自己慢慢地爬回去。家是没有眼泪的地方，没有人知道我已哭过了。

所以，长大后，我自然成了无神论者，更不相信有鬼存在，鬼都在心里！如果有鬼，我那时在坟地里哭得那么伤心，就没有感动过一个孤魂野鬼吗？另外需要说明的是，妈是很爱我的，但那些年山里的条件就只有那个样子，而我又太懂事，不然也可学我哥偷偷懒，早点回去的。学校离我家大约十里路吧，青石板路大约三里，可是那时就觉得这条路好长、好长！

现在村村通公路了，那条悠长、悠长的青石板路已很少有人走了。但是，在我心里，那条悠长、悠长的青石板路永远都是我回家的路！

2017 年 10 月 19 日

2. 傻傻的小时候

（一）婴儿时期

听我妈说，小时候——多小呢？就才勉强能坐稳，也就差不多六七个月吧！

因为没人带，所以她就背着我出去割猪草。背着孩子怎么割呢？把我放在路上，她就到玉米地里去割，等她割好猪草回来一看：妈呀！我拉了粑粑，可能饿了，就又抓起来吃，一手，一脸，一身都是泥土和着屎粑粑。

妈说起来很轻松。我说：你还好意思说！她说：那有什么办法呢！那些年……

唉，那些年已过去，但我的故事才开始！

2017 年 11 月 15 日

（二）懵懵懂懂，差点烧了自家房子

我们老家是木板房，二楼上堆着粮食和柴火，比如豆秆子，一把一把地扎好，每次丢一些下去，作引火用。

不记得那时是几岁，大约五六岁吧，反正还没上学！

也大约是在三月底、四月初吧！那天，雨雾蒙蒙，妈妈和哥哥都在屋后田里干活，我带着弟弟妹妹在家里。冷！我们都冷！我想了想，毫不犹豫地就背着弟弟爬木梯上了楼，让他坐好，再帮扶着妹妹也上了楼，找了一块空地盘，拿了一把豆秆子，用火柴点燃取暖。还好，还晓得一把一把地烧，生怕一下烧完了就没有后续的温暖了！嘿嘿，暖和了，袅袅的青烟也飘出了屋顶。可那是木板楼，完全就是一个小闷墩啊！

生产队其他做工的人看到了，就跟我妈开玩笑说：咦！你们家这么早做午饭，是要请我们呀？我妈说：哪有人做饭哟！但回头一看，果真炊烟袅袅，而且是从二楼上飘出去的，赶紧叫我哥回来看看。

我哥回来一看，天啦！他边骂我边用脚踩，然后端了一盆水上来，一泼，烟消云散！吓破了胆的孩子也不再觉得冷，木板上留下黑漆漆的一片！

妈回来自然少不了又骂我，我无言以对，默默承受了。我的童心，简单到差点烧了我家的房子！唉，笨！没有比这更笨的！

2017 年 11 月 15 日

（三）奋力一跳回头看，只为游戏捉迷藏

还是老家这个木板房的二楼。小时我们喜欢在楼上跑啊跑，跳啊跳。特别是捉迷藏，因为楼上堆着东西，所以更好玩。

记得有一次，他们快抓住我了，我已无处躲藏。于是我纵身一跳，跳下了二楼，跳到了后沿沟边。而且，还担心他们也跳下来抓我，马上蹲起来又准备跑。可是，回头看看没人敢跳啊！他们都只在那儿倾着身子一望一望的。这时，我才反应过来，这么高的楼，只有我这个缺心眼的才敢当英雄，其实是又当了一次小闷墩儿啊！

现在想来，可能我天生就是这样的性格吧，到现在都还是傻傻的，而且还觉得傻是一种境界！

2017 年 11 月 15 日

（四）我的名字我做主

终于到读书的年龄了，我特别高兴！因为一读书就可以不干农活了。读书前，我妈对我说：“读得就读，读不得就回来割猪草，正好家里养了头母猪。”直到我读卫校去了，我家那头老母猪才光荣退休了！

言归正传，读了一年，我知道了“琼”字，有美玉的意思，而且四川话与我的名字“李清群”的“群”一个读音。我问老师，我可不可以改名字，老师说可以，我说，那我就叫“李琼”吧！从此，我就贴着“李琼”这个标签赴人生征途了。不过这名字很普通，二年级过“六一”节时，要到公社去领奖，临走，我问我妈：要是山下那个李琼也上台去领奖，怎么办呀？我妈说：你闷呀！人家会叫“文家山小学李琼”的！

还是小闷墩儿一个！不过现在想来还是觉得自豪，因为我的名字是自己改的！我特别喜欢自己的名字，本着“行不改名，坐不改姓”的原则，我的笔名“半闲”就真的半闲了！

2017 年 11 月 17 日

（五）牛背上的惊险

记得小时候，我们家有一头很老的牛，脖子长长的，有稀松的毛发和松塌塌的皮肤，走路慢腾腾的，性格很温和，牛角长长的、弯弯的。

每次，哥哥都让我坐在牛的颈项上，两手正好抱着两个牛角，哥哥自己骑在牛背上，手里拉着绳子。我们经常这样放牛，玩耍。有一天，刚下过雨，路面湿滑，牛自然也走得很慢，哥哥使劲用拳头拍打牛背，又挥舞着绳子吆喝、抽打。逼急了的兔子也会咬人的！牛愤怒了，摇头摆尾，一阵乱跳，后果不难想象，哥哥无事，毕竟他大我两岁多，可我就惨了，摔在地上，牛角尖从眼角和鼻梁之间划过，划出一道深深的血印，直到现在都还清晰可见那一条细痕。

还好，没伤到眼睛。哥哥挨骂是少不了的，从此以后，我也再没有牛背上的岁月了。

可是好笑的是，我妈说，算命的人早就说过我要破了相才好带的。这点小事，在我的生命历程中并没有什么伤悲，我确实从小到大也挺好带的。牛背上的音符，有惊无险，一去不回！

2017 年 11 月 18 日

3. 2010 年回家之旅

第一天：回家之路也风光

今天，本打算不声不响的，一个人悄悄回老家去看看，一是想给老爸一个惊喜，二是想一个人静静地沿着小时走过的路，追忆昔日的苦与乐。

早上起来雨却很大，赶紧打电话问我侄女，她说雅安也在下大雨，她会在名山接我。

车 9 时 20 分准时出发，一路上都是雾雨蒙蒙，索性，眯上眼睛养养神。广汉堵车，侄女打了几次电话，想要做个白日梦，难矣！

正睡意蒙眬间，司机叫我准备下车，我提上包，撑开伞，下车了。往前走了一段，不见往名山的岔路口，我心里嘀咕今天怎么把我下得这么远，再走一段，仍不见，想问问，没有人。没有摩托车，大车、小车都是按着喇叭，溅起高高的水花，一溜烟地闪过了。我真的急了！侄女说打的来接我，问我在什么地方，我却不知道。

我失望极了，离家二十一年，家乡变化太大，这些年不是每年都回家，即便回家也有家人陪同，不用我操心，今天想独来独往，竟是这等下场！埋怨自己没问清楚就下车。无奈，只好硬着头皮往前赶，寻找新的希望！正无助间，看见前面停下了一辆大货车，我赶紧跑过去问，这才知道，天啦，荒唐！这里是新店，离名山还有十公里！还好，司机主动说可以带我一程。于是，我感激涕零地坐上了一辆从未坐过的最大的货车，给我的回家旅途增添了一段美丽的色彩。愿好人一生平安！

在名山会同侄女再转车，顺利到了我家的山脚下，也是到了该走路的地方了，哥哥也来接我们了。雨还在下，但一点都不影响我的心情，打着伞，落在他们后边，我慢慢地走着。雨中的山景披着浓雾，道骨仙风，时而拍拍照，时而回头看看山下的田野、村庄、人家……想起读小学时写作文曾多次用这里作背景，想起读书时再忙也要帮村里的老奶奶背玉米，想起在这条上学的路上我曾两次与麂子面对面，想起无数个黑夜我一人背着猪草回家时的胆战心惊……

雨下着，路走着，家人时不时地停下来等我，和我说话，沿着一级级石梯往山上爬，哇！腿酸了，汗滴了，气紧了。唉，人生如梦，吾老也！

16时20分，终于坐在生我养我的家里了。晚饭之后，我和妈他们一起拉家常，爸则又拉二胡又唱歌。妈说，爸今天特别高兴，她比我早回来了三天，都没听到我爸唱过歌。

夜深了，大家都睡着了，我的大脑却像在放电影，难以入眠。于是，坐在床边，梳理一下凌乱的思绪，让自己平静地进入梦乡。但愿今夜能有梦！

2010年6月1日

第二天：家乡的一天

回家后的第一天，早饭后，天终于放晴了。

首先，要去看看我哥那二十亩地的红心果（猕猴桃之最佳品种）种得怎样，这也是我这次行程的主要目的之一。

一眼望去，白晃晃的一片，极像葡萄架。哥介绍说，这比葡萄架牢固、结实得多。水泥杆子700根，栽进地里1尺多深。最费神的是绷钢丝，挖1米多深的窝子，把钢丝绑在100多斤重的石头上，栽进窝里，再用小石头压紧，填好。红心果的种植也很麻烦，嫁接3次，两年后才能上架，三年才能少量初产。什么时候施肥，施多少，怎么施；什么时候锄草，怎么锄才能既保持水分又能让草变为肥料都很讲究。这种果子特别不耐干旱，但也承受不了过多雨水，就适合种在海拔800米以上的斜坡上。他们光绑架子就花了6万多元，一年施肥要花1万多元，而且现在看来是成功的少，失败的多，主要还是技术问题。比如，去年队里有一户，本应该挂果初产的，结果因施肥过多，倒苗了，这一来，要晚两三年才能复原，多可惜呀，去年果子可是卖到8元钱1斤呢！我真为他们捏一把汗啊。不过，我哥他们信心十足，也很是用心，他们种的就是比别人的强，叶子又大又圆，根粗，架子也比别人搭得牢实，现在正在想法解决水源问题以防干旱。而且现在大队里成立了合作社，可以贷款，销路也不愁，国家今年还有每亩地补助50斤肥料和300元钱的政策。我们那儿土地肥沃，野生的猕猴桃都挺好吃的，是天然的猕猴桃之乡。付出了就总会有收获的，希望还是大大的！

然后，沿着四围把我们这小山沟走了一遍。我们这山沟就像一个大漏斗，两侧的山翼像两只快合拢的大翅膀。沟里只有十来户人家，田地里劳作的吆喝声，呼儿唤女的叫喊声，牛羊鸡狗的叫鸣声等都听得一清二楚。沟的正中都是水田，两侧是地，再两翼就是山。

远山近山，没有污染，没有噪声，不管天晴还是下雨，都是一派原始的自然风光。再看看我哥的地，退耕还林后有的种了竹子，有的种了白果树，有的种了桂花树，有的种了茶树，只有少量地种了玉米，沟里的地大多如此。村村通公路的政策也正在落实，几年后，曾经贫穷落后的山沟沟一定会变成现代化的新农村宫殿！我们期待着！

能让我施展身手的就只有采茶了。大家顶着太阳，哼着小调，拉着家常，我一边嚼着生茶叶，一边采茶。茶叶淡淡的有点苦味，能生津止渴。想着回绵阳后可以享用自家产的没有农药的、手工制作的茶叶，心里美滋滋的。

俗话说得好，靠山吃山，靠水吃水，今天的午饭可见一斑：蕨苔，野生的，我们刚掐的，据说能抗癌；苦竹笋，刚掰的，清火的；酒，蛇泡的，祛风湿的；肉，自家养的猪，烟熏肉；菜，自家的土豆、豌豆、胡豆、茄子……土豆烧鹅，可是我第一次吃，是雅安的特色，又麻又辣，真美味呀！

酒足饭饱后，品着自家茶，大家你一言我一语，说起了小时割勾藤、捡蝉衣、挖天麻、掏鱼腥草的趣事；念起了上山摘野生的猕猴桃，打李子、杏子、樱桃、枇杷，被刺着过，被摔伤过，被蜂子蜇过，被蛇咬过。小时我哥还打不赢我，爸打老五时，我们都叫“打得好，打得好”！有次妈打老三时，我们悄悄把她藏起来，藏了一夜，把我妈吓惨了……笑声欢快，家乡的一天就在这天伦之乐中溜走了。

2010 年 6 月 2 日

4. 2016年清明回家之旅

第一天：回家

引子

清明节正巧也是我的生日。节假日我是拒绝旅游的，何况这是个“感恩节”；生日，这些年我已经淡然处之，不过了，妈在身边的话就跟她说声谢谢，并给她老人家洗个脚。回老家，便是最佳选择。也想借助这两天，让头脑换种方式松弛一下，让心儿换个地方放飞一下，让眼睛放纵到山水之间饱览一下！

前奏

家在记忆里，家在梦里，家在回乡的旅程中，家在心里。无论走多远，家都有回程的脚步；无论走多久，家都有思念的方向。

路途中

春天在我们的踏青寻春中正悄然离去。沿途的农家、院坝、水田，都已着上了浓浓的绿装，各种知名的不知名的花时不时地映入眼帘。往日一片片金黄的油菜花也卸下了浓妆，残存的一抹黄还不肯离开，在微风中摇曳多姿，已然落下的花瓣和在泥土里、草丛中，守护着母亲，不曾离去，真是“落红不是无情物，化作花泥更护花”。到家了，家门前的豌豆花看起来是那么的纯洁、鲜活、自在……我去年买的海棠花开得艳丽、热烈、奔放……茴香菜叶肥枝壮，像蓝色妖姬，伸着长长的脖子等着胡豆，就为了那个鲜美的承诺——茴香炒胡豆；芹菜、茼蒿、韭菜等也是绿油油的、嫩滑滑的，只教人垂涎欲滴……晚饭后，家常罢，躺在床上，整理整理思绪，外面淅淅沥沥下起了雨，不愧是雨城，今夜注定有好梦！

2016年4月1日

第二天：家乡的一天

家乡的清晨在鸟儿的多重奏中欢快，在山坳那边冉冉升起的朝阳中庄严、静穆，在昨晚的春雨润色后清新、迷人……

匆匆地吃过早饭，我就和侄女沿着新挖的毛路爬山了。本想沿着小时走过的路再走一遍，去体悟，去思考，去回忆，但现在村村通公路，那条山路早荒芜了，有点遗憾。

边走边掐野菜：狗地芽、蕨苔，挖折耳根，欣赏扁竹叶花，时不时对着山吼两声，实在是情不自禁。不知不觉就到石碑岗了，也爬累了，就在小时坐过的那块石头上休息，放眼远眺。记得小时候天未亮，睡眠正香，就被我妈叫了起来，半眯着眼睛囫囵吞枣，什么味都不知道就把饭咽到了肚里，打着竹子灌煤油的火把，高一脚低一脚地爬到石碑岗时天还未大亮，就在这几块石头上稍微休息，然后才能勉强看清路，去山那边割猪草。那时觉得这条路好长，猪草好难割，石碑岗好阴森，好像这些碑后的先人随时都可能变成厉鬼出来似的。今天再度来拜访高山老爷，山没变，老爷没变，只是多了一条毛路，碑已倒的倒，荒芜的荒芜，再也没有昔日碑林的感觉。老爷还在，也还有人供奉，严禁烟火的标志非常醒目。其实不远，其实也不阴森，我对高山老爷说了声对不起，便大大方方地照了几张碑的照片。虽然碑上的字已残损，但还依稀可见，古风犹存。拜山、祭祖、拜天地，都是一颗感恩的心。感谢父母养育了我，感谢山水滋润了我，感谢天地包容、净化了我！

在此，需要把此山作个大体梳理。石碑岗是龙门山脉（邛崃山脉）的一段，这边半山下是我们的家，那边半山下是白马泉，白马泉连着上里古镇，上里古镇连着碧峰峡。我们属于名山县，那边原属雅安镇，现在为雅安市，也就是两地的分水岭。石碑岗就是山顶，一条窄窄的石板路，两边以前全立着碑，小时不懂，只知道大人们到了这儿都很恭敬，摆放的东西也不让我们碰，就好像高山老爷真的要吃似的。长大后才知道人们心里有高山老爷，是希望他能保一方平安。如今要搞旅游一条线，公路接通，把碧峰峡、上里古镇、白马泉、天台山等连成一线。不久的将来，这里可能只见路上车流穿梭，行色匆匆，像我这种找儿时记忆，念乡间小路的就后无来者了！

很想再走一段到白马泉，但今天的太阳很毒，没力气了，只好作罢，杉树林荫下的青石板路暂且留在记忆里吧，那是下次的期盼。

午饭后戴上草帽奔向茶地，一个多小时就被太阳烤回去了。唉，农民也不好当！休息了两个小时，又出去掐到六点半吃晚饭时才回去。掐茶还是挺累的，腰酸背疼，但想到能喝上天然的无农药的手工茶，心里就美滋滋的。

晚饭后就看我哥表演了。大哥光着膀子，颈上挂根毛巾，汗流满面。火不能过大也不能太小，全靠一双手的感觉，一次又一次呈环状的搓揉，再摊散开，半锅的茶叶已渐渐地变成一锅底了，四斤做一斤……他也多年没做了，还是我要求他做的，现在都是机器做了嘛。我在旁边都看得心疼了！不过，茶叶的浓香已越来越纯正，一个半小时的等待后，一锅毛峰茶就在我们的眼皮子底下成功了！泡了一杯，我闻了闻，呷了一口，却不敢大喝，怕睡不着，机器做的确实比不上这种，香气沁人心脾，舌尖淡淡的涩，之后便是淡淡的甜，再之后就是津液从舌尖源源不断地涌来，真是天地之精华！我其实是不喝茶的，也不会品茶，只是今晚特别用心地在体悟。晚上十点半，两锅茶都好了，晾一晾，明早再筛一筛毛毛，就可装袋了。以后就可以在空闲的日子里学着慢慢地品味。这一天又充实又累。今晚要酣酣地睡去，今夜无须梦！

第三天：返程

一个红红的太阳又从山坳下面慢慢升起，妈已把后备厢塞满。山药、鸡、折耳根、狗地芽、竹笋、蕨苔、芋子、豌豆尖、芹菜、韭菜、豆腐乳、茶叶等，能拿的都拿了。我说妈拿多了，她还笑说，只有房子搬不走！够我妈回来安排好几天了，那些竹笋也够她晒几天了，看带回来的黄瓜苗能不能“长大成人”！

晚饭自然全是浓浓的家乡味。今晚家的味道留在舌尖上了。回家的感觉真好！

5. 2018年国庆节雅安之行

第一天：回家

因为国庆要值三天班，故九月二十九日下午提前回了老家。一路上天高云淡，阳光明媚，路路畅通。可是一入雅安境内，天色陡变，云烟低垂，要下雨的样子。果然，才到名山，秋雨就淅淅沥沥地欢迎我了。越往老家走，雨越大，到家时已是中雨了。本来还指望回来拍满天的星星捧着月亮圆圆的脸蛋，享受山中的晚风送来阵阵的清香，聆听溪水潺潺的声音在清风明月夜奔向远方，几只萤火虫让诗心悠然在乡间小路上……这次看来没缘分了。

晚饭后，拉家常，他们又开始“码长城”了。我只好回到楼上，观夜景，听风雨去了！

山中的雨夜，黑黑的，依稀可辨远山的轮廓、房前屋后摇动的树枝和婆娑有韵的竹影，各种虫鸣嘶嘶、呜呜，如泣如诉，如怨如慕，不绝于耳。世界仿佛清晰可见，又遥不可及。

听风听雨听长夜，写意写真写本心。

山中听雨

（一）

秋雨夜来凉，空山湿黛妆。
何人鸣细细，欲谱月如霜。

（二）

竹影夜婆娑，听风带雨歌。
秋虫鸣不断，长醉又如何？

（三）（新韵）

幽幽一夜鸣，寂寂谱秋声。
风雨梧桐话，残荷隔岸听。

2018年9月29日

第二天：游清漪湖、牛碾坪生态茶园

早上6时10分，没等闹铃响我就被鸟儿叫醒了。一看窗外，雨过天晴，一骨碌爬了起来，来不及洗漱，就满山遍野地跑了一遍。雨后的清晨，空气清新，一尘不染，远山云雾缭绕，活脱脱一幅水墨画呈现在我眼前，让人不得不感叹自然之玄妙！

清漪湖，一个四围环山的明镜般的湖，怀揣着绿茶般的清香和翠竹般的柔情。湖上柳影依依，波光粼粼，水草鲜绿。远山的倒影，垂钓者的执着，三三两两游客的满足、欣喜，采茶者闲云野鹤般的洒脱，组成了一幅乡间最原始的生态美景，让人在这里深深陶醉，彻底放松。

牛碾坪生态茶园，同样是一幅幅原始生态图。今天因还没放假，游客稀少，景致更幽静旷远，翠绿中已带着秋天般的淡淡的苍黄色，叶尖已没有那么多嫩芽了，不过三三两两还能见到采茶的人。茶花谢了一地，茶果子已悄然缀在枝头，远山云雾缭绕。这就是我们蒙山茶的特色之一，常年雨水较多，茶吸天地之精华，吞云吐雾，骨子里就有一股清气和醇香……

回程时再次去了“建山渡槽”，渡槽已上了锁，不能去走了，有点遗憾。

黄昏时分依然是秋雨绵绵，一切又在雨雾中幽幽诉说……

2018 年 9 月 30 日

第三天：上里古镇、青石板路

早上依然还在下雨，我跟我哥拉了一趟猕猴桃去上里古镇卖，回程时我就边走边停边拍照。雨中的“太和云海”，实在太漂亮了！青山隐隐，云雾飘飘，玉带轻轻，如瑶池坠入人间也！想起小时候在这些路段跋山涉水，割竹子卖了挣学费，苦也！现在公路蜿蜒而上，原来那些小路早就荒芜了，芭茅正是开花季，那柔柔弱弱的身姿，在风雨中飘摇不屈，挂着一串串的露珠，楚楚动人的样子，让我驻足！

吃过早饭后，又拉了一趟，顺便游玩。上里古镇并不大，桥是石板桥，房是旧时房，街是旧时街，住户还是老住户，几乎没有外来的生意人，青山绿水一如从前。不同的只是房子虽古，却泛着新色；每天都人来人往，熙熙攘攘，好不热闹！因为小时候赶场最多的就是这里，所以每次回来我都要去走一趟，有时并不买什么，就是找一下儿时的记忆。

午觉后，雨停了，我毫不犹豫地奔向我的青石板路。路还是那个样子，每一块石板都刻着我童年的记忆。不同的是现在都走公路，这条通向山外的青石板路就更幽寂了。同样的被竹笋吸引了眼球，照相时却不小心踩断了三根竹笋，只好遗憾地把它们放在路边，待我返回时带它们回家，不能遗弃！竹叶婆娑如门帘，在微风中摇曳，时不时有露珠打在脸上，凉得通透。石板上的青苔绿油油的，偶尔还能看见蘑菇长在青苔上。各种颜色的野花，红红的，黄黄的，白白的，喊得出名字的，喊不出名字的，都在路边绽放着自己的青春。在我心里，山中是没有春秋之别的，只要是花，无论大小，无论颜色，都是一个怒放的生命，一个多彩的春天。

我生性爱花，一见到花，就迈不开脚步，三魂七魄都丢在花丛中了，自然是照啊照，想把她们的各种神态都带走……酸枣子同样落了一地，高粱泡还是酸酸的味道，溪水依然在山花烂漫中豪迈地奔向远方，鸟声与虫鸣此起彼伏，不绝于耳，组成了空山浪漫的交响曲。怎能不留恋，怎能不思乡？感恩这条青石板路！感恩这里的一山一水，一花一叶！感恩天地、父母的大公无私！感恩红尘中有你、有我！

返回家后，趁着天气晴朗，又把我家的山林、土地遛了一遍。看不够的山花烂漫，赏不够的田园风光，听不够的空山鸟鸣，拂不去的童年时光。远处炊烟袅袅，天边一抹霞光，微风习习，白鹭蹁跹，红尘之外，梦亦安然！

2018 年 10 月 1 日

类芦

高处傲秋风，云天揽梦中。
青峰描远黛，还借落花红。

【注】：类芦，又名假芦、石珍茅。花语是韧性，自尊又自卑的爱。解毒之药，生命像石头一样顽强。

菊三七

似花似絮似娇羞，月到深秋不带愁。

山后山前山里客，夕阳西下几回头。

【注】：菊三七，又名土三七、三七草、血当归等。块根入药，主治跌打损伤等。

山中即景

山风轻许诺，溪水韵如歌。

鸟唱空山静，飞花一梦和。

2018 年 10 月 1 日

第四天：天台山

今天是国庆节放假第二天，为了避开拥堵，我们选择去离我家较近的天台山游玩。

我从小就听说过天台山，也知道它就在我经常拍云雾的方向，却从来没去过，昨晚一问妹夫，他说近得很，离我家只有 30 公里，并告诉我应该怎么走，我一下就激动起来，今天的行程就这么愉快地定了。

可能很多人还没去过天台山，所以我先跟大家说说它的名字来历。天台山，古名东蒙山，传说大禹治水曾在此山登高祭天。属邛崃山脉，自然是位于“文君故里”邛崃市，距成都只有 110 公里。景区面积 106 平方公里，主峰玉霄峰海拔 1812 米，以山奇、石怪、水美、林幽而著名。好多游客都选择从成都出发，经过碧峰峡、上里古镇、白马泉，然后到天台山、平落古镇，再返回成都，也可以反着来。而我家呢，恰恰是在上里古镇和天台山的中间段，所以走两边都近，上里古镇因小时经常去赶场，有念旧情结，故而经常去。

从我家到天台山约半小时车程。一路都是秋雨淅沥，竹影婆娑，风光无限。这个国庆节我已习惯于在秋风秋雨中欢乐前行了。出游在雨中，愉悦在心中，诗心徜徉在山水之中，灵魂净化在自然之中！今天我又把自己放飞到天台山来了！

从“正天台”进入，首先映入眼帘的是庄严肃穆的寺庙，在凌云参天的冷杉林中更显静谧清幽。天台山在汉代末就已经是道教名山，两宋时儒释道并存，文同和陆游等曾在这里领衔管理宗教事务，明末被张献忠所毁，民国时期兵匪肆虐，朝山之事几乎灭绝。所以，现在看见的寺庙是后来才修建的，但还有一百零几处古庙遗迹。这里也曾是红军长征时在成都地区战斗和工作过的地方。

在林中顺溪流前行，溪边山花浪漫，花尖缀着晶莹的露珠。山花不争风与月，自开自谢醒春秋！这些花让我感觉完全就是春天嘛。沿途有被称为“天府树王”的非常珍贵的“千年红豆杉”，有夏天才能看见美景的“蝴蝶滩”，还有秀水三韵、十八里香草沟、龙脊岭等。总体印象就是一直顺着溪水而上，一路可以亲水玩水。溪水清澈见底，在红砂石上一路飞奔，枯藤掠影，鸟声清脆，原始之至美！水声时如蛟龙轻吟，时如万马奔腾；时如惊涛拍岸，激昂飞越；时如空弦临风，幽幽咽咽……

出来之后，我们又坐车去另一方向游玩。由于时间关系，由于对这里的水意犹未尽，故而一直坐到终点，直奔“响水滩”瀑布而去。这里的水更急，石头巨大，真正的乱石穿空，可还是挡不住水的去路，反而让水绽放出了多姿多彩的生命。其他景点如花石海、怪石林、小磨坊、川西绝壁、小九寨、玉霄峰等都留给下次了！

山花

不争风雨月，不问古春秋。

绚烂归根净，黄昏独自修。

2018年10月2日

第五天：月亮湖、百丈湖

十月三日，已经是我能玩的最后一天了。难得的一个天气晴朗日。今天选择走月亮湖、百丈湖一带。同样在环山之间，在梯田似的绿茶撩香中，湖水平静得像一面镜子，岸边的游人、花草、柳树，远山的倒影，天上的云彩，翩翩翻飞的白鹭，采茶的人们，组成了一幅田园风光图。在月亮湖边散步、打拳、拍照，实在是太享受了！

百丈湖、清漪湖、月亮湖，三湖毗连，以百丈湖最大，湖面200万平方米，常年蓄水2000万立方米，湖岸小路蜿蜒曲折，小岛坐落其间，山光水色，淡雅宁静。从一条小路下来，经过半山的一户农家，一下就像到了桃花源的感觉。水还是那么绿蓝绿蓝的，一艘小快艇，坐上我们四人，环湖一周，约半小时。秋风拂面，云山照影，白鹭凌波，清幽之至！

中午就在农家吃湖中的野生鲢鱼，因鱼太大，四斤多，吃不完，我又不得不开荤了。鱼鲜嫩滑口，清香不腻，因为用的是自制的辣椒酱烧的，所以特别有味道，同这里的风景一样本真，感觉是我吃过的最好吃的鱼！在这里睡吊床，赏木耳，看半山的姜黄花，不过瘾，干脆挖了姜黄回老家去种。呵呵，惬意，快乐！还会再来！

晚上吃完饭后，又去上里古镇看夜景。感觉晚上比白天还热闹，满街都是各种吃的，游客也比白天多，可能是因为很多游客都选择晚上住在这里的缘故吧。我开始后悔，不该吃了饭再出来。灯光映在水里，照在青石板上，各种吃的冒着热气，惹得人停停走走，看看闻闻，总想买点什么！

2018年10月3日

无须对白

水加快了奔流的步伐，离开大山的怀抱；云聚散在天地间，雨、露、烟、雾，只诉说风的痴情；花抬起高昂的头飞坠山崖，毫不迟疑地斩断了叶的牵挂；春匆匆地画完彩妆，又悄悄地卸掉，只把一颗真心交付……

哦，一切是那么平静、自然，一切是那么浪漫、抒情。无言对白！无须对白！

没有弦的音符空寂、超然于象外，没有墨的青山意蕴万千、黛色嫣然，与世无争的水方圆自在、随物赋形、视通万里……

哦，生命本无悲欢，人生处处好风景，唯有一颗洁净的心，才能聆听心的旅程！

2018年10月6日

木芙蓉

云闲山有色，落落画秋风。
不是红尘客，偏扬蝶梦中。

2018年10月14日

扁豆

果结弯弯月，花开玉露凉。
庭前秋意尽，碗底梦还乡。

2018 年 10 月 14 日

老家即景

雨后天青色，山风带露轻。
芦花深问柳，叶落鸟飞惊。

2018 年 10 月 14 日

猕猴桃

本是山中果，何缘山外风。
云烟轻曼妙，溪水缓穷通。
野径枯藤舞，山花细雨终。
红尘若有梦，不与世人同。

2018 年 10 月 14 日

蓼花

细雨叩花枝，云烟一梦痴。
秋风轻拂面，别后寄相思。

2018 年 10 月 15 日

武陵春·山茶花

烟锁枝头黄蕊梦，细雨扫秋风。早有花残花色空，蜂蝶去无踪。长恨莫如长醉舞，酒醒夕阳红。万里归心万里同，只在此山中。

2018 年 10 月 15 日

如梦令·红豆杉

向晚空山依旧，溪水飞奔出岫。菊梦正相思，孤对秋风把酒。红豆，红豆，今古依稀清瘦。

2018 年 10 月 15 日

韭菜花

玉露临风醉，娑婆细雨中。
春秋皆有梦，料峭与君同。

2018 年 10 月 15 日

野茼蒿

空山云有色，叶落扫心尘。
漫漫深秋路，风高忆故人。

2018 年 10 月 16 日

巫山一段云·太和云海

雨洗青山翠，云深眉黛浓。前尘往事锁空濛，一袖借来风。向晚斜阳醉，炊烟袅袅中。归心自在悟穷通，半是落花红。

2018 年 10 月 16 日

秋葵

一任明黄色，随风客梦扬。
山中无憾事，值此落花香。

2018 年 10 月 17 日

柳梢青·禅茶一味

无论春秋，一芽绿色，不带离愁。吐雾吞云，呼风唤雨，轻举沉浮。红尘一味禅修，落花意、天心自流。方寸之间，闲谈今古，水月同酬。

2018 年 10 月 19 日

山罗花

风起琵琶舞，空弦叶有知。

深林无醉梦，明月最相思。

烟草花

问道云深处，红花许诺来。

君心常自净，一世忘忧开。

2018 年 10 月 23 日

6. 2018 年回乡之旅（杀年猪）

偶拾乡愁听落叶，已得冬韵赴来春。

第一天：回家

前序：

2018 年 11 月 23 日，因老家有点芝麻大的小事（杀年猪），我妈想回去拿肉，说有地方在闹猪瘟，买不到好猪肉，而自家喂的猪，没吃过饲料，而且又是专门喂的瘦肉猪的品种，所以来了一场说走就走的回乡之旅。

上午手术结束，十一点多，怕吃了午饭想睡觉，我们就空着肚子出发了。还好，巴蜀的冬天，无雨就算是好天气了，成都绕城略堵，在名山吃了臭豆腐，下午四点多就回到了我土生土长的家了。

对我来说，只要一回老家，就如同放归山林的小鸟，不扑腾两下就对不起自己。故车一停，我就漫山遍野地疯去了！冬日的家乡，依然温暖如春，翠竹娑婆弄影，山花烂漫自在，秃枝绰约有韵……

故乡

还是那道弯，
还是那道梁，
还是那轮月
悄悄地
过了小山冈。

还是那条路，
还是那座房，
还是那扇窗
悠悠地
望着大远方。

还是那盏灯，
还是那首歌，
还是那颗心，
还是那支笔
怯怯地
写着故乡。

老家黄昏即景

山风独自过山冈，落叶归根泥土香。
一道残阳听旧梦，放眼明日更辉煌。

老家即景

翠竹红杉齐向晚，芦花白菊正空谈。
远山隐隐遥无色，梦落秃枝万象函。

夜思

寂寞的夜，
寂寞的风，
寂寞的秃枝
向星空。

幽幽的火，
幽幽的心，
幽幽的流萤
拾乡音。

远黛紧，
夜幕沉，
诗中无月
费低吟。

竹影婆娑梦无痕。
渔樵问答话清明。

2018 年 11 月 23 日

第二天：

2018年11月24日，一早，杀猪的就动手了。我看着难受，只好又去山林中逍遥去了。寂寂幽幽的林间，只有自然的声音，没有杀戮和血腥。我用一颗赤诚的心与它们对视，相互之间没有躲闪，没有善恶，没有悲情……天地之间，本该如此！

冬韵

深黄对浅黄，不屑谱华章。
衰草连天瘦，残花醉影狂。
青峰横一梦，落叶奏离殇。
风剪斜阳岸，来归半月仓。

山中晨景

青峰一线锁云深，日影扶风把酒斟。
刹那云飞还本色，芦花又把白头吟。

高庵祠即景

半山苍翠半山黄，断碣萋萋衰草扬。
一道青峰横亘远，满坡寒菊晒寒凉。
残阳老树闲云晚，落叶枯藤归梦长。
今日偶来缘旧事，人生苦短莫彷徨。

冬日水杉林

傲骨向天涯，开成姊妹花。
层云轻过往，林阔净尘沙。

今夜

今夜，山中，黑黑的，静静的，只辨得出远山的轮廓，近处的枝影。世界仿佛很小，天地仿佛已融为一体，月亮和星星仿佛已经冬眠，萤火虫的幽幽闪闪仿佛就是整个星空！

只有寒风瑟瑟而起时，思绪才会飞向远方，仿佛听到了大海从遥远的地方传来的韵律，一浪一浪，扬帆而去。哦，高山流水真的是一对相思情侣！山中的风，呼呼的、嘶嘶的、涩涩的、淡淡的，都夹杂着泥土的清香、山花的浪漫、落叶的低吟、冬天的呢喃、春天的幻想。

我的心感受着诗意的远方。今夜，应该不会流浪！

2018 年 11 月 24 日

第三天：返程

今日得返程了，一早起来我就又去小遛了一圈。还没来得及细品的，回去再慢慢回味、消化。家乡的朝阳在林间、在枝头、在草丛中悠悠荡荡，温暖如初！挥手之间，回首之际，爸爸半白的头发在清晨的阳光中似语未语，我的眼睛在空山的雾气中，湿润迷茫……

芦花照影

芦花照影意云天，与鸟同飞与树眠。

霜冷无须同入梦，白头摇落水中仙。

冬夜山居

翠竹筛明月，枯枝滤晚风。

清香如有味，只对故人聪。

除草剂之忧

除草当然有大功，不煎日月不煎风。

谁知生态循环破，终有一天花落空。

2018 年 11 月 25 日

冬夜有约

冬夜秃枝有约，霜风裁梦待雪。

闪闪流萤弄弦，墨竹轻敲明月。

2018 年 11 月 26 日

月夜

今夜，山里的冬天，居然月亮如秋，让我差点以为这是中秋之行了。寒风拂过脸颊，冷！我把长围巾当头巾，把头围了起来，然后轻悄悄地走了出去。

夜不认识我。几只萤火虫在荒草中时明时灭，此起彼伏，仿佛这夜是它们的演出舞台，月亮的清辉是为它们拉开的帷幕。它们的世界我不懂，在这小雪的季节里，雪没来，我来了。它们是感觉到了还是毫无知觉呢？我感觉到它们生命的律动，是那样安静而又鲜活，是那样多姿而又从容，是星星之火淡然地装饰着黑穹。而此刻，它们可否感觉到我的呼吸？是否我是多余？

风静静地来，又悄悄地去。月亮已爬过山崖，枝影幽幽地换了角度，斜斜地向着远方，向着黎明的方向。

2018 年 11 月 26 日

风

风，
用秋天的心，
迈着冬天的脚步。
走过丛林，
走过山崖。
收了落叶，
收了残阳。
听了枯荷的《流水》，
听了红梅的《高山》。
卷了飞天的层云，
卷了大海的深沉。
却在一朵雪花的面前，
猝不及防，
痛哭流涕，
裹了泥土的清香，
毫不犹豫地跌进了
春花的梦里。
不再醒来！

2018年11月27日

秃枝（新韵）

秃枝早探春，抖落一山尘。
瘦尽天涯客，归来日已新。

2018年11月27日

桃源忆故人·空山有梦

空山寂寂空山梦，一把浮云幽共。老树低眉尤恐，一叶飞荒冢。山花烂漫霜风宠，黄菊频添心动。溪水残阳挽总，一曲归春颂。

2018 年 11 月 27 日

露珠

早上，踩着一缕阳光，我寻你来了。

哦，你在叶尖，你在草尖，你在树梢，你在每一个可以栖息的地方，闪闪发亮。昨夜发生了什么，我猜不到。此刻，迎着你湿湿的泪光，不敢叹息，不敢悲伤。你是玉，即将化入愁肠；你是水，即将奔向远方；你是星星遗落的梦，即将回归你的天堂……

我听到风在为你叹息，云在为你彷徨……我屏住呼吸，把镜头再拉近点，不敢随意把你打扰。瞬间，一根无名小草就因你而美入诗行！

哦，栖着露珠的草，含着露珠的叶，是这个冬晨最美的记忆！

2018 年 11 月 28 日

枯藤（新韵）

枯藤挂树梢，归梦比天高。

若仗斜阳醉，袈裟皆可抛。

2018 年 11 月 29 日

落叶

空山落寞黄，照影就斜阳。

扫净天涯路，乾坤一梦长。

2018 年 11 月 29 日

空山流水黄花冢，明月清风绿竹家。

——未醒的乡愁

桃源忆故人·芦花

芦花瑟瑟诗千古，昼夜霜风醉舞。鬓白归心净土，不道人间苦。明春翠绿芳香吐，不让斜阳却步。烂漫山花不妒，自写飞天谱。

2018 年 11 月 30 日

说说年猪

因老家有杀年猪的习惯，故杀猪是件很平常的事。不过，小时的记忆早已模糊。工作三十年了，应该就有三十多年没看过杀猪了。这次陪我妈回去拿肉，可是现场看着杀猪的。

那天是晴天，一清早，太阳才刚刚从浓雾里探出头来，连地板看起来都是湿湿的、幽幽的，好像刚哭过般，还来不及揩净泪痕，我哥就已经在地坝里临时搭了台，架了大锅，烧开了水，熊熊大火熬着滚开的水等待杀猪的人到来。

首先得把猪从猪圈里赶出来，三个人加我哥一起到了猪圈房，打开了那扇“死亡之门”，一个人把绳子套在猪脖子上，一个人在前面使劲绷着绳往前走，其余的人帮着赶，助着威。猪大概也知道死期到了，一百个不愿意，蹭着石槽和门沿号叫着、僵持着、往后退着。猪圈里另一头也要被杀的猪和紧挨着的猪圈里尚小一点的四头猪也一起号叫起来，声音凄厉，此起彼伏，就像很多人的嘶声哀叫一样，惊醒了沉睡中的精灵，惊落了叶尖的露珠，惊飞了树上的寒鸦……也听不清它们到底是在告别，还是安慰，还是怒问苍天，还是一起悲伤，总之听得我毛骨悚然。

好不容易把猪拉到门外，猪却挣脱了绳子又往回跑，并且躲到了墙角，把头面向墙壁。可怜的猪，已无处可逃，无处可躲了。刚才的一幕又得重演一次，猪又被拉了出来。越靠近杀猪台，猪就叫得越厉害，也磨蹭得越厉害，在离板凳不足一米的地方，它四个腿死死地抠住地板，缩着身子，头向着天，撕心裂肺地叫，那叫声真正的是绝望般的，响彻云霄。我远远地都能看到它绝望的眼神，眼角泪光闪闪，像在乞求苍天的怜悯，又像在彻底告别黑夜……两个人使劲按，一个人使劲抽，终于一头三百多斤重的猪被按在了一条窄窄的长板凳上，动弹不得。我怕会听到它更吓人的叫声，结果，它不叫了，也动弹不得了。不知道是刚才折腾到没力气了，还是彻底放弃了，还是想横竖一死，不如伸头一刀，早死早超生算了……

一个人死死按着前腿，一个人死死按着后腿，另一个人放好了接血水的盆子，一只手把猪脖子拉伸展，一只手握好了一尺多长的尖刀子，先在要刺入的部位定准了下，然后一个猛刺，再顺势往里一送，一扭，一看就知道已经到点了。然后慢慢往外抽，随着刀子退场，鲜红的血像火山爆发一样喷薄而出，地上也溅满了血迹。我想，猪这时一定难受极了，呼吸急促，难以想象那种濒死感，它的身子瞬间重重地跌入黑色的挟着霜风的漩涡里，冰冷刺骨……猪最后抽了几下，不再动弹。已经无力回天了，或者此刻天堂的路上突然有了一束亮光，猪已超脱轮回，不知自己曾经是谁！

一切仿佛归于平静，没有了哀鸣，太阳也突然亮了起来，一阵冷风拂过，我打了个寒噤。接下来烫猪、割肉的事仿佛就很平常了。

不能再看第二个了。我一个人去转山去了，不过在田地边，山崖口，也时不时听到邻村的猪叫声，一样让人不寒而栗。这就是过年的序幕——准备年猪！

今夜终于鼓起勇气写完这篇文章，一丝余悸在我心里久久不散，我也不能多说什么。猪是我们精心喂养的，但目的从一开始就很明确，可我还是忍不住思考，我们生存的目的到底是什么，我们的归宿又在何方。

2018 年 11 月 30 日

一片杏叶

春天，
黄嫩嫩的，
长在枝头。

夏天，
翠绿绿的，
护着青果。

秋天，
满面沧桑，
揽一袖风尘，
毫不犹豫地抛洒血泪。
熟透的白果，
黄灿灿的，

带着你的希望，
毅然潇洒离去！

冬天，
孤独的你，
执意横亘在枝头，
誓与霜雪同归！

我仰望你的风姿，
拾起怜悯之心，
还是看到你的绰约中，
已瘢痕累累。
那是风的吻痕，
雨的缠绵，
还是岁月的旋律？

轮回路上，
风声又起，
一片杏叶，
一片痴情！

2018年12月1日

空山幽灵

你从夜的深处飘然而来，
又悄然消失在
清晨的第一缕微风中。

云烟湿了你长长的衣袖，
朝阳淡了你冷漠的双眸，
我在山谷寻找你
昨夜遗落的梦。

什么都在，
又什么都没有！
可我分明听到，
溪水潺潺中还有
昨夜离别的伤痛，
山风中隐约还有
昨夜未消的愁容，
松香沉沉中还有
昨夜呜咽的泪痕，
露珠晶莹里还有
昨夜未圆的梦……
而你，
一颗决绝的心
却毅然走向了另一头！

黑夜，敲醒了谁的梦？
你在地平线的哪一头？
诗意里迟来的爱，
到底该抛向哪一山，
哪一家？

2018年12月1日

冬竹

虚心有节揽霜风，醉看斜阳问始终。
流水春秋如一梦，把根自向地冥中。

2018年12月1日

青苔

一梦远晴空，幽幽向晚风。
只听花落去，不醉夕阳红。

2018年12月1日

商陆

荒山抖晚风，黑里透深红。
本是天涯客，悄然衰草中。

2018年12月1日

竹露

朝阳步韵来，翠竹把门开。
昨夜风和雨，高低垒露台。

2018年12月2日

冷杉

不改春秋色，霜风借势狂。
萧萧横笛远，飒飒带空凉。
流水知幽意，层云挤大荒。
黄昏无醉路，归去自徜徉。

2018年12月2日

石碑岗即景

群峰叠嶂白云深，漠漠天低锁旧林。
芦苇秃枝听梦远，风寒老树自沉吟。

2018 年 12 月 3 日

山果（新韵）

一盏灯笼红似火，枯藤不落挂寒冬。
空山幽翠听云语，胜似春风十里中。

2018 年 12 月 3 日

紫珠

紫珠园里紫珠红，紫气闲来问晚风。
寒韵清歌弹古调，空山写意落花中。

2018 年 12 月 3 日

冬青

一丈寒来一丈风，如今岭北对江东。
幽窗不识等闲面，误把青青唤老翁。

2018 年 12 月 3 日

卫矛

一袍苍翠一袍风，雪里云烟客梦中。
不问青松颜色好，梅开千里兑朱红。

2018 年 12 月 3 日

如梦令·覆盆子

霜雪凌风渐远，一丈残阳不乱。溪水过空山，醉酒何须轻叹。

缱绻，缱绻，独舞芳菲红遍。

2018 年 12 月 4 日

相见欢·忆旧游

闲寻一径通幽，对清流。自许空山上下，断离愁。黄菊醉，红杉泪，话孤舟。别后红尘瘦影，梦无休。

2018 年 12 月 4 日

相见欢·忆旧游

空山不住离愁，自悠游。落叶归根净土，断漂流。黄昏后，杯中酒，梦难收。何故霜风只罩故人头？

2018 年 12 月 5 日

高粱泡

落落赛黄花，酸酸是本家。

乡愁思旧梦，明月在天涯。

2018 年 12 月 5 日

旋律

红叶飘飘，

带走高山流水的

一世情缘！

老树秃枝，
对视天涯海角的
一片蓝天！
红梅暗香，
期待霜雪煮酒的
一丝温暖！
炊烟袅袅，
捎去清风明月的
深深思念！

果挂斜阳，欲醉红颜！
花落黄昏，意在空弦！
雁飞春秋，归影蹁跹！
诗写本真，青灯一盏！

2018 年 12 月 5 日

川莓

空山寂寂任凄凉，溪水幽幽向远方。
衰草丛中惊过客，斜阳梦里不彷徨。

2018 年 12 月 5 日

老家黄昏即景

雨后鸟空啼，斜阳更入迷。
高低山有色，长短自成蹊。

2019 年 6 月 28 日

听云

风随山势远，雨向白云归。

众鸟鸣幽处，空弦是与非？

2019 年 6 月 28 日

诗赠张继兰妹妹

水送清风我送君，婆娑竹影醉纷纷。

何缘相聚红尘外，岭上空山多白云。

2019 年 6 月 30 日

听云

风雨扶桑醉，青苔自唱歌。

花开无远虑，只道白云多。

2019 年 6 月 30 日

7. 猪病了

今天一回来，就听我爸爸说了家里五头猪的故事，我一下就怔住了，因为这几年“非洲猪瘟”闹得越来越厉害了。我们这里凡是养猪的人家都是每三五天就要往猪圈里撒一次石灰，我家的石灰都是一袋袋预备着的，而且可能是因为有独立水源之故，从来没有发生过猪生病的事件。

2019 年 7 月 19 日早上我爸喂猪时，一切正常，喂好了后按常规撒了石灰。可是上午 10 时，三头大约 80 斤的小猪突然歇斯底里地叫了起来，让整个村子的人都听得毛骨悚然。我爸第一时间去看，只见三头猪都像疯了一样，狂躁不安，在圈里窜来窜去。一摸它们身上，滚烫，可能得有四十几摄氏度吧！再仔细看，它们的嘴巴、耳朵通红！特别是最小的那头，连尾巴都是通红的，而且直接在“飞圈”，“飞”不出来，又重重地摔回去，感觉腿都要摔断了似的，这样来回折腾了七八次，最终还是没能跳出来。可是趁我爸爸转身出圈时，它使出了吃奶的劲道，冲了出来，跑到地坝里，不停地叫，叫了一阵，仿佛又舍不下它那两位同伴，又自己跑了回去。我爸看它病得最厉害，就把它赶到中间那个空圈里，结果它不依不饶，又开始“飞圈”，我爸心疼起来，只好又让它回到同伴之间。我爸迅速提来冷水泼向它们，大约花了半个小时，一二十桶水泼尽后，它们好像舒服多了，不再乱窜，不再狂吼。

这时我哥也回来了，可也就是这时，边上的两头大猪，两百多斤重，也开始狂叫起来，症状和那三头小的一样。我哥一看不行，赶快去拉了水管子来，直接给它们疯狂地洗澡，一个多小时后，五头猪终于安静下来，猪圈下方的粪池都快满了，当然还得赶快把粪池里的水抽掉。

猪瘟、猪丹毒（打火印），还是非洲猪瘟？天哪，太吓人了，我哥赶快去向村支书、生产队队长报告了情况。我爸也叫我哥去挖个坑，实在不行，就早点深埋吧！一直到下午 6 点左右，五头猪都没有再发作，晚上喂食也很正常。

第二天早上是我哥给它们喂的食，一切正常，只是摸身上稍微还有点发热。我爸想起撒石灰时那两头大猪老爱打喷嚏，特意叮嘱我哥今天不要撒石灰，我哥呢，也很想把这几头猪救回来，反而又撒了石灰。结果，又是十点钟，几头猪又鬼哭狼嚎般闹了一场！

于是，给猪疯狂洗澡的场面又重演了一次！

第三天，第四天……直到今天，已经过去了整整二十三天，除了最小的那个还剩下半截带着病记的尾巴（有点黑黑的）外，一切都很正常。但是这段时间也没人再敢洒石灰了。

这个真实的故事讲完了，可是我满腹的疑惑。撒石灰的目的是什么？石灰的正确用法又是什么？

石灰，本身是一种中药，可以解毒蚀腐，敛疮止血，杀虫止痒。因为有吸水性，可用作干燥剂，但它也能与水反应或吸收潮湿空气中的水分，同时放出大量的热。那么，此番是石灰之过？

我仔细问了爸爸，他们每次大约要往猪圈撒一碗石灰，是熟石灰，我加了水，也看不出来有什么产热的迹象。问我弟媳妇，她说他们是泡了水后直接在猪圈里抹了满满一层。是不应该干撒，还是撒多了，还是撒石灰只是一个巧合？

猪丹毒？也不对！没有留下黑紫色的瘀斑嘛。而且当时是像太阳红那样的大红色。那半截黑黑的尾巴到底是什么？总不至于是石灰烧的吧？

猪瘟吗？除了发烧，也没有典型症状。而且猪瘟可没有这么轻松，洗两次澡，药都没用过就又好好的了，我都不能说服自己！

非洲猪瘟症状与猪瘟有明显不同。首先是临床症状直到体温下降才显示出来，其次非洲猪瘟最初三至四日发热期间，没有食欲，懒动，强迫赶起它走动的话，则会显示出极度羸弱，尤其后肢更甚，脉搏加快，咳嗽，呼吸困难，喘粗气，身上会有紫斑，眼睛有浆液或黏液脓性分泌物等。而且尸检可看到淋巴结和脾脏会有血肿。我家的猪是发热并狂躁，应该可以肯定不是非洲猪瘟。

那么，我家这几头猪到底是怎么了？像人一样，只是感冒了一次？没有人能回答，因为没有人研究。唉，也许永远都弄不明白。

2019 年 8 月 10 日晚

8. 空山游荡

一整天，我都游荡在山间。看着树上的绿色藤蔓和盘曲遒劲的枯藤，听着阵阵鸟鸣和着山外此起彼伏的鸡鸣犬吠声，一种任红尘滚滚，我自与风月同行的幻梦感把我引向山的纵深处。

沿着小时走过无数次的青石板路，向着白马泉的方向游荡。深冬季节的空山，水杉树已是光秃秃的了，地面铺了厚厚的一层落叶，一个鸟巢高高地挂在树巅，一株株低矮的挂着一串串红豆的小树特别显眼，让这空荡荡的林间弥漫了一种莫名的温暖。可是，冷杉树林里依然苍翠繁茂，青苔除了肆意生长在石头上，还长在树根上、枯枝上，地上也是厚厚的一层，松针撒落在其间，更彰显出一种生命的律动。水杉和冷杉，一字之差，在季节交替的冬天，却是如此的不同，可它们都是天之骄子，是时光的宠儿！春风拂面时，水杉枝上的嫩芽将是何等的骄傲和自豪！

走出树林，居然有了些许阳光。漫无边际的巴茅在风中歌唱，羞涩的调子，初试着春的锋芒！

2019 年 12 月 21 日

9. 父亲

今日夏至，按我的习惯写了首节气诗，本可以就这样罢笔了，毕竟马上就要迎来职称考试！但想起今日恰逢父亲节，就又觉得少了点什么。也许是感觉自己已经开始步入老年了吧，总觉得有些事情想做就得马上做，不然说不定以后就没有机会了。难道真的是“五十而知天命”了吗？

我和我父亲的缘绝不是什么“前世的小情人”，也不是什么“女儿就是父亲的心肝宝贝，父亲的裤腰带”。父爱如山，父女连心，父爱更多的是我生命的脊梁和风骨，点点滴滴，写就生命的丰富和不舍；点点滴滴，汇成生命的长度和宽度；点点滴滴，把我的生命引向稳妥和自强不息……

我排行第二，出生时“花尖子”很高，额头两边两条深沟，直到头顶都没有头发，也就是我们常说的发际线很高嘛，这本没有什么稀奇的，可是那些来探望我的亲戚和乡邻看到我的第一句话总是：“儿子还是女儿啊？”得知是女儿后就又接一句：“可惜了，要是个儿子的话，将来一定是个当大官的！”至今我也没问过我父亲当时有何想法，父亲对我的爱是否真的有一点不着边际的希望和寄托呢？

从我记事起，就觉得父亲是个多才多艺的人。他会拉二胡，会说评书，喜欢川剧，也喜欢看书。有电视后，只要有川剧，哪怕端着饭碗了，他也会入迷地把川剧看完才能好好吃饭。记得有一次，我家立了个“牛栏房”，收工后，吃了晚饭，帮忙的乡亲要我爸爸说上一段。他一手抱着弟弟，一手抱着妹妹，我就挨着他坐在长凳上，大家围着饭桌，听他说书。故事情节我已经记不清楚了，只是什么“天灵灵，地灵灵，快快神仙来救人”，什么“薛仁贵一顿要吃几缸钵，力大无比”等。因为小时没有什么娱乐，书籍贫乏，所以，这些东西听来后直到现在还有点记忆。工作后，我从图书馆借来看的第一本书是繁体字印刷的《儒林外史》，科室里的同事都很诧异地问我：天哪，这书怎么看得进去？我笑而未答，也就是想看看父亲讲的那些东西来自何处，或许这是另一种恋父情结吧？

还记得有一次，父亲干活回来可能太累了，就叫我去上灶，就差一个鸡蛋汤就可以吃饭了，他去烧火，抽烟。我呢，那时也太笨了，拿着两个鸡蛋，左碰右碰，就是打不烂。我爸从烟杆子旁边恨恨地憋出几个字：“嗯，我恨不得给你两耳屎！”我一急，老远地把两个鸡蛋使劲一碰，蛋壳都丢进了锅里，然后就委屈地跑了。因为父亲从来没有打过我，也没有骂过我，所以这一点小小的委屈我居然要记一辈子！

还记得我刚工作不久，有一年身体出了点问题，很惊讶的是我爸居然赶来了。那时没有现在的通信条件，交通也不方便。他一早就从老家出发，下午六点多才赶到绵阳，我们医院的门卫叫其他人带信给我，我再到医院去接他时，已是晚上七点多了。问他怎么来了，他说：“昨晚做梦，梦到你被一头牛不停地追赶，我吓出了一身冷汗！醒了，想想你一定出事了，因为我从来就不做梦的。”这难道不是父女连心吗？

刻骨铭心的一次少年离家出走登场了！让我慢慢回忆吧！记得那应该是刚放暑假的一天早上，我在我家屋后的田埂上割猪草，妹妹在那儿看小人书，我就吓唬她说：“还不快点割猪草，妈妈要出来了，信不信我告你。”她就收起了小人书，割了几下，然后对我说：“姐，我这背篼背系太长了，我们换一下嘛。”我说好，就连我的背篼和背篼里已经盖底的猪草一起换给了她。不一会儿，妈真的出来了。没想到的是，妹妹居然先发制人，反告了我一状，说：“妈，姐在这里看小人书，你看，我都割了这么多了，她的背篼还是空的。”我妈是个急性子，脾气特别不好，骂人特别难听，嗓门特别大，平时我们就怕她，怕得不得了，这下可就捅了马蜂窝了！不容我有丝毫的争辩，在这静谧的小山沟里，在这山风习习的朝阳里，那些最难听的话直接就越过了对面的山头，飞向了山外。特别是那句“你怎么不去跳牛脚板窝窝死了算了”深深地刺痛了我，剥掉了我所有的自尊。满腔的委屈化作了汪洋恣肆的泪水，可是心里还是堵得喘不过气来，难受极了！好不容易割满了一背篼猪草，一回家，父亲就叫我帮他砍猪草，我把猪草砍好了，就悄悄地找了一件干净的、我妈平时都不舍得穿的黑色平绒的衣服穿到身上。怕被我父亲发现，就从堂屋掉了木板的地方钻出去，幽灵般地消失了。

一口气下了山沟，走到青石板路上，猛地碰到一头麂子，它从半山坡冲下来，在青石板上与我对望了一下，最后还是我说："去！还不快去！"它才倏地冲到路边的杂草中。只听到扑通一声，我想它定是在慌乱中直接跳到那一潭清水中了。等它走远了，没有声息了，我慢慢地走到那一潭水边。石潭倒是有两米多高，可是水太浅，我跳下去也淹不死呀，况且，我没有足够的勇气跳呀。继续沿着石阶下山，看着那头麂子的足迹也留在了青石板上，渐渐地又在山风中消逝，我突然打了几个冷噤。想回头，又不能，心里一遍遍对自己说："哼！死了算了！死了算了！"要知道我从小就是家里最听话的一个孩子，从来没有挨过打，我妈这次居然也不给我解释的机会，还骂得难听，应该连村里的空气都被污染了！我的眼泪又止不住地流下来。

就这样，一路漫无目的地走着，每到有水沟、水潭的地方都去看看，又都摇头走开了。这样走过了建山渡槽，慢慢地河流也开阔了。看着清澈见底的，不太湍急又不太深的河水，我越发不知怎么办了，既不想回头，也没有勇气跳水，堵着的这口气又没地方出。唉，要知道那时候我才上小学四年级，才十一岁呀！再走就快到名山了，我想起有一次赶场路过这里时，我妈曾经说过，我嬢嬢即我爸的亲姐姐家就住在这片山上。于是我就问着我嬢嬢的名字，终于在正午的烈日下，在饿得饥肠辘辘时找到了他们家。

这时，我嬢嬢的眼睛已经瞎了，不过，听到我来了，她很高兴，把我从头摸到脚，说："好，好！长高了，长胖了！"也不问我怎么去的他们家，尽量拿好吃的款待我，我堂姐、堂哥他们也都欢喜我的到来。这给了我极大的安慰，暂时也忘却了想死的心，舒缓了被刺痛的神经。

就这样过了两天，到第三天中午，我刚拿了一个香喷喷的，一面有着焦黄的锅巴的麦子馍馍在手，还来不及咬上一口，就听到我哥在外面大声喊：“阿孃，阿孃，琼琼来过没有？”我说：“糟了，要叫我回去了！快，把我锁进屋里！”堂姐真的就把我关到屋子里，还上了一把锁。我哥也飞快地进来了。孃孃问：“怎么了？慢慢说！”只听我哥把事情原委道来，说我走了后妹妹也说了实话，我妈知道冤枉我了，她已经到处找我，找了两天了。能找的地方都找过了，最后病急乱投医，去找了算命先生，说：“人没死，就在这个方向，人还在！”我妈说我想不到这条路，不可能来，所以叫我哥先来看一下，她去其他的地方找找再来。

我那委屈的泪水又止不住流了下来，被刺痛的神经又堵得我喘不过气了！我哥继续说，我爸自从我走后已经两三天没有吃过东西了，他气得指着我妈的脑袋说：“其他四个孩子死得一个不剩都没什么，唯独这个孩子，要是有个三长两短，我要拿你的脑壳开刀！”现在想来，我父亲当时也是气急了，哪个孩子不是他的心头肉啊！

我再也忍不住了，使劲敲门，叫他们放我出去，丢了馍馍，拔腿就往家里跑。在外面的田埂上就碰上了来寻我的母亲，我恨恨地瞪了她几眼，擦身而过时使劲地撞了她一下，然后一路小跑回到了家。这段路大约有二十公里，还要爬山，大人应该也要走两个小时吧！回家第一眼就看到我爸正在菜园地里无精打采地干活，那神情哪是干活，分明就是在等待我的归来！我叫了他一声，然后就忍不住放声大哭起来。

是父爱给了我回头的勇气，从此以后，再也不敢轻言放弃自己，哪怕只在心里也不允许！

一个多月我都没和我妈说话，后来还是在父亲的开导、劝解下我才原谅了我妈。现在想来，幼小的我还是挺好强的，骨子里的自尊自爱也是生活磨砺而来的吧。

还有很多值得回忆的事情。总之，父亲的爱就是包容、理解、支持，绝不是横加干涉。想来，远在老家的父亲今日耳朵会有点发烧吧。这个父亲节就先写下这么多吧！

2020 年 6 月 21 日

10. 写在母亲节

一早就收到了几条母亲节的祝福。连记不得我生日的儿子也打电话来，祝我母亲节快乐。作为母亲的我，是该写写母亲了！

母亲在我的心中，也是一个苦命的孩子，为了我们五个娃，她劳碌了一辈子，可我却一直不喜欢她的性格。从思想交流方面来说，我更喜欢父亲的谦和。怎么说呢？母亲的脾气太暴躁，她把钱捏得太紧，她骂自己的儿女也会用力过猛……总之，她给了我们生命和所有，而我们却不喜欢她的性格。

记得小时候，我成绩好，但凡考了第一名，得了大红花和奖状，她就逢人便讲，生怕有人不知道。而我却天生面浅、怕生，不喜张扬，以至于后来有些事情就悄悄地告诉我父亲而不敢让她知道了。

小时候，感觉母亲有点重男轻女。平时放学回家，都是我砍猪草，我哥烧火。有天晚上我的事情做完了，就去做作业，母亲偏要叫我去帮她烧锅，她煮饭。我跟她理论，她就说："嫁出去的女泼出去的水！我就要喊你，怎么呢？"把我气得够呛！

记得小时候我家的地坝里有一株葡萄，葡萄要熟不熟的时候，就被我哥给摘下来，然后被我们五姊妹给瓜分了。晚上母亲回来，气急败坏，三下五除二地，直接把葡萄树砍掉了。在她的骂声中我们只能呆呆地看着，大气儿都不敢出。现在想来我都还觉得纳闷，自己的儿女吃了的，有什么大不了呢，至于要把树都砍掉？

记忆中，母亲骂人时，父亲就叼着他的烟杆子，嘴皮上下不停地咂着，但显然不是在吸烟，我猜是默默地在和我母亲对骂吧。等我母亲气消了，我父亲就说她几句，有时也能看到我母亲被说哭了，一场疾风暴雨就又算过去了。

记得读初中时，一周需要八角钱的生活费。母亲每次只给我八角钱，还要一再叮嘱，别乱用。但每次临走前父亲都会悄悄地再给我两角，只是告诉我出门在外，多带点好些，用不完的下周再用就是了。

我母亲很是想念我的一个小妹妹，隔上一段时间看不到我这妹妹的话，她就会想到流泪。但是她从来不想我，我笑着问她为什么，她说，是因为我从小读书就住校，没在她身边，她已经习惯了。而妹妹出嫁前一直跟她在一起，没离开过她。嘿嘿，理由很正当，也够充分嘛！不过呢，现在看来还是我在享母亲的福。因为这些年她都在我身边，帮我们煮饭，打点家务。而我除了工作，就是看书，写诗，轻松很多。我公开地说我更喜欢我父亲，我母亲也公开地说她不会想我。

这就是我的母亲。当然这只是她的一小部分！那些像金子般闪闪发光的部分就留待后续吧。

2021 年 5 月 9 日

11. 爬山小记

（一）勇敢地出发

2020年12月10日，因老家杀年猪，送我妈回雅安来。这一天居然没有下雨，嘿嘿，一夜又没有听见雨声，我就暗自欢喜。早上一睁开眼睛，我就赶快爬起来，三下五除二地吃了早饭，开始我的爬山之旅。

满山的芭茅已经失去了昔日的风采，低垂着脑袋，在寒风中轻轻地哼着春天的小曲。苍翠的竹子依然挺拔，它们的生命里没有四季。稀稀落落的树林里，鸟儿没有了藏身之处，在秃秃的树枝上飞来飞去比赛唱歌，给寒冷的冬天沉寂的生活捎来了丝丝温暖。藤蔓在树干上绕满春风般的年轮，向上，向上，执意向上！不管路有多远，天有多高，它们的生命就是一味地、诗意般地生长。

冬天是什么？冬天就是季节闭门谱写春天的大调，冬天就是万物冥思苦想春天的模样，冬天就是风的笔尖触摸每一道山梁。哦，冬天就是修行的道场，追逐流浪的时光。冬天就是心与心的瞭望，把乾坤的梦呓拉长，拉长！

天地玄黄，我要继续沿着出发的地方，去寻找曾经的美好。

（二）穿越原始森林

走进芦苇丛，走上这条已经没有人走的小路，通向我梦中多次来过的地方。这是一片还未被开垦的处女地，是我心目中真正的原始森林，正是因为交通不便，所以才得以保留原始的风貌。

终于气喘吁吁地爬上了石碑岗，回首眺望，远山云雾缭绕。猪的叫声仍然撕心裂肺，但是很快就消停了。我知道，这是又一只猪消逝在了这滚滚红尘中。每年的这个季节，这些猪的叫声，不知道会不会打扰到山神和土地神的修炼?

高山老爷的碑前已经没有了昔日的香火，一绺红布已落在碑前的土上，湿漉漉地爬不起来了，只有一串不知名的白色野花挂在树枝上，静静地自我完成生命的绚烂。

下山，奔入我小时候割猪草的这一片原始森林。一缕白云在山腰慢慢弥散、上升，一阵风吹过，白云改变了最初的方向，横着飘向了远方。哦，生命就是随缘，可以挂念，无须哀叹!

弯曲的树枝写意般地昭示着生命的倔强。枯枝上的青苔却执意地把生命的纬度加长，用生命的沧桑告白另一场辉煌。

在冷杉林幽幽暗暗的脚下，枯树桩上生出的木耳和菌子也在各自整理出发的行囊。冷杉的叶子上挂满了露珠，在这湿冷的冬天，它们就是靠这些晶莹的露珠、高洁的灵魂和碎梦的声音打点时光。

淙淙的溪水更加欢快地奔向远方，我知道快要到白马泉了。返回吧，我所留恋的，只是这一段没有人烟的不通公路的原始森林。

从另一条山路返回，在冷杉林中爬山，虽累，但空气很清新。小鸟一路浅吟低唱，露珠时不时地落下来，有时滴在脸上，凉到骨子里的感觉，美!

要过守山人的茅屋了，我找了一根竹竿，因为我知道有一条狗在那儿卧着，我怕主人不在。嘿嘿，我天生怕狗，得找根竹竿壮胆了!结果那家里没有人，也没有狗，我喊了两声“表伯”，也没有人答应。但是电视是开着的，估计是巡山去了。嘿嘿，玩着空城计呢!我就放心大胆地丢掉了竹竿，又轻装上阵了。还没走出冷杉林，就听到了狗叫声，看来是主人回来了。

走出冷杉林，天空突然明亮起来，山下干活的人们说话的声音也听得一清二楚。一大片刚开垦出来的山林还是素面朝天，不过，刺梨子已经种上了，只是不知道在猕猴桃生病无果之后，老百姓的这一次创业能不能成功。但是，人活着，就得折腾不是？

高庵祠的几个残碑赤裸裸地露了出来。记得上次来时菊花满地，荒凉得很，但不知为什么，这样一裸露出来，让人觉得这几只残碑更荒凉了。

冬天的山林还是有颜色的，水杉的黄和着冷杉的绿，在几分萧疏中更显出山的气势和筋骨。离家越来越近了，我已经闻到了炊烟的味道。就结束这半天的爬山之旅吧。

（三）下午的时光

吃了午饭，看着第一头猪彻底断了气，我就不忍再看下去了。索性又到山林中去探险吧，反正这里最不缺的就是山林。

从另一个方向进入山林，沿着林间小路去看看我曾经写“一枝山花笑向禅”的那个地方。听说有人出资给观音重新修了一个房子，把观音从悬崖峭壁中请了出来。

果然，房子是新修了，而且修到了公路旁边，是为了方便大家朝拜吧。可是，门锁着，我只能从窗格里窥视一下，黑黢黢的什么也看不清。原来的小路也就废弃了，加之塌方，我已经不能再到达原来的那个位置了。不过，看着溪水还是奔流不息，让人不得不感叹：岁月无声人已去，青山不老水长流。

本该原路返回，我突然又任性起来，想一直沿着公路下山，然后从麻柳沟再沿着青石板路回家，就当是一次对体力的考验吧。

青石板路依然寂寞地等候着我的脚印。鸟儿的叫声特别欢畅，听得出来这里有一种叫声很大的鸟，它的叫声就像是主旋律，其他的小鸟的叫声，也只是这个旋律中间的半个音符。小心着脚下的每一步，因为是爬山，这碧绿的青苔休想绊住我的脚步。还是时不时地摘一串高粱泡润润喉，酸酸牙，醒醒神。酸枣子已经光秃秃的，一个也不剩了，只有溪水的欢快声不减当年。不过，我的欢喜却是当年所没有的。小时候在这里洒下的泪水，生活早已经给了我加倍的偿还！小时候吃的苦，如今已是不值一提了，这条青石板路在我记忆中只剩无尽的美好！

又一个半天的时间被我挥洒在山林中了。也只有这山间的风才不懂世事变迁，不嫌弃我絮絮叨叨、流连忘返，更不会阻止我的脚步，我来去自由。下次逮着机会还来！嘿嘿，呵呵，哈哈！

2020 年 10 月 11 日

12. 灯火里的童年

用一城灯火，寻找我的童年。用一支秃笔，写我的人生。

那一簸箕刚刚筛过的黄豆被我妈迫不及待地带了回来，连同它们吸收的阳光、雨露、泥土的清香也一并进入了我的味觉。喝着这浓浓的豆浆，仿佛家乡的风就在我的舌尖膨胀。

那头慢吞吞地走着的老牛，在天国是否记得起我小时的模样？那条雨后盘踞在草丛中吓得我魂飞魄散的小青蛇，是否猜到了我今晚会想到它？那株被我妈砍掉的葡萄树，它的根是否重新找到了泥土的方向，或者辗转流落到了他乡，此刻与我一样，借着家乡的字眼胡乱猜想？月亮挂在房梁上，我们在月光下捉迷藏，实在藏不住时，我们就撒开两腿飞快地跑，结果撞上了水缸，撞上了爹娘……

人生就此悄悄开场。只有丰满的羽翼才能找到回家的方向，除此之外都是苍白的废纸一张。

我用一城灯火寻找我的童年，童年终归消失在了远方，我得借助这灯火熬过黑夜的漫长。我用一支秃笔写我的人生，人生有限，而笔意却可短可长。落寞的终归是风雨中的故乡。

2022 年 1 月 11 日

半城烟火

1. 相约升钟湖

每年的农历九月二十八日是孔子诞辰日，这一天也被称作“全球祭孔日”。2018年农历九月二十八，孔子诞辰2569周年。我有幸参加了南部县柳树乡“兼济书院”祭孔大典，并前往升钟湖、凤凰岛一游。

雨后天晴，太阳在厚厚的云层里洒着月光般的清辉，一位圣人在紫雾蒙蒙中从东方缓缓走来，面色从容，目光坚定。鸟儿用动情的歌声唤醒了沉睡中的花儿，花儿露出笑脸，抖动晶莹的露珠，跳起了祭孔的乐舞；溪水用欢快的脚步在三生石畔丈量，水草随波律动，立献帛爵；升钟湖用宽博的胸怀，打开山之玄门，阳光，清风，白云，山川万物，共同奏出了祭孔大典的音符！

听，幽幽寂寂的山间传来了朗朗的读书声：大学之道，在明明德，在亲民，在止于至善……

哦，我们来了，晨钟已经敲响，山风已经惊醒，相约兼济书院，相约升钟湖，相约在青山绿水间。

在庄严的孔子塑像前，让我们重温经典，自省自净；牢记“国家兴旺，匹夫有责”“仁者爱人”；知晓并实践“礼、义、仁、智、忠、悌、孝、恕”等传统文化，做一个有益于社会的人！

这里，我想用我的一个对联来表达我对国学的认识和感慨：

上联：一画开天儒释道
下联：三千归梦妙中空

然后前往升钟湖大坝、荷塘月色、临江坪……一路都是蓝天白云，山水一色，柳影波光，秋韵如歌。我们用慢腾腾的脚步，乐呵呵的真心，在这里品茶，徜徉，迷醉，流连忘返。

醉了，真醉了，醉在一花一世界，醉在一叶一如来……阳光明媚，秋风拂过，芦花问柳，扁舟垂钓，不见秋风扫落叶，只听得天籁声声起，只看见舞姿翩翩醉。

哦，别误会，是一群老之将至或已算老者的人，吹树叶的吹树叶，跳舞的跳舞，鼓掌喝彩，笑声不断……

接着去凤凰岛，一个早已与我诗心相通的地方，披着夕阳的余晖，张开双臂，拥抱我们……

美！美得让人无法平静，美得没有言语形容让我先饱饱眼福再慢慢梳理，慢慢叙述吧！

首先映入眼帘的是山顶的一轮落日，正把余晖洒向湖面，洒向芦花，洒向我们。真感激刘铭老师给我们选了一个这么好的观景台，又选定这个时间点到，让我们一来就心潮澎湃。

湖面上有三三两两船只谜一样穿梭。湖里大岛小岛，绵延不断，真不愧"千岛湖"的美名！凤凰展翅，龙凤呈祥，神龟有约，明镜空山，扁舟临风，任凭你极尽想象吧！

抬头望天，一只腾飞的凤凰正奔向落日，是快要涅槃了吗？环顾四周，山脉绵延，黛色如画，与小岛和湖面交相辉映，一派天然。

看着夕阳慢慢落山，听着鸟儿阵阵歌声，感受秋风萧瑟而不悲，遥想远山衔梦，黛色幽幽，寂寂空林，秋水泛舟……

奈何天色已晚，月大如盘，星光闪闪。一路归去，仍笑语不断，相约明天！

2018 年 9 月 30 日

2. 八尔湖的冬天

八尔湖的冬天，还好。

趁着难得的冬阳，我来了！虽季节已苍凉，山瘦了身子，水减了清凉，但纯阳洞的风骨未变，不会说话的石壁，依然湿漉漉地幽幽地诉说曾经。

一只长尾巴鸟在石壁上方的竹林里曼妙飞舞，洞前的梅花未等到那场雪就悄悄绽放……

荷塘已没有了田田的荷盖和清心的荷花，但干枯的莲蓬横斜着，池面依然云天照影，清浅自在。

一片蝴蝶花，正开得艳丽。我的心在这里流连、彷徨，久久停靠，细数时光……

衰草已黄，却露出了苦苣菜的坚强，它们用花，用絮，用凋零把生命在这里轻轻歌唱。

一片红叶，一朵杜鹃，一秆倒影，一个成熟的压弯了枝头的橘子；一缕炊烟，一声鸟叫，一座小桥，一个温柔的腼腆的朴素的姑娘……

哦，我匆匆地来去，不曾惊扰你的梦乡。黄昏路上，裁云入诗：长相思，冬漫长！

八尔湖的冬天，正好！

2018 年 12 月 19 日

3. 江鸥来了

转瞬季节已到冬至。雪始终未下，春还在路上徘徊，瘦了身的火烽山、灵云山、五面山一派荒凉，江边衰草连天、芦花羞涩、扁舟寂寞、云烟低垂、寒鸟无声……

我整晚在书里消闲时光，闭门造诗，也自得其乐。突然，江鸥的照片由群友邓福华老师发到了群里。呵呵，也算一乐！随即草草赋了一诗。

接下来就是刘铭老师的好多好多照片像雪花似的飞了出来，越看越兴奋，越看越喜欢。这海天精灵，是嗅到了嘉陵江的青山绿水，还是鱼儿的多情？它们什么时候来的，什么时候走？还是喜欢上这儿，就不走了？

冷冷的江风一下暖和了许多，荒凉的秃枝也时不时地为这些客人的翩翩舞姿陶醉。萋萋的衰草丛中，瑟瑟的芦苇荡里，也时不时地有了扑腾。江边独钓的小舟终于明白谁才是真正的“钓鱼郎”……

呵呵，一道亮丽的风景线正温暖着嘉陵江人的心！我也想飞一飞，我也想去看一看，今晚先做个美梦！

2018 年 12 月 25 日

4. 定水杨家坪印象

今天，天气晴朗，跟随着《亲水南部》系列短片的定水河拍摄组，我们来到了这个山清水秀的地方。

这里河水宁静，绿树成荫，倒影凌波，小岛绝尘。岛上芦花昂扬，河中野鸭嬉戏，岸边菖蒲萋萋……不用仰望蓝天，水里白云朵朵，如梦如幻；不用极目远山，水里青峰描黛，如痴如醉；不用步履维艰，就这么静静地体味柳影花光，蜂飞蝶舞，如诗如画……

一叶扁舟从远处缓缓而来，撩动了清波，惊飞了野鸭。蓝天白云，远山近树的倒影随着水波荡漾起来，一幅原始的鱼米水乡画就这么美美地出现在我们面前。女的轻摇竹篙，男的把网奋力一抛，再慢慢收网，一个个优美而坚定的动作，让我们迷醉在这里。

不过，丛林中蚊虫不少哟。大地，我们的母亲，从来没有舍弃过谁！今天，初次来到这里，我就深深地爱上了这个幽谧自然的地方，一个字：美！大美不言！美在自然，美在心间！

风知花有落，风知花有开。无关风之故，总是自心裁！让我们这一段短暂的寻幽就这样结束在快乐中吧！期待下次！

2019 年 4 月 17 日

5. 听雨品茶小记

2019 年 4 月 23 日（世界读书日），一群文朋诗友相聚在欧阳仕茂老师家，谈天说地、观花品茶，其乐融融。

一进他们家，就直奔阳台，香风扑面而来。仔细看去，那些白色的、红色的、黄色的月季花，个头都很大，在这方寸之间绚烂至极。稍微矮小一点的双色茉莉花开得正好，紫色的和白色的都清雅馨香。君子兰，久久地吸引着我的眼球，太阳一样的颜色，亭亭玉立，富而不俗，贵而不骄，真君子也！盆栽的银杏虽然在造型上有人工的痕迹，但那翠绿翠绿的颜色却格外清新，一片片叶子就如一把把玉扇，在风中轻轻荡漾，真是赏心悦目。特别的是在银杏树的下方，密密麻麻地开满了红花酢浆草，这种随处可见的小花在这里悠然自得，显得别致浪漫，可爱极了。门廊上的七姊妹花像披着云霞的瀑布倒挂下来，翩翩起舞，一个字：香！还有一个字：美！

我们就在这里品茶、聊天，什么事情都不重要了。惬意的读书日，读到天南地北，读到海阔天高，读到自然人文，读到月影婆娑……

天下没有不散的宴席，找了个没赏到雨中的花的借口，留下个“听雨品茶”的微信群，然后各自归去。再聚的日子一定不会太远！

2019 年 4 月 26 日

6. 和春天约会去

昨天，是春分节气，又恰逢我的 50 岁生日。无论是庚子年的春分，还是 50 岁的人生，在我的生命中都是值得用心掂量的一段美好时光，所以下午安排好了工作，抛开了日常的琐碎，静静地在家里窝了半天，看书、思考，直到睡前，送给了自己几句话：放慢脚步，从容面对，不要错过了身边的每一道风景，让生命更丰满些。多读书，少写诗，让智慧解开生命的沉重之锁。一切向着“大道至简”的方向靠拢，让简单的自己活出自我的风采！

今天下午，约了几个要得拢的朋友，和春天约会去！幸亏说好风雨无阻的，所以中午的几点零星小雨，也没有影响我们出发的心情。直奔西充鼓楼，那是桃花盛开的地方。大部分的桃花已经凋谢，但是桃红的颜色在嫩绿的叶子中间，却是别有一番婉约情怀。一种成熟的美，正打动着我们这些凡人的心。大家兴致很高，仔细寻找着拍照的角度，其实，把自己放到天地间，每一个角度都是自信、自然，都是最好。阳光洒在花上，洒在每个人的脸上，怎么都觉得人因桃花更姣好。张妈妈自拍了一张照片，然后说了句：“没有想到我都 50 岁了，还这么漂亮！”我们忍不住一顿大笑。可能只有在大自然的怀抱里，才能这么本真地、开心地、悟透了生命似的说出这句话吧。我也借此发挥了一句：“没有想到，我都 50 岁了，还这么开心快乐！”哈哈！

除了桃花的美看不够，我们也没有放过杨柳依依的美，各种野花风姿绰约的美，肆意地享受着这半天的田园风光，细细地品味阳光中温暖的味道，不知疲倦，不知自己已年过半百！

顶着落日的余晖归来，整理照片，一切又恢复了夜的宁静！一场春天的约会在桃红、梨白中定格，在樱花的绚烂中拉开，在迎春花的一如既往中美好，在自我的升华中不真不假，无实无虚，亦无可无不可……

2020年3月21日

7. 今天，只看牡丹

抓住青春的尾巴，走在春夏之交的边缘，今天，只看牡丹。

今天的牡丹，一小部分已经完全凋谢，一小部分含苞待放，大部分已经开到最好。这就是生命的常态，一如现在的我。

已经凋谢的花瓣就如我已逝去的青春，它们已经走远，却又不曾离去。未开的是我的明天，我的黄昏，我的晚年，我的一点未圆的梦幻，一桩未了的心愿！

而这些快凋零的花朵，这些高傲的花瓣，它们在阳光下鲜活，在风中摇曳，用生命的厚重点燃妩媚，在绰约中彰显清新，饱满中挥舞春天的底蕴，无言中传递江南的细语，淡定中有不变的豪情……

温暖的风，翻飞的蝴蝶，闲散的时光，静静的湖水，蓝天，白云，同事，朋友，乃至另一个自己，今天，与我一起，只看牡丹，别无所求！

2020年4月25日

8. 美得心动

清波追赶着风的影子，便成了浪花。白云追逐着流逝的岁月，便成了晚霞。

青山默然无语，月亮悄悄从山崖那边爬了上来，照见了每一片叶子的前世今生。星星寻寻觅觅，终于迷失在拂晓中，沉沉睡去。

翠柳释然了绿色，扁舟流浪在江湖，炊烟点燃了希望，喜鹊的叫声打破了空巢的宁静。

那竹篱上挂着的葫芦，那一架的丝瓜、南瓜、黄瓜、扁豆，那青疙瘩一样的番茄，那青涩的梅子，那一朵朵艳丽的月季、玫瑰，那一束束清香的带着鱼腥味的蒲草，在这五月的潮湿的温暖的空气中，都一窝蜂地涌入了我的眼帘。

哦，美得心动！

2020 年 6 月 5 日

9. 夏日之晨

清风在重重叠叠的绿丛中翻滚、嬉戏、迂回、迷茫……时而高歌，时而低吟，时而舞蹈，惹得杨柳对着水中的影子发呆，感叹已然青春不再！

杨柳的一声叹息惊扰了栖息在枝头的鸟儿，奋力高飞吧，我不想蹉跎岁月！

鸟儿欢快的翅膀感染了舒缓的阳光，阳光倏然铺排开来，叫醒了花儿、草儿、虫儿、叶儿……

花儿揉揉蒙眬的睡眼，轻轻地耸动双肩，露出甜甜的笑颜，一滴露珠被摇落在草丛中，旋即隐了身影。

被露珠亲吻过的小草，一瞬间昂然挺拔起来，向着遥远的天际歌唱。歌声在大地上清清朗朗，欢快奔放……

树叶痴迷起来，敲着边鼓，沙沙作响！溪水豪迈起来，奏着清弦，跌跌撞撞！白云告别青山的怀抱，舒卷长空，浩浩荡荡！青蛙枕着莲荷入睡，梦中在蓝天翱翔！

田野间，丛林中，小路旁，到处是生机勃勃的绿，每一眼都能捕捉到大自然的心跳，每一幅画卷都是绿的节奏和韵律所书写的从容、豁达、开阔、放逸、昂扬……

当然，还有春的不舍不弃，还有我的留恋彷徨！

2020 年 6 月 14 日

10. 元旦节

元旦，早上室外温度只有 3.5 摄氏度，雾茫茫的一片，到中午时还不见太阳，只是天空亮了些。不过，御江云邸的送春联活动正热热闹闹地进行着。

也许这个元旦适合沉思吧！沉思什么呢？是过去一年的艰辛，还是庆幸自己还活着？是未来的希望，还是今日的收获？

我想还是该好好检阅一下自己的内心吧！高兴吗？没有什么不高兴的。忧愁吗？没有什么可忧愁的。激动吗？好像也没有。我只是想着明天又该上班了，又到了要发工资的时候了，我的事情又多了。

嘿嘿，一个再平常不过的元旦而已。那我就索性完全放过自己吧！我对自己的心说：2020 年我没有荒废！除了正常的工作和副主任医师的考试外，我在 2020 年还给 22 个节气写了诗词，再有两个节气就又立春了。这么多的诗词汇成了我记忆的长河，300 多个日落日升、月缺月圆都在诗词里开出了纯净的花朵。我不骄傲，但我挺自豪！

2021 年的规划也清晰明了。一步一个脚印走下去，直到生命的尽头，无须在意结局！

2021 年的计划：坚持每天写日记，进修半年，多读书。诗词稍微少一点，精一点，为小说的创作储备能量！

2021 年 1 月 1 日

11. 元旦有记

今天，老老实实地上班了。好像没什么可写的。只是病房里有一个外伤病人，今天已经是住院的第十九天了，没想到又出血了，吓了我一跳，好在处理后很快就没有再出血了。这一天我心里老挂着她，三番五次地去看她，直到病情稳定下来，才放心地下班了。感叹：医生确实不好当呀！

想起昨日的写春联活动，还是填一首词吧！让昨日之浓雾也弥漫出一朵不算美丽但却真实可爱的花吧！

人月圆·元旦有记

云烟不忍蛾眉淡，双眼未曾开。疏枝寂寞，孤亭入梦，谁唱春来？诗书起舞，豪情擂鼓，酒醉莲台。东风得令，红梅报喜，福乐长排。

【注】：元旦这天，冷，雾大，全天都没有等到太阳的笑脸。不过，我们一拨人却在御江云邸参加写春联活动，过得挺有意义的。

2021 年 1 月 2 日

12. 禹迹岛之行

从禹迹岛牌坊走进禹迹岛，一幅绝美的山水画带着梦幻般的气息，就这么痴痴地呈现在我面前。首先，抢入眼帘的当然是禹福桥。这座像从中世纪走来的廊桥，在远山近水之间，稳重、典雅、古朴、含蓄，万千的风情，万千的思绪，欲说还休，欲说还休！一阵寒风拂过，湖面上泛起层层涟漪。阳光从厚厚的云层里探出半边脸来，宁静的画面开始流动起来……

几只小鸟飞过湖面，影子很快消失了，朝阳却迅速铺排开来，仿佛在这幅画里游移、寻觅。是在寻觅过去的光阴，还是在寻觅这幅画里藏着多少条路径和秘密？抑或是像我一样，突然迷失在了这里。脚下的鱼儿扑腾了一下，惊起一丝凉凉的风，把我的目光暂时又拉了回来。

向右，向前，觉得一切是这么的陌生而又新鲜。曾经的满福坝，我多少次来看过菜花，又多少次来到嘉陵江边，还有多少次，在农家乐喝茶聊天……今天的禹迹岛，一改昨日疏懒的容颜，水灵动，山含情，松别致，竹清幽。水杉不舍云天，小桥自带琴弦。一花一草自在，一石一径悠闲。

秃枝轻抚着云烟，在水里低昂流连，远远地在小桥上似动不动的人影，犹如正在皴染一幅活动的画卷……

蓦然，一叶小舟出没在画屏里，山光水色顿时徜徉开来，五面山的轮廓及远处的高楼被拉长了影子，歪歪扭扭地和着阳光一起曼舞……渔舟渐渐驶出画面，湖中的倒影又清晰起来。可谓一步一景，美不胜收！

继续靠右，进入了水杉林。冬天的水杉林，光秃秃的，仿佛一个个孤寂的老人。但是，生命在这里没有停止。弯弯曲曲的木桥环绕着平静的湖水，笔直的倒影在微风中对视蓝天，静静地守护这一方净土，守候春的消息。我好像已经感觉到春天在这里将会有一场盛大的演出。阳光从树梢洒向湖面，远远看去，它们就是季节的使者、倔强的生命、水中的精灵！

七拐八弯之后，眼前豁然开朗起来。咦，怎么有房子了？我三步并作两步跑到桥上一看，一排排带着古典情调的别墅群林立在水上似的，红色、黄色的外表在阳光下把湖面染成了一幅水彩画，画里有威尼斯水城的梦幻，有江南水乡的灵动，还有一种说不出的清幽和桃源深处的感觉。哦，这应该就是满福坝新区建设中的一角——南部风情小镇。确实是个修身养性的好地方，远处的吊车正忙碌着呢！不过，我可不能在这里恋恋不舍。

一个转身，我就在山梁上仔细打量四周的风景，右手边是奔腾不息的嘉陵江水和五面山以及湿地公园的一部分，左手边是连接着风情小镇的内湖、禹迹岛以及依着火峰山山脉而建的满福坝新区，正前方，是正在修建中的三桥。

打定好主意，我就愉快地选择从山梁上往回走，这样可以一边看嘉陵江水一如既往地阔步向前，看江鸥、白鹭等水鸟在这里嬉戏、盘旋；一边又可以看内湖以及禹迹岛的新景点——感觉刚才过来时才见识了冰山一角，没有尽兴！内湖的水蜿蜒流淌，毫无声息，却灵动地抒写着如梦的青春和奇迹。两边都是水，一边在奔流，一边在停靠；一边抒写生命的气势恢宏，一边抒写生命的浪漫情怀；一边彰显生命的本质，一边彰显生命的律动；一边朴拙自然，一边小巧玲珑、精致可爱……这里完全没有冬天的萧条，山梁上的衰草在生机勃勃的青松下也不彷徨，一片红叶装满阳光，一个小小的太极湖独立昂扬！每一个细节处都彰显出天人合一的人文理想。

一直走到新建的三桥面前，听着桥上嘈杂的机器声，感觉通车已经是指日可待了，以后就可以从桥上直接走过来了。在桥上看风景，应该又是另一番风味吧！休息片刻，又往回走。

禹迹岛的最高点，我来了！这里奏出的是高山流水般的情调。写意的风，挺拔的松，远山、近水、禹福桥，嘉陵江，禹迹岛的全貌，火峰山、灵云山、五面山等都能在这里尽收眼底。恍惚间，思绪突然就飞到黄山去了！难怪，这半坡的松树在青石间也特显豪放和张扬！

沿着溪流拾级而下，优哉游哉地过了禹福桥。在小阁楼的茶座休息片刻，看着对面的禹迹岛牌坊在水中的倒影也是那么美。质朴开放的气度，豪放开阔的视野，灵动飘逸的山水，红岩子湖的传奇，魅力无穷……

2020 年 1 月 12 日

13. 禹迹岛的黄昏

又是星期四，我们医院的玻切手术日，按往常的惯例又是加班加点的一天。连我妈都知道这一天不用管我的晚饭了，嘿嘿，结果，今天还不到七点居然可以下班了，好爽！那就索性再去禹迹岛约会吧，顺便让我这身肥肉也活动活动。

刚到红岩子广场这边，就看见夕阳已经洒满嘉陵江了。在禹迹岛门口不远处找了个车位，迅速换了鞋子，小跑着飞快地进了禹迹岛。

放眼一看，风光独特，不虚此行！夕阳从天际穿过树林，朦朦胧胧、零零碎碎地洒在水面上，洒在浓绿的小道上，洒在游人的脸上、肩上，洒在水草动人的线条上，甚至石头的缝隙里都能看到隐隐约约的光……

而正前面的禹福桥，重重叠叠的绿色就像翡翠正编织着廊桥遗梦，宁静、婉约、清丽脱俗！满园“绿”色关不住，秀色可餐啊，我浑身的劲儿都上来了！

携一肩清凉，我忙忙地追赶着夕阳的步伐，想要抓着它的尾巴再走一程。水杉林在这个多情的五月，简直就是嫩绿的小清新，笔直的身影在水中任由晚霞流淌。夕阳无限好，只是近黄昏啊！

我加快了步伐，选择与往日行程反向走，从左手边过了禹福桥，又循着一条还没走过的小路围着松树林绕了一圈，一直走到正在建设中的三桥面前才转身上了山。登高望远，晚霞中的山水更加绮丽、妩媚，更加富有诗情画意。

从松树林快步下来，我就直冲嘉陵江边，这里清幽得多。一江碧绿碧绿的水承载着多少代人的血脉情怀，养育了多少人的一生一世，五面山的钟鼓到底敲醒了多少沉醉的梦？只见水鸟在油绿的香蒲间自由出没、嬉戏；路边的菊花有着惊人的艳丽；灯芯草横七竖八地结满了果实，腰都直不起来；紫红色的狗尾巴草在这里疯狂地对着晚霞卖弄风姿；倒是芙蓉不是开花季节，苍翠欲滴的叶子格外沉稳……

这些深红浅紫在这五月的黛色如画里到底还是输了几分底气，随着夜幕徐徐低垂，我已经被一大片一大片的墨绿吞噬了，一股清香和着月色悄然来临。

向前，向前！偶尔几个游人的出现更增添了我一直向前的气势和决心！有一位骑着自行车的管理员在每一盏昏暗的路灯下都要稍作停留并拍打几下，我好奇地问他是在做什么，他说下午安排工人扫了蜘蛛网，他要检查一下，并拍几张蜘蛛网作证据。我忍不住笑了，公园的管理也不容易啊！我又加快了步伐，跑到了他的前面，很快就找到了一个完整的蜘蛛网，那蜘蛛还在忙上忙下的，好不惬意。我找了个角度，也拍了一张来纪念此时此刻。

晚霞从树梢上慢慢褪去，星空如洗。夜色深处，突然发现自己已经快走到路的尽头了，这一片树林几乎还是原来的模样。以前常来，今天太晚了，不能入林了，改天吧，改天再来细细品味！

今天是走得最远最快的一次，抄了一条小道爬上山梁，从内湖这边往回走，游人也逐渐多了起来。

月光下的禹迹岛，虽然还没有完全竣工，完全开放，但已是人们心中的休闲胜地了。这个还未梳妆的少女，在这温情的五月，在这撩人的夜风中，是否偷偷拾起了落寞的黄昏，拾起了我踩碎的月光，拾起了我深深浅浅的足迹?

回家吧，挥挥衣袖，作别在滚滚红尘中。

2020 年 6 月 4 日

14. 从禹迹岛出发

文字起源于自然，诗歌起源于劳动，渔樵问答还在继续，庄周梦蝶徒增疑惑，那就追着夕阳的步伐，从禹迹岛出发吧！

今天我们的“夕阳红踩花团”三缺一，因为临时起兴，说走就走，故而来不及喊另一位。

今天是下了两天雨之后的晴天，所以禹迹岛美得已经不能用简单几字来形容了，听我细说感受吧！

首先是禹迹岛正门的左手边，那一片平时不太在意的湖面，今天蓝得出奇。可能是因为这湛蓝的天空吧，现在湖面与天空，水天一色，让我的脑子里再也想不出什么赞美的词汇。人在湖心，无论站着，坐着，还是躺着，都能感受这一幅流动的画面，让人惊艳！

一抹青山割不断蓝天的梦，只是开阔了画面的眼界。一叶扁舟系不住流浪的风，只是摇荡在清波的温柔里。一朵白云藏不住逝去的年轮，无非扮演着天地的无常。一盏青灯拾不起破碎的心，那就在这里全部遗忘吧。

我们就真的在这里忘记了时间，忘记了前行，像贪玩的小孩子一样，尽情地挥霍时光，玩起了小孩子的游戏，勾勾手，抢镜头，光脚板等。我想，大家难得结伴而行，还是必须得去走走吧！

禹福桥正对面的天际乌云翻滚，是要下雨的感觉，而右手方向，则是夕阳西下，有青翠的绿树和蓝天白云。只要向着东边拍照，湖面都是扣人心弦的蓝色主调，而向着西边拍照，则是金色烘托出的脆生生的绿！

太爱这如洗的蓝了！我们还是沿着左手边，一路慢腾腾地玩着走。三角梅作近景比照湖中的水草，青松作搭配映衬出禹福桥的古典，刚刚浇过水的青草的香味把我们引入小径，鸟儿在山坡上一摇一摆，松枝尖尖的嫩绿昭示着生命的更替，狗尾巴草在路边自成风景，菊花在夕阳下纤毫毕现……

大家就这样完全忘却了年龄，忘记了时间，八九点才打道回府。

回来后想着今天的雨后晴空，想着那些白云朵朵，想着青山绿水被天际浩瀚无边的蓝皴染成的一幅幅水彩画，美！美到无法记录，美得惊心动魄！那波光粼粼的水面，在夜空下，已然把蓝天白云摇落成漫长的时光了吧？那就让我的思绪沉下来，连美也忘了吧！

今晚翻照片，又有点小激动，所以还是用今晚的月色来记录这一天的脚步吧，也是为了记住我们“夕阳红踩花团”的又一次出行！

2020年6月11日

15. 秋游禹迹岛

天气骤然转凉，不知不觉中进入仲秋时节。有一段时间没来禹迹岛了，今天同朋友一起来，时间是下午三点，天气是灰蒙蒙的，好像要下雨。我背了两把伞、四瓶水，看这天不适合拍照，就连相机也丢在车上了。

还是从禹迹岛牌坊进去。水还是嘉陵江的水，禹福桥在水面的映衬下显得特别静，静得有点低沉。还是从右手边往水杉林的方向走。水杉林的树叶已经没有夏天的翠绿了，沧桑、苍老等形容词一起袭上我的心头，不过看到挂满了果子的树枝，却另有一种丰收的沉醉感。湖边的芦苇步调有些不一致，有些已经枯萎得打不起精神了，显出几分悲凉，而还有一些却正高昂着头，精力充沛，肆意地渲染着秋天的格调。

还是从山梁上下到湿地公园，嘉陵江边。这里的水一如既往，平静、平淡，默默无声，但我分明听到它的流动。这里的香蒲、芦苇、美人蕉、灯芯草等都已经处于休养生息的阶段了，但那一大片一大片的知风草，却油画般流动开来，鲜红的颜色吸引着每一位游人。因为是雨后初晴，知风草上结满了水珠，身子沉甸甸地匍匐着，特别可爱。这时天空突然明亮起来，乌云被挤到另一个方向去了，夕阳斜照过来，草上的水珠闪着五颜六色的光芒。有个老人用手去摸了一下，笑着说："原来是水珠啊，我还以为是什么呢。"嘿嘿，这种自然的平凡的大美，不是亲眼所见，真的难以想象！照片再美也照不出那种像星星般闪闪发光的样子。

芙蓉花开得正好，而往日血红的狗尾巴草，这时倒是黯淡下来了。菊花也残了，有些树也已经披上红色的外套了……大自然的节奏，就是你方唱罢我登场。每次来都会有意外的收获，有不同的遇见和惊喜。

朋友兴奋不已，一个劲儿地拍照，说："每次看你写的东西，都不知道写的就是这里。"她退休一年多了，一直待在绵阳，却不知家乡有如此美丽的禹迹岛，更不知原来的满福坝现在是如此一幅多彩的画卷。

2020 年 10 月 2 日

16. 禹迹山的冬天

巴蜀的冬天，太阳很懒。即使有，也像个睡美人，要睡到自然醒后才"犹抱琵琶半遮面"。我们九点多到来时，正好与禹迹山约会在阳光下。

瞧，"禹迹山大佛"的牌坊在阳光下含情脉脉，指引着方向。穿过牌坊，拾级而上，马上就可一睹大佛的尊容了。不过，先不要激动，慢点，再慢点，因为这里的太阳懒洋洋的，还没来得及揩干石苔那湿润的双眼，它们正对我闪着泪光，若有所诉，我自然就迈不开脚步了。

一座砖红色的中国传统建筑风格的寺庙伫立在山崖上，特别抢眼。不用问，这一定是大佛的居住地了。阳光从山顶的树枝间探出头来，潇洒地从大佛寺的身上曼妙成一圈圈彩色的光晕，庄严肃穆中带着一种朦胧神秘的韵味。

脚步不由自主地加快了，一定要进去看看大佛的尊容。“哇！”“哦！”“咦？”……赞叹声、惊讶声、震撼声不绝于耳，好像没有谁能在这一刻无动于衷！

围着大佛的脚跟转了一圈，原来这高达17.5米的大佛是在整块石壁中凿出来的，仍然是山体的一部分，不可分割。石隙里还有汩汩的泉水，只有静下心来才能捕捉那丝丝入扣的妙处，仿佛哄着婴儿入睡的天籁之音，没有喧哗，没有休止，有的是一种无边的惦念和呵护。这是大佛浴足的水还是观音洒落的水，还是心中的那潭净水？喝一口吧，让它洗尽心灵的尘埃！

这个四川省最高的石刻立佛，让我念念不忘的还有那双微启平视的眼睛和身上斑驳的岁月印记。大佛的左侧石壁中是观音岩，小巧玲珑而又独特，那红色的房檐半掩在苍翠的树帘中。一截挂在路边石壁上的红叶让我看清楚了它们的来历，是山间的一种藤条状的植物，叶子红红的，鲜艳，低垂，在诗意的阳光下羞答答的，可爱极了！这些红叶是要勾住这一整个冬天的暖阳吗？它们莫非就是禹迹山冬天的精灵？

石洞，这里居然还有石洞！迷宫一般的石洞，在昏暗的霓虹灯下放慢了时光的步伐，深邃、幽长……这些石洞真的是靠人工一下一下凿出来的吗？恐怕岁月都被他们凿得七零八落了吧？石壁上那些残缺不全的壁画、对联，透着些许霉味的石桌、石凳等都在悠然诉说着曾经的喧嚣与顽强。透过那些稀稀落落的小窗户，阳光映出几缕杂草或几段松枝、一截红叶的身影，让我感动！生命是如此美好，谁能拒绝阳光？空空的石洞里曾经承载着怎样的期盼和向往？

对军事感兴趣的朋友，就别像我这样开小差了，一定要去穿越那条通往江边的石道，看看冷兵器时代的人们是怎样在这里扬帆起航。今天才知道，禹迹山的故事多着呢！

西寨门上，衰草把守着一缕清风，青苔湿漉漉地在阳光照不到的地方肆意生长。松树林间，阳光漫不经心地流淌开来，漫过枯黄的松针，一种与世隔绝的，不知今夕何夕的感觉油然而生，忍不住摸摸松针的脊梁，闻闻松香的味道，是奔跑中的山泉打湿了阳光的翅膀，还是风干的岁月记起了童年的时光？唯有几树零零落落的红叶提醒着我，那是自然的更替和恒常，是阳光赋予的倔强！

七星石，七块石头，大大小小，横七竖八，自绝芳华！可我却放纵自己与它们留影，用这种方式把它们也带回梦中吧！传说呢？忘了吗？忘了就忘了吧！反正我已有了它们的模样！禹迹石，也就两块形似双脚的巨石嘛，难道还真是大禹治水时留下的足迹？无所谓的！用你的脚去丈量一下再说吧！和合二仙石，真的很像“夫妻石”，在这寂寂的山腰里，到底主宰着谁的婚姻美满？首先是你们自己过得还好吗？一缕阳光从山崖斜抹过来，我发现中间有块小石头。哦，原来是一家三口啊！它们正和孩子嬉戏、玩耍，当然就忘了前世今生在何方了。可是，谁说这是“寒山”和“拾得”所化？管他呢，我倒觉得它们就是天地所生，无须像谁？禹迹山的石头都是阳光下的沉默啊！

陆相沉积地貌，这里的石床也布满了青苔，凹凸不平的地方，还有一洼洼能照见自己的水。松风轻轻飘过，我依稀听到了潺潺的流水、牧童的笛声，好像还夹杂着姑娘的捣衣声和山歌声……脚下一滑，看来我想多了，阳光正偷偷地嘲笑我呢！

莲花池里早已没有了莲花，亭子空荡荡的，无须表白什么。那就让我与一朵野菊花对视吧，看看它们黄色的倩影里到底藏着禹迹山多少情意和秘密。芦花在竹帘的后面闲闲地晒着太阳，不老，不衰，也不徘徊。红叶，还是红叶！一串红叶，一片痴情，就这么时时温暖着太阳的心！

不知不觉已回到了大佛的右手边。摸福，福在心田！石狮子的头顶密密麻麻地长满了青苔，居然还开着迷离的小花，“苔花如米小，也学牡丹开”的诗句突然从阳光中滚落下来，把禹迹山的秘密砸碎了，碎成一地的光斑和泪珠。风很快又把它们藏起来，迷了我的眼，乱了我的心！

不说告别可以吗？禹迹山的冬天，不是萧瑟，而是温暖；不是气象宏大，而是本土自然。禹迹山的一草一木，都是云烟洗过的，都有一颗潮湿的心，都有一个干净的灵魂。山和水的相遇，正如太阳和禹迹山的约定，不是闪烁其词，而是五蕴皆空而又生生不已……

2019 年 12 月 5 日

17. 翔宇印象

清风踏着翠绿的脚步进了校门，朝阳拒绝了蝴蝶的邀请一泻而来，紫色的三角梅花认真地做了今天的主人，娴静中饱含热情！

每一个角落都有自己的语言：十二生肖正开着英雄同盟会，谁也没有落后于谁！天然的石壁上藏着诗书的语言，等你一起翻篇！银杏树叶下的古墙，方块文字诉说在方寸之间，一块块墙面犹如一面面铜镜，照出了多少文字的秘密，照见了多少文明的精华！诗书田园，那是多少人童年的梦幻！几枝水仙花在地边粉红着脸，对视着玉米、茄子、辣椒……收获的日子已经不远！多少只青春年少的手正把它们浇灌，又有多少青春热血洒在这里，只为把文明的烛火点燃！同是生命的种子，同在一方天空下，快乐地接受风雨的洗礼，希望就在明天！

在美的享受中，我们把脚步挪向了教学楼。干净整齐的寝室，摆满绿色植物的教室，礼貌拘谨的少年，清朗的读书声……不用看考试卷，他们一定都是美的天使，美的化身！好羡慕，而我不能重回少年！这里秉承的是教育从美育开始，美育从生活的点点滴滴开始，美就是做自己！

圆满开会后，一直有点念念不忘，翔宇实验小学的几个大字，让我猜想不已，却不知道从何落笔，只是觉得“文明的延续”“文化的传承”等高大上的口号都不如这里的一花一草来得踏实！

2020 年 5 月 26 日

18. 唐妃贡李生态园之行

升钟湖过后，七拐八弯地就到了皂角长岭山村“唐妃贡李生态农旅融合产业示范园区”了！

趁着考察的队伍还没到，我们一口气上了狮子山的山顶。先睹为快嘛！放眼望去，蓝天白云下，除了这个小山头披着绿色植被，就像一个戴着绿色帽子的未穿裤衩的小男孩，其他都是才开垦的黄土地。那些约一米高的才种上的小树苗在风中摇摇晃晃，显得有些单薄，稀稀拉拉的有几个农民的身影正在劳作，完全看不见有杂草。

我们从右手边绕到这个小山包的背后，眼前又豁然开朗起来。一个才开辟出来的广场，孤独地对视着对面的山崖，右手边一棵上千年的古柏在这里显得格外沧桑而又倔强。不知它已见证了这方土地多少代人的悲欢离合，见证了多少风雨无阻的春来冬去、花开花落，抑或见证了对面山中住着的人家多少期盼、叮咛和忧伤，见证了多少鸡鸣犬吠在朝阳中的兴奋和不安，见证了多少空山鸟鸣、云水禅心的自然乐章？大树啊，可否告诉我！大树的根恐怕早就越过了对面的山梁了吧？不然，何以屹立在这荒山野岭一千年？狂风暴雨，月缺月圆，生离死别，醉生梦死，还有什么是它没有见过的吗？滚滚红尘，天地万物，归根都是这片黄土地啊！

广场中间有个石雕，上面赫然刻着“天下第一李”的红色大字，好大的口气！

左手边，是刚刚移栽不久的还挂着营养袋的老李子树，看着这些密密麻麻的青李子，我不由得想起了小时老家后面的几株李子树带给我的快乐时光。忍不住伸手摘了一个李子，虽然还不够成熟，但确实有童年的味道，于是一口气吃了五个！

我还是在那些花花草草中消磨时光，时而看看夕阳，时而静静发呆，直到说考察的队伍到了，我才跟着大家去听李建飞其人的介绍。

可是，这一听却让我激动起来。没想到这个在我看来还只是普普通通、粗具框架的生态园，居然规划得这么完善。它吸取了传统农耕生产中健康环保的优点，把自然乐趣与民风民俗、户外健身和儿童游乐融为一体，即将成为阆中古城、颐养升钟湖、剑门雄关沿途又一处美丽的风景线。

因为我也是农民的女儿，我知道农村生活的艰辛，乡村企业的不易。李建飞他们的初衷何其美好，但这一步走得何其艰险而又执拗！我在想他们这样做到底是为了什么呢？如果仅仅是为了能吃饱饭，那他们大可不必把大把大把的钱投在这偏僻的贫瘠的荒山上。这些投资的钱够他们吃几辈子了吧？何苦呢？可我分明看到了一个农民企业家的情怀、执着、梦想，他是为了把自己的家乡建设得更加美好。发展家乡事业，带动父老乡亲嘛！

我想，大概需要两年的时间吧。两年后，春风中，桃李无言，蜂蝶翩翩，漫山遍野的花香会引来多少紫燕归巢，炎炎夏日中，摘李子的姑娘红裙迎风招展，酸酸甜甜的美味会锁住动人的晚霞，清亮的山歌飘过对面的山崖……

胡思乱想间，考察的队伍已然离去。夕阳从山那边平扫过来，这“天下第一李”的石雕在晚霞中摇摇晃晃、絮絮叨叨起来，这是这一方土地的私语，是这一方老百姓的“第一李”，他们的天下并不远，无非就是脚下的土地和三餐！

最后再看一看半山中那些以后将用来接待游客的乡居，一幅恬静的乡居生活图如在眼前，让人好生期待！

不用说再见，我一定还会来。我相信凭着改革的春风，会有更多的年轻人像李建飞他们这样，为农村的发展建设奋不顾身的！

此时，天空被晚霞照得美轮美奂，山间的风依依不舍地送我离开……

2020 年 6 月 11 日

虞美人·唐妃贡李产业园印象

春风不改英雄色，岁岁归来急。竹篱茅舍旧时光，淡淡忧伤、何处问凄凉？森森古柏斜阳外，放胆荒山李。林林总总是清歌，明月天涯、船在母亲河。

2020 年 6 月 10 日

19. 十里滨江，展望未来

题记：前不久，看着刘铭老师拍的视频，写了一首《清平乐·烟火滨江路》。索性先让它来拉开序幕吧！

清平乐·烟火滨江路

流光溢彩，幸福无须买。烟火声中听豪迈，一水一山轻快。儿童追逐黄昏，老人喜见天真。醉了东风未醒，归来燕子游春。

今天晚上，我要去体验一下那十里滨江的烟火味到底有多浓郁。

从文庙塔那头出发，一踏上十里滨江的热土，蒲公英就带着前世的记忆，睁着星星般的眼睛，把我的影子缭乱了。风雨中的蒲公英干净、明亮，一尘不染，像春天的音符跳动在柳叶的眉梢，又像春天的琴弦挂在月亮的双肩，舒缓、宁静、浪漫，集优雅、灵动、轻盈、智慧于一身。

当目光终于发现，蒲公英旁边一声不吭的竟然是含苞待放的红梅时，我的心情是有点激动的。在我看来，广场上没有红梅总会有点遗憾。虽然好几年才见得到一次雪花的模样，但是有红梅，就有期盼；有红梅，就有春的消息；有红梅，就有“梅须逊雪三分白，雪却输梅一段香”的传奇写照。一株、两株……我发现红梅还真不少呢，再过一周可能就会全开了吧？于是我的目光就转向了这些不起眼的树，不看不知道，一看还真的吓了一大跳！

原来，靠路边种的一排树全是蓝花楹。天哪，可以想见那像羽毛一般轻盈的绿叶在阳光下重重叠叠该有多漂亮，五六月份时在高大挺直的树上垂下一簇簇优雅魅惑的蓝色妖姬会是什么感觉。可能到时这条路上的行人要摩肩接踵了吧！如果那时阳光恰巧从花团锦簇的画卷上滑落下来，可能其他的色彩都会羞涩地躲藏起来吧！但愿五六月份的风再慵懒一点，再惺忪一点，再朦胧一点，借着行人不舍的表情永远迷失在蓝色的花瓣中吧。心儿在期待，心儿也在摇摆！

咦，这株树是乌桕呢！若问最爱深秋的是谁？可能就是乌桕吧！春秋季乌桕的叶色红艳夺目，绝对不输给丹枫。相信你也会喜欢的！

脚下突然旋转起来，脚步踩在了花儿的眉梢，不甘落后的花扇动它们美丽的翅膀，在我的脚下捉起了迷藏，让我不敢再向前迈开一步。我的思绪也跟着凌乱起来，原来是夜色拾起了童年的记忆，把尘封的笔记本打开了，里面飞舞的全是春天的色彩，欢迎你来，欢迎你再来！

又发现了一种树：美国红枫。春天开红色的花，秋天能点燃整个天空，是生长速度最快的一种红枫。在这寒冷的冬天，光秃秃的树枝上还有各种鸟儿在嬉戏呢！

紫薇，又叫痒痒树，有“百日红”之称。这个不需要我来介绍，大家都比较熟悉。不过可以想象大热天遇着热得像火的紫薇，是不是很刺激？就像青春的热血遇到了沸腾的火焰，可以尽情燃烧！

银杏！哦，原来这些树是银杏呢！这一段也算是十里滨江的中心了，银杏那高大挺拔的身躯正在为漫长的冬夜除烦解闷呢。瞧，时光正化作流星，即来即去而又从未走远，每一根枝条都正从银河的边际飞驰而过，它们是要挣破岁月的枷锁还是想要打破冰与火的僵持？

我还看到了香樟树，看到了皂荚，看到了一种矮矮的，却挂着一朵朵绿色花苞的树。一查，原来它叫结香，又叫梦树、雪里开等。这是一种冬末春初开的花，再一看它开花的模样，顿时就有了几分期待。想想春寒料峭中，满树的黄花就在你的眼皮子底下做着经年旧梦，你是不是有一种迷失在时光隧道里的错觉呢？我想至少我的脚会迈不动的。

西府海棠，不用说，那是遗落在人间的美丽动人的天使，看也看不够，爱也爱不够……遐想间，走进了一个被人遗忘的夏天，萤火虫在这里翩翩起舞，幽幽的身影轻轻地拨动了星空的琴弦……

围着六角亭转了一圈，原来这里已经快到桥下了，难怪就像误入了桃花源的夏天。转身，返回，但我想在这里喊上一嗓子：等你来，六角亭！等你再来，萤火虫之都！

返回时才有心思仔细观察这十里滨江的新人新貌。我看见年轻人和小孩都在这里流连忘返，夜色中的雨夹雪也没能阻止老年人的脚步，刚刚铺成的柏油路上车流密集，高高挂起的灯笼正守候着一方家园，每一座莲花灯都努力点亮自己，那两棚七里香还在原来的地方鲜活、律动……

整个滨江路看起来比以前更平坦、干净、整洁，有更多的可以活动的地方，也有更人性化的健身器材配置，连厕所都被青青的翠竹围了一圈……感觉，进步了很多哟！

总之，新的十里滨江格调时尚，视野开阔，有了一份朝气蓬勃的感觉，青春的气息弥漫在这些光影中。虽然不知道那些小亭子叫什么名字，有什么深层的寓意，但是看到小孩和年轻人在那里停留，拍照，嬉戏，我也不自觉地放慢了脚步。红红的灯笼高高地挂在莲花灯上，“大美南部”“山水城市”的标语实至名归。

十里滨江，展望未来。我想告诉春天，蒲公英已经在十里滨江悄然绽放；告诉春天，红梅在十里滨江等你归来；告诉春天，蓝花楹将在十里滨江等着你的铺排；告诉春天，红枫在你的怀抱中酝酿秋天的风采；告诉春天，结香说它喜欢雪里开，雪里开，春又来；告诉春天，十里滨江中的银杏正流光溢彩；告诉春天，西府海棠正在十里滨江中设计未来；告诉春天，萤火虫等不及你的号角吹响，就已经在十里滨江为你喝彩……

2022 年 1 月 27 日

20. 春风十里滨江路

春天的脚后跟刚刚立定在“十里滨江”，太阳温暖的心就风干了春雨的湿滑。

红梅在春雨中渐渐洗净了胭脂，换上了绿色的春装；而蓝花楹那羽毛状的叶子一夜之间就轻飘飘地飞上了枝头。紫薇的叶子带着稚嫩的颜色，细细碎碎地点缀着蓝天；乌桕树仍然光着头，倾听鸟儿们演出的声音。红枫已经絮絮叨叨地张开了它那还待丰满的翅膀；蝴蝶从这朵花飞到另一朵花，一一地把春天亲吻……

漫步在“十里滨江”，走在游人之间，看银杏叶在阳光下与白云对话，我仿佛被遗落在岁月尽头，忘了从何处来，也不知要到哪里去，呼吸停留在春风的眉梢，无所不在，又可有可无……

2022 年 3 月 28 日

且行且止

1. 2018年泰国六日游

云烟道法门，无形随久远；
山水知禅意，不变自幽深。

第一天：开车到双流机场，再转曼谷

2018年8月17日，出门旅游，巧逢七夕节。往成都机场的路上，风云变幻，有的地方乌云滚滚，有的地方白云飘飘，东边还有一抹朝霞羞红了天际。鹊桥在哪儿？牛郎织女在哪儿？是鹊桥还没搭好，还是牛郎迷了路？虽然说“两情若是久长时，又岂在朝朝暮暮”，可是“有情人终成眷属”怎么就不能兑现呢？

任云卷云舒，我自轻歌前行！风不惊，路虽然有点堵，但堵不住我一颗放飞的心！到达时间只比我预计的时间晚了二十分钟，也还宽裕得很。漫不经心，把车停在阴凉的地方，拍两张照片，确定好位置，怕自己回来找不到车！然后进机场找到导游，就不用我操心了。跟团也就这点好处！

14时10分准时登机，趁着空闲时间，写了首七夕节的诗。 吃了一顿饭，眯了一会儿，就说到曼谷机场了。原来，泰国这边的时间比我们慢了一小时，现在我们那边已经是17时40分了，而这边才16时40分。实际则是坐了两个小时四十分钟的飞机。天啦，才两个多小时，怎么就出国了呢？

机场有当地导游接机，我们这一趟六天五晚，七个人，就由一个国内导游加泰国一个华裔导游，一个本地导游，一位司机，一辆车，一路陪伴到底。大家都挺谈得拢，感觉会是一趟愉快的旅行！

行香子·七夕

雨洗青山，风过云端。鹊桥处、双泪涟涟。牛郎织女，岁岁年年。问天何怒，情何寄，月何圆？一花飞谢，一曲空弹。红尘外、一雁蹁跹。一声轻叹，雾冷霜寒。愿开心聚，痴心净，佛心宽。

晚饭是泰国火锅，我这个吃素的也入乡随俗，什么海鲜都品尝了一些，除了没有我们四川饭菜的麻辣风味外，味道还可以，反正我是吃得饱饱的，也算亲身了解了一下泰国的饮食文化。

接下来看了歌舞表演。表演结束后入住了酒店，环境挺好，干净整洁宽敞。虽然今日是在旅途中度过的，但没觉得很累。

第二天：泰式古法按摩——大皇宫——畅游湄兰河

第一站：泰式古法按摩

一个小时的按摩，有的游客嫌疼，时不时地尖叫，有的一会儿就睡着了。我呢，却在昏暗的灯光下静静地感受他们按摩的特点。基本就是用自身身体的关节和巧力进行穴位按摩和经络疏通，不是纯粹的拍拍打打。看着按摩师一俯一仰、左偏右侧的身姿，也算一种享受了。

结束后，唉，又是小费！还没来，就听说了小费二字，但没想到这里要小费的习惯就像握个手那么自然大方。还好，酒店也罢，按摩也罢，海关也罢，小费只要 20 泰铢，大约相当于 4 元人民币。还是那句话，入乡随俗！

泰式古法按摩有感

拉揉捏转势如风，法地观天上下通。

一枕逍遥云外梦，醒来不辨在西东。

第二站：前往大皇宫

这是一座建于十八世纪末期的庄严典雅、金碧辉煌、雕刻精湛、洋溢着浓郁宗教色彩和民族特色的古建筑群，里面有玉佛寺、节基殿、兜率殿、武隆碧曼宫等。最让我流连忘返的是那些带有各种传说的壁画，墙壁内内外外的，门廊上的，重檐上的各种装饰，有龙首、龙鳞、凤尾、狮子、莲花等，还有那些各种各样的直插云霄的尖顶。

第三站：畅游湄兰河

在船上边吃饭，边看文艺表演，边欣赏两岸美景。船头船尾地照够了，我就静静地坐在窗边，暂时屏蔽了吵闹，仔细地观赏船来船往，一片繁忙。水天相接，感觉云就在船顶，天就在前面不远的地方。遐想间，云突然就翻滚起来，是要下雨了吗？也突然有了写云的冲动，便拿出随身携带的本子，十来分钟时间，思绪毫无间断。刚一写完就该下船了，可是一下船，雨就劈头盖脸地来了！没带伞的自然就淋成落汤鸡了，人群一阵骚动，很多人都飞跑起来。我们几乎都带着伞，大家紧紧地跟着，没有慌张，也没有走散。

回程的时候遇上了堵车。曼谷太堵了！

云之遐想

你们，一山山、一沟沟、一串串、一片片、一朵朵，一个个，是要到哪儿去呢？

是在亲吻蓝天吗？不然你们走过的地方怎么蓝得发亮？是要到鹊桥去吗？看你们急急的样子，是不是也不忍心牛郎织女再天各一方？那就再快点吧，不要让人们把“有情人终成眷属”谱成离别的曲调！我多想让自己的心与你们一起飞翔！

哦，燕子低飞，知道了你们的方向；树叶摇摆，知道了你们的速度；河水汤汤，丈量着你们的真心。星星和月亮隐藏了身影，蝉鸣幽幽，蝴蝶寂寂，小草缀满了玉露，屋檐下一只青蛙数着渐行渐远的水滴，一阵凉风袭过我的肩头……哦，你们来过了，可是，你们又到哪里去了呢？天际，倏然又淡淡地羞红了面颊。

（2018 年 8 月 18 日于曼谷湄南河游船上）

第三天：金三角风情园——富贵黄金屋——东方公主号

吃过早饭后前往芭提雅。首先是骑大象。亲身体验了一下坐在象背上的感觉。

然后去了“金三角风情园”参观，接着去了“富贵黄金屋”。富贵黄金屋，顾名思义，自然是富丽堂皇至极的屋子。这里曾经是《流星花园》的外景拍摄地，所以就不用我多介绍了！在这里，我陶醉在海边的夕阳下！

最后是东方公主号。这里能够看到暹罗湾的夕阳和夜景，还有姑娘们的精彩表演。我又陶醉在月光下的海上美景中了，总是落在游客大部队的后面。

日月交替

清晨，日月交替。太阳骄傲地对月亮说：妹妹回来了，妹妹辛苦了，好好去休息吧，让哥哥来照亮天空，唤醒沉睡中的精灵，把新的一天的门铃拉响……所以，我们总能看见太阳从东方迅速升起，而月亮则在西方久久凝视，深情款款，不愿回首。但是，朝阳在晨风的清歌中加快了步伐，山川河流很快卷起了素帘，新的一天隆重登场！

傍晚，日月交替。月亮早早地梳洗，等候在哥哥离开的地方。太阳却徘徊在天际，不愿独自归去。他燃烧自己，拉长影子，吐出殷红的血，把彩云送到月亮身边，他要彩云带着自己的心灯陪伴月亮。所以，我们总能看到太阳和月亮的深情演绎，交相辉映。总能在月亮身边看到五彩的云，星星也感动了自己，前来相伴。所以，我们不怕夜晚，因为太阳就在月亮身边，不曾离去！

日月交替，昼夜光明。日月同辉，演绎深情。日月如梭，如梦初醒！人生就这样伴随日月远行。

2018 年 8 月 19 日

第四天：月光岛

空中飞翔、潜水、游泳、嬉戏……我把自己弄得太累了。还好，留了两小时让我们回酒店休息。

空中飞翔有感

倏然心不老，也学雁飞轻。

大海连山远，云天任纵横。

潜水失败有感

阴阳一扇门，七魄落三魂。

同是乾坤主，休提一息存。

一只红蜻蜓

一只红蜻蜓，在大海中迷失了方向。它又累又渴，向一朵飞来的浪花轻轻地点了一下——哦，咸咸的，原来这就是海水的味道！

浪花却多情起来，瞬间化成了无数珍珠，扑向红蜻蜓，一浪高过一浪，热情不减。红蜻蜓只好飞得高些，再高些，可浪花仍然乐呵呵地腾上来。红蜻蜓累得不行了，深深地点了一下浪花，奋力一振，飞向了岸边山顶一棵老松树上，停了下来……

云看到红蜻蜓在空中划过的身影，迅速地飘了过来。风看到云飘了过来，也迅速地奔跑起来。雨，看到风跑得太快，就一骨碌地泻了下来。雨打湿了松树，打湿了红蜻蜓的翅膀，打落了花瓣，打低了小草……一瞬间，松风入林，幽幽咽咽；松香弥漫，神清气爽；花瓣不语，芳香默然。露珠在潺潺的溪水中画出一个又一个转瞬消失的圆……

浪花郁郁地退了下来，雨后天晴，天边一轮彩虹宣告一段新的旅程开始了！

红蜻蜓带着山野的秘密又振翅于蓝天下。白云看见红蜻蜓，急急地问：刚才谁来过？红蜻蜓回答：不知道，我刚到！风与红蜻蜓擦肩而过时也问了同样的问题。

突然，一个清脆的声音从天际传来：孩子们，谁来过不重要！让我们一起共舞吧！

2018 年 8 月 20 日

第五天：杜拉拉四方水上市场

参观了舍利佛寺后就到了杜拉拉四方水上市场。这里因为是《杜拉拉升职记》的拍摄地而得名，也是湄南河上最原始的水上市场集市。各种吃的琳琅满目，番石榴、山竹、榴梿等，有的在水边船上卖，有的在路边摊位上卖，有烤的，有煮的，有穿成串的，有包在叶子里的，有装在碗里的，应有尽有。吃货在这里就走不动路了！

然后去参观了 4D 艺术城，在这里仿佛穿越到了一场梦境，做了一下白日梦！

2018 年 8 月 21 日

第六天：

又是旅途劳累的一天。回到成都双流机场时已是晚上 10 点了。我开车回家时已是凌晨 1 时 50 分了。平安归来，一切如初！

2018 年 8 月 23 日

旅游结束了，但我的花诗才刚刚开始！因为我是一个看到花就走不动路的人。

鸡蛋花

淡定树梢头，迎风四季修。
花开悠见佛，自净洗双眸。

2018 年 9 月 8 日

【注】：鸡蛋花，具有很强的佛教意义，是佛教的“五树六花”之一。

阔叶半枝莲

半开半合水云间，半露半羞描素颜。
风雨无声成过客，春秋几度月空闲。

2018 年 9 月 8 日

【注】：阔叶半枝莲，上午开，下午合。

蓝花草

一米阳光照影新，山风惊露醒山晨。

开心一笑眉舒远，一袖霓裳舞遍春。

2018 年 9 月 8 日

【注】：蓝花草，紫蓝色，浪漫热烈，一种会道“早安”的花，且日日开新花。

相见欢·朱槿

婀娜一袖清风，兑朱红，醉舞柔肠寸寸、月华浓。珍珠泪，红尘事，问苍穹，横笛青云漫漫、锁长空。

2018 年 9 月 9 日

【注】：朱槿花，又叫佛桑、扶桑、大红花，不仅样子好看，而且花心甜得像蜜，去掉底部的花萼，可以吮吸。

诉衷情·洋金凤

一枝丹凤落平沙，不负好年华。远山近水禅问，日日伴朝霞。孤独梦，掷天涯，话蒹葭。寒蝉鸣细，鸿雁归家，桂月添茶。

2018 年 9 月 9 日

【注】：洋金凤，又名蛱蝶花、黄蝴蝶。广东汕头市市花。花语为“逃亡”，但当所爱之人出现，其性格会突然改变，执着于爱。

蝴蝶兰

和风和露抚空弦，一径花香闹过年。

梅雪纷纷春几度，飞身一展在春前。

2018 年 9 月 9 日

【注】：蝴蝶兰，又叫年宵花，是过年时家中的必备花卉，也是表达亲情和友情的花。

石斛

不著红尘色，随缘谷底风。

悄然香远送，万里爱犹同。

2018 年 9 月 10 日

【注】：石斛，又名仙斛兰韵、不死草、还魂草、吊兰等。主产地是泰国。花语为“欢迎你，亲爱的”，又被称为“父亲节之花”。

柳梢青·凌霄花

平地山川，风前雨后，日月高悬。小径幽幽，青松问道，总向云天。凌霄自在阑珊，寂寞处、馨香弄禅。流水无弦，落花无梦，慈母心宽。

2018 年 9 月 10 日

【注】：凌霄花，是绿色中药材。花语是声誉、勇敢、坚强，寓意“慈母之爱”。

百日菊

花开节节高，风雨著逍遥。

又见东篱外，半山黄一袍。

2018 年 9 月 10 日

人月圆·长春花

花开四季长春调，日日韵孤高。云天一色，山川一枕，月下听箫。牡丹绝艳，残荷独傲，茉莉蟠桃。红尘一梦，方圆一寸，片刻零凋。

2018 年 9 月 11 日

【注】：长春花，又叫千日红、日日春、日日新、雁来红等。一年四季开花，产地：非洲马达加斯加岛。

蝎尾蕉

火鸟舞东风，云天一色空。

青山尘土净，归葬落花红。

2018 年 9 月 11 日

巫山一段云·龙船花

出水丹心共，阳光雨露风。扬帆向晚任西东，不老是青松。彩蝶翩然梦，飞泉素韵终。从来无路试深红，行客自匆匆。

2018 年 9 月 11 日

洋蒲桃

亦花亦果亦同心，无往无来一念深。

餐后餐前杯酒醉，浮生一梦醒空林。

2018年9月11日

【注】：洋蒲桃，又叫莲雾、天桃、水石榴等。汁多味美，药食同源。台湾地区有一道传统美食“四海同心”，就是它也！

清香藤

月下有清香，惊风素影长。

双双如蝶舞，静处动笙簧。

2018年9月12日

天净沙·大花马齿苋

悬崖古道荒滩，半枝根断无援，一路风云缱绻。花开彼岸，拂空心过尘缘。

2018年9月12日

【注】：大花马齿苋，又名半枝莲、松叶牡丹、死不了、太阳花、草杜鹃等。

水仙子·闭鞘姜

山南山北赛红妆，村后村前围画廊。月圆月缺听风唱。空弦弹大荒。梦迷离，一世沉香。箫声远，几断肠，至简阴阳。

2018年9月12日

【注】：闭鞘姜，又叫雷公笋、樟柳头、水蕉花等。家常小吃，味道酸甜。喜偏僻地生长。

睡莲

卧向云山远，清凉一世心。
空风禅过往，只影碎浮沉。
净土娟娟客，莲台袅袅音。
晨钟催梦醒，暮鼓道深深。

2018 年 9 月 12 日

2．遂宁三日游

第一日：广德寺、灵泉寺、湿地公园

第一站：广德寺

2019 年 5 月 24 日，医院组织的“遂宁三日游”第二批队伍出发了。早上 8 时准时起程，大约 10 时就到了广德寺门口。首先需要简单介绍一下广德寺，因为我也是第一次来。

遂宁广德寺，位于广德风景区的卧龙山，寺庙规建于卧龙山山首，从山麓至山顶，依山建寺，中轴线上有殿宇七重，东西配殿独自成院，大小殿阁塔坊共有 25 座，多为明代建筑，但主次分明，左右对称，有宋代建筑布局风格。中国皇家禅林，原名石佛寺，经多次更名、敕名，最后以明武宗正德年间敕名“广德寺”而沿用至今。现存规模亦为明洪武元年重建并经清代多次扩建所成。

一进寺门，便听到了“六字真言颂”的音乐，我心里猛然泛起一朵涟漪，哦，今天的诗就定为六言吧！寺内多处还在修缮之中。

印象最深的是石阶石栏上的石雕。人面石雕，鼻子以下都沉浸在莲花之中，我还真猜不透这样的作品有何深意？动物石雕，活泼可爱，栩栩如生……

广德禅寺有感

卧龙山前流水，广德寺中梵音。

不与红尘说道，只听白云闲吟。

第二站：灵泉寺

还是先简单介绍一下吧：

灵泉寺，位于观音故里四川遂宁市船山区灵泉山，乃隋代古寺。初名圣佛寺，宋代为资圣院，明孝宗弘治三年重建后，寺方以山名。是四川省著名佛寺，有着悠久的佛教历史文化。与广德寺隔涪江相望。寺庙依山而建，苍松古柏，绿树成荫。山间有一泉，色碧味甘，终年不溢不涸，名曰“灵泉”，据载，苏东坡曾于石壁题书“七泉”一首，现已不存。现为川中佛教活动中心和旅游胜地。每年农历二月十九、六月十九、九月十九分别是观音菩萨的生日、出家日和得道日，届时四方信徒云集，热闹非凡。

我们选择了步行上山，大家一路说说笑笑，走走停停，感慨万千，大多数有点气喘吁吁。却有年龄最大、资格最老的马教授一人，三步并着两步走，遥遥领先爬上了观音阁的最高处。不服气还真不行！

灵泉寺有感

古刹幽幽寂寂，山风见证山花。

不在年轮有序，空山自剪乱麻。

第三站：湿地公园

从灵泉寺下来，大家都有点累了，故选择坐观光车游玩。青山碧水云天岸，绿草繁花一叶舟。凉风习习，惬意满怀……

湿地公园

芳草萋萋渐远，落花小径听幽。

碧水青山相伴，云天一色长流。

2019 年 5 月 24 日

第二日：死海冲浪、漂浮

还是得先了解一下概况。

中国死海位于四川省遂宁市大英县新城区，是 4A 级景区，总面积超过 1000 亩，是一个集健康性、新颖性、时尚性和趣味性为一体的综合旅游度假胜地。由于人在水中可以漂浮不沉，类似死海，故被誉为“中国死海”。那么死海是怎样形成的呢？

原来它是一个沉睡了一亿五千万年的古盐湖。流入这个盐湖的河水不断蒸发、矿物质大量下沉，使水的密度越来越大。在这样的水中，鱼儿和生物都难以生存，故成为“死海”。这里的盐储量高达 42 亿吨，与中东死海齐名。

浸入水中，哇，水的温度和家里洗澡水的温度差不多，很舒服！水也不深，很安全！浮力大，完全可以不用游泳圈的，但大多数人都套着个圈圈，嘿嘿，我也不例外，因为我是怕水的旱鸭子。

大家在水里尽情嬉戏、放松……当然最刺激的项目是冲浪，水浪一波一波地涌来，人一下被甩到了峰巅，然后又被重重地抛回原地！开始，只能体验到那种毫无抗拒能力的无助和恐惧感，但随着无数的尖叫声，慢慢地习惯了波浪的拍击，再看到表演者傲然于浪尖的气定神闲，看到他们乘风破浪的豪情壮志，你就开始爱上这项运动了，爱上中国死海，不想离开了……

漂浮随感

拍浪入云端，天宽地也宽。

随风漂万里，一晌自贪欢。

2019 年 5 月 25 日

第三日：龙凤古镇、宋瓷博物馆、圣莲岛

又是懒洋洋地睡到自然醒，自助式早餐吃得饱饱的，9 时 20 分才出门。因为这次没跟着旅行社，而是自己安排游玩，故大家都很轻松，真正是吃得好、耍得好、睡得好，当然开心啦！

龙凤古镇因为还在修缮中，所以还没有形成繁华的闹市，不过这倒使我觉得格外惬意！镇上有打牌的、喝茶的、聊天的，稀稀落落的商铺和零零散散的游客。这里民风淳朴，还没有形成商业竞争意识，没有买卖吆喝声，没有讨价还价声，只有街边的花草在争奇斗艳，其中的仙人掌花一下子就吸引了大家的眼球。我们在这里流连忘返，拍照，买麻花、豆腐干……

我最大的收获是知道了这里原来是妙善公主的修行地，也知道了“观音故里”的来历！当然，遂宁是一片文化底蕴深厚的红土地，这里是“海内文宗”陈子昂的故乡，也是张问陶的故乡，还涌现出张九宗、邹和尚、黄娥、席书等一大批历史文化名人。

龙凤古镇即景

一湾清水傍人家，静若春风拂小槎。

妙善曾经涅槃地，缘深不问旧时花。

古镇出来，又坐车到了宋瓷博物馆，里面凉快、清静，配上各种青花瓷艺术品，还真是一番享受。这里和古镇有相同之处，没有商业气息，让人赏心悦目。

午饭后，就到了圣莲岛了。此时，正是阳光最热情的时候，一部分同事就躲阴凉去了。我们五人一组，骑着观光车，和太阳肩并肩，穿行在莲花岛上。确实有点热，不过一点都不影响我们的好心情，出汗的感觉其实挺爽。沿途看鸟儿在草丛中、树枝上叽叽喳喳，自由来去，真正是“人来鸟不惊”啊！各种花儿迎着太阳，鲜艳夺目。荷塘里，荷叶田田，荷花含苞欲放的多，正在盛开的少，偶尔有几枝已经卸了妆的残荷，却是别有一番风情！

圣莲岛即景

荷自清香鸟自飞，幽幽寂寂路人稀。
等闲拾得风光色，随掷随抛借翠微。

不知不觉已回到了出发点，我们这次旅行的策划人和组织者陈浩然主任已经笑呵呵地来迎接我们了。他先安排司机发动车子，让空调起了作用后才请我们上车，路上还向大家分发藿香正气液等，为大家精诚服务！

感恩大家一路的互帮互助，感恩陈主任六天来的辛勤付出，更感恩有缘与大家一起共事、一起出游。相信明天会越来越好！　带着愉悦的心情平安归来，发现南部的天空一样热情如火！

2019 年 5 月 26 日

3. 2019年欧洲之旅

第一天：路上的闲散时光

2019年6月1日21时，飞机在成都双流机场起飞，开启了我的十五天的欧洲之旅。想着一晚上都要在飞机上度过，所以，除了吃饭，我就尽量闭上眼睛养神。子夜一点多，小睡了一会儿又醒了，觉得小腿肚子酸酸的不舒服，所以看看窗外转移一下注意力，结果看到满天的繁星，疏密有致，飞机的机翼好像一路与不远处的星星比肩同行。有飞机在更低的地方飞过，看起来就像萤火虫，在黑夜中一闪一闪的。应该是正飞过某个城市上空吧？地上的灯光密密麻麻的，比天上的星星还多，还亮，仿佛没有什么规律可循，又仿佛看得出灯光之中的路径，这些灯光就像是太阳的反光一样，在黑夜里显出一片片金色的光晕。此处好像可以有诗了！

飞机上的夜空

疏疏朗朗星空，密密麻麻霓虹。
天地之初何意，今古南北一同。

还是接着睡吧，看能不能一梦上天，面见嫦娥。

2019年6月2日凌晨2时25分

第二天：前往罗马

早上4时30分（当地时间0时30分），经过七个半小时的长途跋涉，飞机终于妥妥地降落在阿布扎比机场。换机，并于6时20分（当地时间2时20分）再次起飞，前往罗马。

又一段飞机上的时光开启。可能是因为这里还是半夜吧，我睡得很香，一觉睡到 10 时 30 分（当地时间 4 时 30 分，这里与家里的时差是 6 小时了），一看窗外，哇！天边一抹明亮的朝霞！

太阳慢慢地穿上云层来，我断续地拍了几张照片，也彻底清醒了，开始吃早点。

12 时 10 分（当地时间 6 时 10 分），飞机平稳地降落在罗马机场。罗马，我来了！打开手机流量，信息叮叮地就来了。哇！感受到了亲友们的问候！

罗马是意大利的首都，也是意大利国家政治、经济、文化和交通中心，是世界著名的历史文化名城，也是古罗马文明的象征，号称“永恒之都”。

今天，罗马阳光明媚，又正好是意大利的国庆日，所以很庆幸，可以观看阅兵式。我还从来没有现场看过阅兵式，在这里补一课也是相当不错的。当然，也有遗憾，有的地方封路了，去不了，有的地方就需要我们步行了。不过这又是另一番风景！

路过梵蒂冈——只能路过，今天去不了，大家都挺遗憾的。梵蒂冈是位于意大利首都罗马西北角高地的一个内陆城邦国家，也是世界上面积最小、人口最少的国家，其国土面积只有 0. 44 平方公里。由于四面都与意大利接壤，故被称为“国中国”。这里是全世界天主教的中心。1929 年意大利同教皇签订《拉特兰条约》，承认梵蒂冈为政教合一的主权国家。因天主教在全球信徒众多，使梵蒂冈在政治和文化等领域拥有重要的影响力。

还是回到罗马吧！首先穿过跑马场，场地遗址并不大，但视野开阔，听不到马蹄得得的呼啸声，但也隐约有岁月沧桑的感觉。两边的废墟遗址都用钢丝网护栏围着，这些废墟在风雨中伫立，幽幽诉说着几千年的文明轨迹，任尔遐想！

因斗兽场和君士坦丁凯旋门那段路封闭了，所以我们也只能先看阅兵仪式了。让我感到奇怪的是，基本没有市民在观看，只有游客被吸引。当地导游解释，老百姓觉得这个同他们没有关系，所以不感兴趣。我有点不太理解。导游叫我们不要拍那些站岗的士兵，可偏有那不信邪的游客在征得士兵同意后，愉快地同他们合影留念，还炫耀说：意大利男子确实很帅气嘛！感觉这个阅兵式阵势没有多大，士兵的仪态都挺自然，有些还显得精气神不够。

阅兵仪式一完，我们就可以参观斗兽场和君士坦丁凯旋门了。因为这两个景点是挨着的，所以挺省事。斗兽场曾经是古罗马帝国专供奴隶主、贵族和自由民观看斗兽或奴隶角斗的地方，当然现在只有遗址了。毕竟是一项残忍的竞技，当年那些角斗士们在这里面对的荣誉与死亡今天听来仍会让人心惊肉跳。

君士坦丁凯旋门建于315年，是为了纪念君士坦丁大帝统一罗马帝国而建的。凯旋门上方的浮雕板是当时从罗马其他建筑上直接取来的，主要内容为历代皇帝如安东尼、哈德连等的生平功绩，下面则是君士坦丁大帝的战斗场景。所以君士坦丁凯旋门虽然是罗马三座凯旋门中建造最晚的一座，但仍然可以看出早期罗马艺术的影子，而且保存比较完好，值得一看。据说当年拿破仑·波拿巴来到罗马，见到了这座凯旋门，大为赞赏，而这座凯旋门也成为法国巴黎凯旋门的蓝本。当然，艺术的东西得用艺术的眼光慢慢看，像我们这种走马观花的也就了解一点算一点了，不要夜郎自大就好！

总体印象是，罗马确实是一座真正意义上的古城，其整体建筑风格古朴醇厚，城里城外见得最多的是一种叫“罗马松”的松树。之前在飞机快要落地时我就发现了这种树，像一把把撑开的伞，虽已饱经风霜，却依然昂首挺立。搜索关于这种树的信息时，意外地发现有一首交响曲叫《罗马的松树》，是意大利作曲家雷斯庇基写的。哦，美的东西是可以共鸣的，是可以分享的！让这一天的罗马之旅结束在《罗马的松树》的旋律中吧！

2019 年 6 月 2 日

罗马松

见证沧桑与古今，残垣断壁独登临。

乾坤何所仁其物，妙在一方山水心。

2019 年 6 月 19 日

【注】：罗马松，又称意大利石松、意大利伞松，是意大利国树。有一个非常特色的伞状外形。

锦葵

罗马城中偶见她，风姿绰约好年华。

七分静净三分色，古道松香慢煮茶。

2019 年 6 月 19 日

【注】：又叫荆葵，钱葵，小钱花，金钱紫花葵，小白淑气花，淑气花，棋盘花等。可用来做香茶，茶色为蓝色，滴入柠檬会变为粉红色，因此受到欢迎。茎、叶、花：咸，寒。清热利湿，理气通便。用于大便不畅，脐腹痛，瘰疬，带下病。因其果实具有落花生般的味道，故花语为风味或讽刺。也是七月三日的生日花。

第三天：佛罗伦萨

吃过西式早餐后，前往佛罗伦萨。一路上蓝天白云，视野开阔，远处那些不算高的山脉间云雾缭绕。黄色的、红色的、白色的、紫色的野花，开在大片小麦地里、小山坡上、公路两旁，鲜艳可爱，吸引着我的眼球，却不知道是什么花，就留点遗憾在这儿吧！

路上导游开始讲解，我也查阅了一些资料。第一个冷知识：佛罗伦萨，是文艺复兴发源地“翡冷翠”。好诗意的名字！让我惊讶的是这居然是徐志摩翻译的。一点点的绿，一点点的黄，那该是什么样的颜色？哇，好期待！

佛罗伦萨是极为著名的世界艺术之都，是欧洲文化中心，欧洲文艺复兴运动的发祥地，歌剧的诞生地，举世闻名的文化旅游胜地。全市有40多个博物馆和美术馆，其中乌菲齐和皮提美术馆举世闻名。这里有世界第一所美术学院、世界美术最高学府“佛罗伦萨美术学院”，意大利绘画精华荟萃于此。难怪说意大利人都是设计家、艺术家，这里的名人比比皆是，如达·芬奇、但丁、伽利略、拉斐尔、米开朗琪罗、多纳泰罗、乔托、莫迪利阿尼、提香、薄伽丘、彼德拉克、瓦萨里、马基亚维利等。

依次参观了圣十字教堂、圣母百花大教堂、齐抱钟楼、圣约翰洗礼堂、市政厅广场、大卫像、海神喷泉、科西莫一世骑马像、坦丁故居等。印象最深的当然是圣母百花大教堂，它是世界上外观最漂亮的教堂之一，拥有世界第一的大圆顶，连米开朗琪罗也称自己设计的圆顶“绝无法及上她的美”。我第一眼看到就惊呆了，这何止是佛罗伦萨的地标，简直就是艺术的天堂，我的脑海里一下跳出了天地玄黄、天人合一、盘古开天、沧海桑田等字眼，都觉得它们无法形容这个建筑带给我的震撼！

阵阵钟声响起，阳光下的古城人来人往，有车马行驶在路上，不知要去向何方；各种肤色的人说着听不懂的话，他们是谁的儿女？海鸥和鸽子都在但丁、大卫的塑像上稍作停留，它们是认可了大卫的美男子身份呢，还是仅仅问了自己想知道的问题？那个连续打着喷嚏的是美国人还是英国人？那一对亲热得不行的小年轻又分别来自哪里？没有世界和平，没有飞机，没有文明的共识，大家今天能在这儿擦肩而过吗？

导游的一声“走了”，让我这一刻的遐想戛然而止。又一天宣告结束，我心里的震动未了，却要奔向下一段的旅程了。如果不来这里，因为不知道这里是什么样子，反而没有遗憾；而来了，都会有遗憾的！所以，今夜把遗憾快乐地带入梦中吧！

2019 年 6 月 3 日

络石

风车挂满墙，无语自清香。

月下谁家曲，依稀梦里藏。

2019 年 6 月 20 日

【注】：络石，又叫络石藤、白花藤、风车茉莉、过墙风、鹿角草等。有清热解毒、消肿止痛、祛风活络的作用。

文心兰

谁家女儿俏，独舞色还空。

明镜来相照，傻傻醉影红。

2019 年 6 月 20 日

【注】：文心兰，又叫吉祥兰，跳舞兰、金蝶兰、瘤瓣兰、舞女兰等。

第四天：意大利城市——威尼斯

今天出发较晚，9 时 20 分才动身。同样是阳光明媚的一天，目标：威尼斯。

威尼斯，“亚得里亚海明珠”，世界上最浪漫的城市之一，其建筑、绘画、雕塑、歌剧等艺术水准享誉世界，有“水城”“水上都市”“百岛城”等美称。

到了码头，放眼一看，水天一色，船来船往，不见尽头，两岸那些色彩鲜明的古堡建筑在阳光的照耀下格外壮丽，焕发出一种辉煌而又厚重的神圣感。船上的游客一直顶着大太阳照相，宁可晒黑也舍不得放弃这么美丽的画面。宏伟壮丽的建筑就像水上跳动的音符，高低错落，不抑不扬，厚重典雅，让人找不到合适的形容词。

然后又换乘小船，开始在这座没有汽车的城市里“走街串巷”。奇怪的是这里的水上民居都是木质结构，难道威尼斯的木头不怕水？水巷七转八弯，可能相当于我们的一环路吧。我看到家家门前都系着一只小船，也不知是自己用，还是用于搭载游客。有很多小桥连接着一排排见证沧桑岁月的民居。阳光从屋顶洒下来，窄窄的水巷里五彩缤纷，又宁静幽深，小船来往间，船夫亲切地打着招呼，说着话，我们却听不懂，只好尽情拍照留念。这里让我想到了江南水乡，却又完全不同，可能二者都是梦幻般的水城，这就是它们的共同点吧。

接下来我们参观了圣马可广场、总督宫，钟楼、圣马可大教堂。这些建筑以教堂最为典型，雄伟且富丽堂皇。那些大理石雕刻的壁画有故事，有情节，特别耐看、耐品！过了叹息桥后，乘坐贡多拉（当地快艇的叫法）再次穿行于城中水道，这次相当于走了二环和三环，水道越来越宽，最后再回到主河道时船夫加大了马力，船身颠簸起来，船尾溅起高高的浪花，一个不注意浪花就劈头盖脸地打来。不敢再照了，怕湿了相机，就把这美景尽收眼底吧！

这段旅程像梦一样结束了。这座没有汽车的水城，不久的将来真的会消失吗？

2019 年 6 月 4 日

第五天：新天鹅堡

早上 7 时吃饭，8 时出发，前往奥地利。今天依然阳光明媚，沿途可以看到阿尔卑斯山脉，那些终年积雪在阳光照耀下白得耀眼，在青山绿水的点缀下别具风格。顺着莱茵河七拐八弯的，终于看到有坐落在半山间的乡村房舍，但依然看不到干活的农民。这也是这趟旅行带给我的最大感触。前几天走过的地方差不多都是平原，大片大片的田地里只看到过两个收割机，仿佛庄稼都是自生自长的。今天的半山腰上也只见一行行庄稼，看不到半个人影。可能山上的人家不怎么种庄稼，而是以放牧为主，所以只见大片的草地、草垛子。当然意大利本身人口稀少，人工也很贵的。

约 12 时，到达奥地利第四大城市——因斯布鲁克，阿尔卑斯山脉下的一个小城市，导游介绍“黄金屋顶”就在因斯布鲁克旧城区哈索费狄街的尽头，这是从前被人们称为“新王宫”的建筑。“黄金屋顶”建于 1500 年，属晚期哥特式风格的建筑，是为了纪念马克西米连一世订婚而建造的。但我们今天不会去，今天只是穿过阿尔卑斯山脉的奥地利段，目标是德国的巴伐利亚州的新天鹅堡。所以哥特式风格是什么样，我还没有概念。

新天鹅堡，世界上最著名、最美丽的城堡之一。因为有白马王子和茜茜公主的浪漫故事，所以好多明星包括周杰伦的婚纱照都选择在这里取景。远看新天鹅堡，一座宏伟的建筑坐落在翡翠色之中，俯瞰远方，让人眼前一亮，急于前往！我们选择了步行上山，爱花的我一路上看见那些不认识的花儿就又忍不住照呀照的。到了新天鹅堡面前，只能仰视，无从拍照。继续爬，找到最佳拍摄点，拍到自己满意的照片就赶快离开，因为桥上人太多了。

新天鹅堡与老天鹅堡隔山相望，从新天鹅堡远远望去，老天鹅堡也坐落在青山绿水间，大气磅礴，古朴典雅，庄严辉煌……

晚上住在瑞士的一个小镇上，风景如画。大家不顾疲劳，拍照留念，交流感想，真是不虚此行！

总结一下：今天早上从意大利出来，沿着阿尔卑斯山脉，穿越了奥地利，中午在奥地利用餐，下午到达德国的新天鹅堡、老天鹅堡，然后晚上住在瑞士。这一路蓝天白云，风光无限，在瑞士的住处风景独好，花香鸟语……所以拍的照片也多。

再总结一下，这几天看到这些民居的风格，集古朴、自然、大气、简洁、精致、典雅、浪漫于一体。

2019 年 6 月 5 日

香叶天竺葵

天香知梦远，袅袅对云生。

纵是天涯客，回眸莫独行。

2019 年 6 月 21 日

【注】：香叶天竺葵，又叫摸摸香、香叶、驱蚊草等。含挥发性香气，可制作精油。

沙参

紫紫一风铃，从来不缺屏。

东西南北韵，入肺胃兼听。

2019 年 6 月 21 日

【注】：沙参，又叫白沙参、苦心、识美、虎须、白参、志取、文虎、文希、羊婆奶、南沙参、铃儿参、泡参、桔参、山沙参、沙獭子等。功效：养阴清热，润肺化痰，益胃生津。

芫花

楚楚动乡情，随风闷闷生。

何须问来路，本是故人茎。

2019 年 6 月 21 日

【注】：芫花，又叫药鱼草、老鼠花、闹鱼花、头痛花、闷头花、头痛皮、石棉皮、泡米花、泥秋树、黄大戟、蜀桑等。花蕾药用，为治水肿和祛痰药。

紫椴

清新淡雅入云天，蝶舞蜂飞一梦圆。

若问他乡何处似，阳光普照绿如烟。

2019 年 6 月 21 日

【注】：紫椴的花语是：甜蜜，因其产出的蜂蜜质量很高。具有解表，清热之功效。用于感冒发热，口腔炎，喉炎，肾盂肾炎。

碧冬茄

横竖有相牵，缤纷纵管弦。

不吹天地色，只照月无边。

2019年6月21日

【注】：碧冬茄，又叫矮牵牛、灵芝牡丹、撞羽牵牛、毽子花、矮喇叭、番薯花、撞羽朝颜等。花语：安全感。有“花坛皇后”之美誉。

第六天：列支敦士登、琉森

今天还不到五点我就起床了，因为住的地方太美，所以得再去走走，过了这村就没有这店了嘛！于是又围着昨晚走过的地方走了一遍。清晨的空气里透着一股松树的清香，这里的民房看似朴实无华，但窗户边、阳台上、入门处的雕刻却极其精致，各家的花园都有不同设计，鲜花在萋萋芳草的衬托中格外别致，让人流连忘返。

吃过早饭，我们动身前往列支敦士登大公国。一路上仍然可以欣赏阿尔卑斯山脉的风景。不过今天是阴天，山顶云雾缭绕，白云与白雪融为一体，真美！

列支敦士登是一个内陆小国，以阿尔卑斯山的美丽风光著称，同时也被称为“避税天堂”，人民生活非常富裕。我们在它的首都瓦杜兹参观了瑞士表店，盖了据说值3个瑞士法郎的入境纪念章，在干净整洁的街上走了一圈。特别去看了这里的“国家邮局”，只是一间小小的平房，每年却发售700万枚邮票，你信吗？还由不得你不信，这里是西方集邮爱好者“过门必入”的地方。

今天没有正餐，在车上吃了零食后前往琉森。一入瑞士，就发现变化很大。山脉不再高耸入云，一条宽宽的河流蜿蜒流淌，民居风格也不一样了，感觉更简朴了。大片大片的草地，民居有点像我们以前盖瓦的那种老房子，有着极简的线条，几乎都是棕黑色或棕红色的外观，但细看的话会发现那些窗户、阳台、门槛等地方都很讲究，很有艺术感，有一种浪漫情怀！这些房子和草地、青山、绿水组成了天然的油画，随便一拍就是一幅美图！

琉森，瑞士最美丽、最理想的传统旅游胜地。这个小城犹如山水画一般，古朴典雅的建筑融入湖光山色中。我们首先去了狮子纪念碑，这个被马克·吐温称为“世界上最哀伤、最感人的狮子石雕”，确有一种忧郁气质。然后游了琉森湖畔，亲身走了欧洲最古老的木制廊桥——卡贝尔廊桥。

那些老房子上色彩斑斓的装饰画特别吸引眼球。我参观了中世纪的主座教堂，里面金碧辉煌却又庄严神圣，钟声响起，肃穆的氛围让我更坚定了一个信念：无论什么艺术，一定是相通的；人类的文明，一定是没有国界的！

晚上仍然住在瑞士，不过今晚是住在半山上。这里有典型的瑞士风光，比昨晚住的地方还美。最好玩的是我们刚到就下雨了，可是一会儿工夫就雨过天晴了，那雪山犹如海市蜃楼，妙不可言。

2019 年 6 月 6 日

蝇子草

素女鼓高枝，迎风不入时。
云烟听聚散，最美曲中诗。

2019 年 6 月 25 日

【注】：蝇子草，又叫白花蝇子草、西欧蝇子草等。全草入药。

根和叶含氨基酸。功能主治：清热利湿，解毒消肿。用于痢疾，肠炎；外用治蝮蛇咬伤，扭挫伤，关节肌肉酸痛。

唐松草

风烟不剪自成丝，密密繁繁步韵迟。

莫问松香何事早，清心一管对疏篱。

2019年6月25日

【注】：唐松草，又叫草黄连、马尾连、黑汉子腿、紫花顿，土黄连等。因含有生物碱，根含小檗碱，故药用价值为清热泻火、燥湿解毒。主治热病心烦、湿热泻痢、肺热咳嗽、目赤肿痛、痈肿疮疖、败毒抗癌、泻火清热等。

第七天：瑞士风光、阿尔卑斯山

今天早上7时领着打好包的早餐准时出发，抢着时间又拍了晨景后离开了这个美丽的地方。瑞士的乡村，在我心里留下了油画般的美丽色彩！

路上打开微信，收到了好多“端午安康”的祝福，这才想起来今天是端午节。出来后，由于时差慢了6小时，加之流量有限，手机又很耗电，所以上网时间较少，所以在火车上收了朋友们发来的“粽子”，写了诗！

端午节有感（新韵）

微信飞来粽子香，隔空犹见海茫茫。

青山两岸渔樵晚，酒祭忠魂入汨江。

2019年6月7日于瑞士琉森

早上8时5分准时坐上“金色山口列车”。这是经典的瑞士景观火车，大家都很期待。又是一个好天气，沿途湖光山色，白云飘飘，大片的草地里稀稀落落地分布着极简风的民居。山腰的杉树郁郁葱葱，形成翡翠般的色带，与山顶的白雪和飘动的白云相互映衬，真的是太美了！

今天我们要掀开阿尔卑斯山的面纱了！坐着缆车徐徐滑行，白雪皑皑的山峰近在咫尺。它们被流动的白云轻抚着，只露出了会说话的眼睛——隐隐约约的峰顶，真是妙不可言！这是大自然的杰作，让人敬畏。耳边传来阵阵清脆的铃声，这样的仙乐来自哪儿？往下看，仔细寻，原来是那些马脖子上的铃铛，马儿一吃草，它们便发出叮当叮当的美妙声音，在山间此起彼伏。微风拂过，芳草野花也迎着铃声曼舞。这是大自然的声音，大自然的颜色！在山顶上极目远方，山脉绵延千里，视野极其开阔，雄壮巍峨的山体，又带着少女般的纯洁神秘！哦，阿尔卑斯山脉，我在你的怀抱里能否找到自己，不再迷离！一如风中的铃声，无须粉饰，无须雕琢，无须曲谱，就那么纯净透明，直入心扉？

依依不舍地离开后，又坐车奔向下一段旅程。德国黑森林地区的滴滴湖，童话故事中“咕咕钟”的起源地，被誉为黑森林明珠的天然湖泊，也是黑森林地区最小的天然湖。绵延起伏的丘陵中，杉树浓郁成荫，宁静脱俗，其名字一如我们的方言：“滴滴小个湖！”不过它的名声可大得很。

今天，好像突然明白了为什么我们有传统的水墨画，而西方是油画和水彩画，这与山水、民俗、文化底蕴真的是息息相关的。这边的山水就像一幅天然的油画或水彩画，实实在在的是大自然的复制品，而我们的水墨画一如我们的山水和文化，抽象、灵动、缥缈。

今天行程很紧，加上周末堵车，回到德国斯图加特的城市酒店已经很晚了。出来玩，有惊喜，有遗憾，有收获，有感想，当然也很累，但开心第一，要早点睡了！

2019 年 6 月 7 日

香雪兰

黄玉雪中香，冰心拾大荒。

瑶池编外客，风骨不寻常。

2019 年 6 月 23 日

勋章菊

随风开向晚，何用铸勋章？

冷月知心净，柴门闭短长。

2019 年 6 月 23 日

第八天：斯图加特、卢森堡

——一天穿三国，与白云赛跑

早上吃过早饭，参观了德国斯图加特的皇宫广场、圣诞广场、国王宫邸，主要是欣赏这些古建筑的外观，那种古朴典雅的独特风格会自然而然地把人的思绪带入久远的年代，带入漫无边际的思考。这里也是奔驰、保时捷的故乡，是汽车爱好者必游的圣地。

10 时 30 分前往卢森堡大公国，导游说大约需要 6 小时，因为这边的司机是每隔 3 小时必须休息 45 分钟。欧洲法律规定司机每天工作时间不得超过 11 小时，说了中途不给开行李箱就不给开，说好了几点走，超过十分钟就真的走。如果你没上车，对不起，给你发个地址，自己打的过来！所以，千万要遵守时间。诚信、契约精神，不要花花肠子，不搞投机取巧，踏踏实实做事，这些优点是值得学习的。

再来说说这边的用水。首先，这边酒店大多都不会准备烧水壶，因为自来水就是饮用水的标准，可以直接喝，而且这边的人从小就习惯喝凉水。开始还有点怀疑，几天下来就放心地喝了，确实没问题。

一路上还是蓝天白云，可以欣赏沿途的乡村美景。不过，今天的天特别蓝，云特别白，随手一拍都是美图。也不知为什么，我到了这边，就特别喜欢看那些古建筑和乡村民居。可能是因为它们承载着不同于我国的文化意识吧。我总想找到德国民居和已经走过的意大利等国的民居之间的差别，结果这边路上很难见到民居，都是高高的树木围成了绿色的城墙，偶尔有开阔地，也都是大片的草地，房子都集中在远处，在河对岸，在半山腰。

途中利用司机休息的 45 分钟，我们也在餐厅吃了汉堡包，好大的一个，我差点没吃完。终于看到了路边的民居，整整齐齐，一排排的，很小巧，红色的房顶白色的墙壁，明亮而质朴！

终于在 16 时到了卢森堡。卢森堡也是欧洲成员国，因国土面积小、古堡数量多，有“欧洲之肺”“袖珍王国”“千堡之国”的美称。这个国家到底有多小呢？导游介绍说，整个国家的人口不到 20 万人。至此，我们已经游览过梵蒂冈、列支敦士登和卢森堡三个小国家。这些国家虽小，却很富裕，有特殊的历史文化。

一下车天就变了，只见乌云密布，风把树枝吹得东倒西歪。不过没有灰尘扬起，而且我们一路也在观察，路边的那些花花草草和树叶都是绿莹莹的，没有半点灰尘。

我们首先参观了宪法广场的英雄纪念碑。碑本身没什么看头，大家也忌讳在这里照相。但是，那段历史还是值得了解。英雄纪念碑是 1923 年完工的，是为了纪念在第一次世界大战中阵亡的 3000 名卢森堡士兵。这个纪念碑在第二次世界大战中被毁坏，之后重建，因此就具有了双重的意义。纪念碑有12米高，上面的胜利女神像出自本地艺术家克劳斯之手，还曾经在上海世博园卢森堡展馆外展出过。

卢森堡的景点还有佩特罗斯大峡谷，峡谷上有世界上跨度最大的石拱桥阿道夫桥。峡谷上还有一座钢铁结构的夏洛特桥。

另外值得一提的是圣母教堂，奠基于17世纪初，属晚期哥特式风格，部分融合文艺复兴风格；市政厅，新古典主义风格；大公馆，建于1570年，当时是西班牙人统治时期，具有浓重的阿拉伯样式以及早期的哥特式风格。我对建筑没有常识，这些都是旅游团的通知单上的信息，我能感觉到这些建筑的神秘感、庄严感、冷漠感，这些古堡的尖拱和圆顶带给了我很多震撼！

雨中游览结束后，我们去了一家香港人开的叫“大汉宫”的餐馆吃饭，饭菜非常可口，因为我们已经吃了两天的零食和西餐了，所以这顿饭吃得很香，老板娘地道的普通话也让人倍感亲切。到了上车时雨过天晴，蓝天白云，大家舍不得离去，让导游又给了我们十分钟，继续拍照！

20时我们就住进了法国的酒店，今晚有Wi-Fi用，房间还有烧水壶，所以大家都很开心，还都出去散了一会儿步呢。明天又得9时出发，因为前天堵车，司机超时工作，所以今天明天都得给司机补休息时间。明早7时30分用餐，所以嘛，可以多睡会儿，也好！因明天的行程也挺紧张的，写完这篇游记我也可以轻松入睡了。

2019年6月8日

母菊

本是草中君，留醉宿烟云。

即日乘风起，何须岭上分。

2019年6月26日

【注】: 母菊又叫洋甘菊。花或全草入药。药用价值为祛风解表。用于感冒、风热疼痛等。

第九天：巴黎第一日

早上 9 时出发，开始我们的巴黎之旅。沿途视野开阔，大片的小麦，同样见不到民居，加之天气不好，无法拍照，而且今晚有夜游，所以就休息养神吧。

到了巴黎，吃过午饭已是 14 时 30 分。首先要游的是凡尔赛宫。这个欧洲最大的皇宫，一幅幅油画讲述着一个个故事，写就三代君主的传奇。恢宏大气的建筑，昭示着法兰西王国的一段历史。这里也是艺术的瑰宝，不敢着墨过多，17 时 30 分，我们意犹未尽地结束了这里的旅程。最可惜的是由于来自世界各地的参观者太多，加之灯光干扰，基本拍不出好照片。不过我也不后悔，因为实地看到和仅在画册上看已经是很不一样了。

在船上吃过晚饭就开始了我们的“巴黎深度游”了。在前往蒙马特高地的路上，换了一个老家是成都、工作在巴黎的导游讲解。她一路时而操着地道的成都话给我们讲注意事项，时而又用普通话声情并茂地讲景点，时而还得用流利的英语与司机对话。大家兴致一下就高涨起来，当她讲完巴黎圣母院失火的细节和感受时，大家不由自主地屏住了呼吸。

我是一个人坐在最后一排，所以任性地由着眼泪默默地流。当时只在网络上看到救火的新闻，今天听到一个非常熟悉巴黎圣母院内部摆设和路径的导游，发自肺腑地讲到当晚她在圣母院旁边的亲身所感，真的太感人了！那高高升起的几十架云梯，那站在云梯上颤颤巍巍的年轻的消防兵，他们眼里哪还有什么生死。那些由士兵组成的长城般的队伍，在硝烟弥漫中一件件传递着圣母院的珍宝；

广场上那些密密麻麻的自发地跪在地上默默祷告的市民，仿佛浮现在我的眼前。一个世界闻名、热闹非凡的城市在那一刻安静到能听见彼此的呼吸声、心跳声。当救火结束后半小时，所有教堂的钟声同时响起，所有人不约而同地唱起了赞美诗……写到这里，我仍然眼眶湿润。我仿佛正看着当晚火光冲天的情形，仿佛正看着那些在云梯上摇摇欲坠的士兵，仿佛正听到轰然倒塌的声音，仿佛脑里一片空白，然后又听到钟声传遍天际……

这次我们还是很幸运的，我们来的前一天，巴黎圣母院旁边封闭的道路刚刚解封，我们可以在圣母院前面拍照，但圣母院何时能重新开放，现在还是未知数。带着巴黎圣母院沧桑的照片离开，心有遗憾。

还是继续观光吧！我们参观了圣心大教堂，在那儿欣赏了巴黎的全景。其实我个人觉得没什么新奇，因为只见密密麻麻的房子，除了大，谈不上有什么风景。我觉得巴黎的风景都在那些雕梁画栋的古建筑上，都在带着故事的诗一般的油画里，都在巴黎人不变的对浪漫、完美的追求上。

接下来我们开始观赏埃菲尔铁塔的夜景。埃菲尔铁塔是为纪念法国革命100周年而建的，是无可争议的巴黎的象征。每天22时，埃菲尔广场的喷泉会与霓虹灯共舞，所以大家都是早早地在那儿等着。亮了，亮了！只听见相机声，手机拍照声，惊叹声，错杂的脚步声……所有人的目光都聚焦在美丽的埃菲尔铁塔身上。五分钟后，游人慢慢散去，广场又慢慢地安静下来。

我们也结束了今天的行程，回酒店休息了。这是耍得最晚的一天，也是很累的一天！

2019年6月9日

黄栌

疏篱落落晚霞飞，一片春光带梦肥。

疑是瑶池天外客，星河醉酒不知归。

2019 年 6 月 26 日

【注】：黄栌，又叫红叶、红叶黄栌、黄道栌、黄溜子、黄龙头、黄栌材、黄栌柴、黄栌会等。著名的北京香山红叶就是该树种。

绣线菊

一线风光一线天，才迎夏至已嫣然。

清心入药何须色，抛却秋容试管弦。

2019 年 6 月 26 日

【注】：绣线菊，又叫蚂蟥梢。夏至开花，以根及嫩叶入药。功能主治：清热解毒。用于目赤肿痛，头痛，牙痛，肺热咳嗽；外用治创伤出血。

第十天：巴黎第二日

今天是“圣临日”（圣母降临日）假期，所以不堵车。很快到了荣军院。这里是太阳王路易十四不忍见为国征战的将士在街边乞讨，遂下令兴建专门用来安置伤残军人的建筑，拿破仑之墓也在这里。那些再现历史的大理石雕塑惟妙惟肖，在初升的阳光中显得大气豪迈。

然后路过香榭丽舍大道。这确实是一条美丽的大街，算是闹市中的清幽之地。这里的梧桐不太高，有一种柔美的感觉，也许是巴黎的梧桐更浪漫吧！

方尖碑，线条简单，方的身躯擎着一个金色的尖顶。它是用整块的粉红色花岗石雕出来的，上面还刻满了埃及象形文字。

再说说奥斯曼大道。小朋友们别误会哟，这里不是奥特曼，是奥斯曼！它是一种建筑风格，取名于拿破仑时代著名城市建筑师乔治－欧仁·奥斯曼男爵。拿破仑三世时，他为巴黎设计了全新的街道规划图。巴黎也正是在奥斯曼的蓝图下，才从中世纪城市摇身一变，成为现代化都市的。放眼看去，淡黄色的大理石墙壁，黑色的栏杆，三至四层的楼房，处处精雕细琢，处处是历史！它们就像一个个从中世纪走来的老人，有着沧桑而坚毅的面容，深邃而有神的眼睛，好像一不小心就能把你的魂儿给带走。

紧接着该是塞纳河游船了。今天可是美景多多！先来说说左岸和右岸吧。我们都说“一江春水向东流”，可是塞纳河是自东南流向西北，所以叫“一江春水向西流”，这里的游船都是逆水而上，大家习惯把船的左手边叫右岸，右手边叫左岸。嘿嘿，头不能晕哟，不然就听不懂讲解了！巴黎今天的天气像个小孩子一样任性，一会儿太阳，一会儿雨，一会儿太阳加雨，激情演绎着这座城市关于“雨城”的传说。没关系，顶着风，迎着雨，披着雨衣，打着伞，依然可以欣赏美景。古老的建筑在流水两岸对望着、私语着，时而“犹抱琵琶半遮面”，时而又露出尊容。天空乌云翻卷，风借雨狂，那些建筑也显得扑朔迷离；待阳光普照，金色的塔顶熠熠生辉，搅动一江碧绿的水……就这样，我们在船上享受了巴黎天空的“变脸”！

现在该去卡鲁索凯旋门、杜乐丽花园、卢浮宫和卢浮宫金字塔了，因为这几个地方是连成一片的。一阵走马观花之后，我们就迫不及待地去了卢浮宫。

卢浮宫，位于法国巴黎市中心的塞纳河北岸，始建于1204年，原是法国的王宫，有 50 位法国国王和王后在此居住过，这里是法国文艺复兴时期最珍贵的建筑物之一，馆藏珍宝不计其数，以丰富的古典绘画和雕刻而闻名于世。维纳斯雕像，蒙娜丽莎油画，胜利女神石雕等艺术珍藏品都在其中，看得人眼花缭乱！

值得一提的是卢浮宫金字塔。这是一个玻璃做的金字塔，能够映照出巴黎不断变化的天空，为地下设施提供良好的采光，创造性地解决了如何把古老宫殿改成现代化美术馆的难题。虽然看起来有点普通，却给人留下了深刻的印象！

巴黎的景点太多了，巴黎圣母院、巴黎大皇宫、巴黎小皇宫、亚历山大三世桥、海神喷泉、河神喷泉等，不一而足！总之，巴黎是应该停下来慢慢品的地方，我们这种走马观花式的参观就很难欣赏到真正的巴黎。

如果不经意间看到了一对年轻人正深情相拥，请勿打扰，司机也会悄悄地绕道而行的，那是埃菲尔铁塔的爱情经典的现实版正在上演！我可是见识了的！

最后，我就记住了导游反复说的一句话：“巴黎，就是不会变！”哈哈，今天就这样愉快结束了吧！

2019 年 6 月 10 日

溲疏

夕阳西下白云痴，一管清风入梦迟。

山水听蛙明月里，疏疏落落几人知？

2019 年 7 月 1 日

【注】：溲疏，又叫老鼠竹、空心副常山、细叶空心柴、水杆柴、观音竹等。叶或根入药。具有清热利尿之功效。常用于感冒发热，小便不利，疟疾，疥疮，骨折等。

南天竹

是竹非君子，红颜莫动心。

松间听自立，一世抚空琴。

2019 年 7 月 1 日

【注】：南天竹，又名南天竺、天竺、天竹、天竹子等。株形优美，但全株皆具毒。

第十一天：巴黎闲游后前往比利时

今天又是 9 时出发，而且上午三个小时都是在巴黎的自由游玩时间。有些团友去购物，我当然是去看建筑，再次参观了巴黎歌剧院和附近的教堂，潇潇洒洒地在巴黎街头闲逛。

两天的巴黎游让人既兴奋又紧张，很多东西得慢慢消化。又是坐车的一天，下一个地点比利时好像不怎么值得期待了，可能是因为巴黎太完美了，也可能是因为太累了，审美也开始疲劳了。不过，既来之则安之，在车上看看微信，写写游记，听听导游天南海北地瞎聊，也挺好的!

15 时 30 分，我们动身前往比利时的布鲁塞尔。一上车就见巴黎的天空乌云滚滚，马上要下雨了。看来不光是我舍不得离开巴黎，巴黎的云也眷念着我的喝彩呢。一会儿工夫，雨水就滴滴答答地敲着窗玻璃了。

19 时 43 分，突然有人叫：“彩虹！”我赶紧拿着相机站起来，拍到了三张彩虹的尾巴。真是雨过天晴，又见彩虹啊！

进入比利时境内，视野很开阔，放牧的多起来，草地或者庄稼一望无际，还是很美。

那就说说比利时吧。比利时位于欧洲西部沿海地区，东与德国接壤，北与荷兰比邻，南与法国交界，东南与卢森堡毗连，西临北海与英国隔海相望。比利时是一个高度发达的资本主义国家，外贸为其经济命脉，是世界十大商品进出口国之一。比利时拥有极其完善的运河、铁路以及公路等基础设施，为与邻国的经济整合创造了条件。比利时是欧盟和北约的创始会员国之一，也是联合国、世界贸易组织等国际组织的成员国。

晚上住在离布鲁塞尔 38 公里的乡村酒店，一切都还好，空气清新，酒店宽敞舒适。

2019 年 6 月 11 日

第十二天：比利时的布鲁塞尔、荷兰的鹿特丹

从昨晚开始比利时就一直在下雨，今天天气有点冷，但我们还是 8 时准时出发，前往比利时首都布鲁塞尔。

布鲁塞尔是“人间天使”奥黛丽·赫本的出生地，也是丁丁、白雪、蓝精灵等陪伴我们度过童年的精灵们的老家。一进城就有人发现了一座熟悉的建筑，原来欧洲联盟总会大楼坐落在这儿。经常可以在电视里看见它的身影呢。我们的精神为之一振，又开始对这趟旅行有所期待了！

市政厅是比利时最典型的哥特式建筑。今天是真正见识了哥特式建筑了！那高高的尖尖的塔顶，那墙上一排排的人物雕像，让我久久仰视。可惜雨大，没办法细细地照相。市政厅旁边有一座建筑，马克思和恩格斯曾在此共同草拟《共产党宣言》。市政厅对面即“国王之家博物馆”，也是标准的哥特式建筑，那黑黑的外表显得格外深邃。

尿童的铜像，是布鲁塞尔的标志，这位小英雄于连被誉为“布鲁塞尔第一公民”。据说西班牙占领者在撤离布鲁塞尔时，打算用炸药炸毁城市，幸亏这位机智的儿童撒尿浇灭了导火索，从而拯救了全城。为了纪念这位小英雄，便于1619年雕刻了此像。

路过布鲁塞尔鲜花广场，听导游讲里面有很多中国元素，曾经是公主居住的地方，现在是大家度假的好去处。由于雨太大，大家也没了去看的兴致，就只好作罢了。

布鲁塞尔主座教堂也是典型的哥特式建筑，至此，我终于对哥特式建筑有了个直观印象。哥特式建筑主要用于教堂，特色包括尖形拱门、肋式拱顶与飞拱，整体看来高耸细长，且带尖，以卓越的建筑技艺表现出神秘、哀婉、崇高的强烈情感，对后世其他艺术均有重大影响。

我们继续坐车前往荷兰的鹿特丹。一路上都是雨，所以我一会儿打瞌睡，一会儿看看窗外的雨景，听导游介绍荷兰的四大特色。鹿特丹是有“欧洲门户”之称的世界最大港口城市，其名字的意思是“鹿特河上的水坝”，17世纪成为继阿姆斯特丹后荷兰的第二大商业城市，第二次世界大战后进行了重建。现在它是荷兰第四大城市。

鹿特丹，这个被风雨洗过的城市终于呈现在我们面前。一来我就闻到了古典和现代结合的气息。教堂还是标准的哥特式风格，那些新建筑则把现代化的元素和古建筑的意蕴巧妙结合，既有极简的线条美、艺术美，又融入现代科技的理念。威廉斯堡大桥又叫红桥，是一座颜色鲜红的大桥，连接鹿特丹的南部与北部，也是鹿特丹的标志桥。伊拉斯谟大桥又叫白桥，是鹿特丹的重要标志，荷兰最著名的桥梁之一，也是连接鹿特丹南北部的重要交通枢纽。不过要说桥梁技术，还是我们中国厉害哟！我们古有赵州桥、卢沟桥，现在有武汉长江大桥、港珠澳大桥，确实还是引以为豪的！因为雨下得正大，来不及细看就离开了。

在路上吃过晚饭后，继续前往阿姆斯特丹。这时雨停了，云层中洒下些许阳光，车窗外美景如画：一群群牛羊和骏马散落在广阔的草地上，在远处的民居中总能看见一个高高的、尖尖的塔顶，那就是教堂。

看看窗外，这一会儿工夫又是蓝天白云，“夕阳无限好”了。这边的天气还真是与我们四川有明显的不同。到了酒店，行李一丢，大家就又跑出来走路、照相，安慰一下今天受伤的心，顺便在夕阳下补拍几张风景照。荷兰也很美！一望无际的草地，茂密的森林，成群的牛羊，朴实无华的民居，高高的尖尖的塔楼（教堂），还有随处可见的足球场、跑马场等，和瑞士风光有点区别，但同样很美。

再唠唠身高。欧洲人都很高，但以荷兰人最高，女性平均身高1.72米，男性平均身高1.82米。这里的马桶和洗面台普遍较高，我们用起来真的很吃力。最好玩的是有一次上厕所，我一出来，我们同团的一个朋友就马上把离我最近的一个洗手盆让给了我，她自己用了中间的一个。我说：“谢谢！你太客气了！”她说：“不是，那个位置照不到镜子。”我猛然醒悟，看了一下确实照不到，反正我也不爱照镜子，就索性不照了。不过我看了一下四周，人家还是很人性化的，镜子有高有低，可以满足不同身高的需要。

2019年6月12日

薰衣草

熏风去五色，故里有征衣。

本是相思客，何须掩泪归。

2019 年 7 月 6 日

【注】：薰衣草，又叫香小花。花语：心心相印，等待爱情。

洋地黄

万事本随缘，红红一片天。

只凭心做事，无意落花前。

2019 年 7 月 6 日

【注】：洋地黄，又叫毛地黄、自由钟、指顶花、金钟、心脏草、吊钟花等。花语是谎言。名字来源：其有布满绒毛的茎叶以及酷似地黄的叶片，因而名毛地黄；又因为它来自遥远的欧洲，因此又称为洋地黄。药理作用：强心利尿，但有毒性，使用时要注意。

第十三天：荷兰羊角村、运河游

今天还是 8 时准时出发。没下雨，还好！今明两天的行程都在阿姆斯特丹。

阿姆斯特丹是荷兰的首都，17 世纪就有的独特的城市风貌至今仍保留完好。这里有浪漫的运河、老式的街道、奇特的建筑、珍贵的文化遗产……当然还有美丽的风景。

因为这个时段不适合拍照，所以就用眼睛打量打量吧。公路两旁宽宽的绿化带里五颜六色的野花迎着朝阳随风起舞，清新可爱；再远处的民居、牛羊、草地、运河如一幅幅油画，美不胜收；阳光洒在厚厚的云层里，形成的彩带把我的眼光引向浩瀚无垠的天际。看见游船了！哟，羊角村到了，只用了一个小时，还好！

阿姆斯特丹的羊角村，名字源于18世纪，一群挖煤矿的工人定居在这里，除了煤，他们还在地下挖出许多“羊角”。在这里可以骑自行车，或者坐游船，或者步行，我们在导游建议下选择步行游览。导游说一条路走到底，再返回来就可以，不会迷路的。事实证明确实是这样！

一路上没有看到汽车，当然汽车在这里也无法通行，因为我估量了一下，柏油路宽约1.2米，木质小桥大多数也是宽约1.2米，少数桥稍宽一些也不会超过2米。沿着小路走进村子，路的两边都是人家，每户都是独立的，有花园，有草地，有自家的小船。房子看起来都很古朴，屋顶盖着厚厚的芦苇毡子，看起来像用毛刷刚刚刷洗过。房门前、窗户边、草地上……随处可见匠心独具的小装饰。每户人家都被环绕在水中，用一座座小桥与小路相连，除了少数可以走进去参观外，其余的桥都是上锁的，可以拍照，可以观看，甚至可以走到桥的中间。无数小桥与小路相连，纵横交错，可谓一步一景，美景不断。游船来往穿梭，野鸭子和鸳鸯时而在水里嬉戏，时而在岸上观望，它们伸着脖子看着游人，似语非语，时而又钻到游船的下面再慢腾腾地凫出水面。那些游船不能去的地方，开着睡莲或者长着水草，阳光透过树梢洒下来，蓝天白云静静地映在水里，显得更加幽深神秘。

我们先沿着右手边的路走到村外，又返回来沿着左手边的路走到村外，景色虽然都差不多，但是绝对没有一模一样。这也充分体现了人的智慧和独特的审美！从左边返回来后我们前往小村的码头，再一次深度游。码头这里水域宽广，一望无际，游船在水里穿梭，如在大海中航行，又是另一种风光。今天天气也很好，蓝天白云下，一切都显得那么美！大家都照了很多照片，我也照了三百多张，以至于去吃饭的路上都没有人再照相了。

吃个午饭的时间，天又变了，大风大雨的！该去阿姆斯特丹“玻璃运河游”了，呵呵。其实就是坐在全玻璃的游船里，慢慢欣赏阿姆斯特丹独特的山形墙建筑。又遇到新名词了！山形墙本为希腊式建筑特色之一，就是将屋顶的重量放于直立的石柱上，墙上刻上叙事性的浮雕，再涂以鲜艳的金色、蓝色等颜料。而阿姆斯特丹的山形墙建筑在此基础上又有独到之处，增加了一座山形墙，形式也更多样，有梯形、钟形等，格外华丽。还有个有趣的事，因为阿姆斯特丹曾经以门的大小来征税，所以家家户户的门都较小，那么，大型的家具怎么搬进去呢？嘿嘿，看到屋顶上那个大大的吊钩了吗？吊上去嘛！

游船结束，天又放晴了，回酒店的路上再次与彩虹相遇。不过今晚没兴致出去溜达了，因为明晚就得长时间坐飞机了，来时腿都坐肿了，回去时坐的时间更长，所以早点休息吧！

2019 年 6 月 13 日

第十四天：阿姆斯特丹

今天天气还可以，不过我们只有半天的游程了，下午要去机场，开始往家的方向飞！

风车是荷兰一宝。看，那一排排整齐的风车，无论白昼，无论风雨，都在草地上慢腾腾地瞭望、守护、诉说着荷兰的历史，也是风车的历史。还有个“风车村”保留着中世纪特色的风车。三百年前，荷兰人曾以风车为动力磨面，而现在的风车，主要除了发电外，更是荷兰一道亮丽的风景线。

荷兰第二宝是木屐。不过，现在基本不用了！所以，此处略过。

荷兰第三宝是奶酪。为什么荷兰人个头都比较高，确实和爱吃奶酪有关。这边的女孩子，腰也还细，但屁股的丰满可不是我们亚洲女孩能及的。当然这也和这边的人爱锻炼有关，就是住在酒店里，我看他们只要有时间，也都会去锻炼和运动。骑自行车更是他们的强项，他们有专门的自行车道，人又高，自行车也高，轮子也大，戴着耳机或者一只手拿着手机，一只手把着车把，骑得飞快，脸上那种无所畏惧和自信满满的表情让人好生羡慕。

荷兰第四宝是郁金香。郁金香是荷兰的国花。不过我们在这个时间点来，花都谢完了，只好随便拍了几张照片，算是千里一会吧！

一看见成群的牛羊，大家就又欢呼起来！在丘陵地区生活的我们，一看见宽阔的草地，成群的牛羊，总是无比激动。今天早上的牛羊打堆堆，显得特别多！

很快又到目的地了。今天第一站的看点是钻石。我们参观的这家钻石工厂，是荷兰著名的钻石厂之一，叫“ZAZARE”，拥有独特的钻石切割技术，是完美切割与高品质钻石的代名词。荷兰本身不产钻石，但手工业发达，能在钻石上切出 257 个切割面。对于不戴任何首饰的我来说，只是了解一下而已。知识不怕多嘛！呵呵！

接下来是参观阿姆斯特丹博物馆广场。这里位于市中心，众多博物馆分布于广场四周。有阿姆斯特丹国家博物馆、市立博物馆，凡·高博物馆，音乐厅等。其中国家博物馆是荷兰最大的博物馆，以收藏荷兰“黄金时代”的作品著称，有伦勃朗、弗美尔、弗兰斯·哈尔斯等荷兰巨匠的名画，其中伦勃朗的《夜巡》被视为镇馆之宝。凡·高博物馆，收藏了凡·高四分之一的作品，从早期的《吃土豆的人》《向日葵》，到晚期的《黄房子》《卧室》《麦田群鸦》《丰收》《圣马力海滩上的渔船》《雷雨云下的麦田》等。阿姆斯特丹市立博物馆，是荷兰现当代设计和艺术领域最重要的博物馆，收集了阿姆斯特丹最好的当代艺术品，常设展览中比较著名的代表人物有毕加索、莫奈、塞尚、马蒂斯、夏加尔、雷诺阿等。阿姆斯特丹音乐厅与波士顿交响乐大厅、维也纳金色大厅齐名，被誉为世界最佳音乐厅。时间充足的话这里是值得待两天的，可惜我们只能走马观花。

午饭后就在机场打发时光了，好在有导游，不用我操心，索性写了昨日和今日的游记。

总结一下，这趟欧洲之旅，来去15天，单边都要飞十几个小时，沿途每天坐车时间较多，景点一个接一个，行程很紧张。不过，值得这么辛苦！瑞士和荷兰的自然风景最美，威尼斯和羊角村的水上风光更让人印象深刻。各个国家的人文景观也是各具风格，我都喜欢。收获还是满满的，我们应该多出去看看，取长补短，更爱自己，更爱我家，更爱我国！

写到这里，就该登机了，一切刚好。感恩一路有大家！

2019年6月14日

第十五天：回家

飞机顺利于5时5分到达阿布扎比，时差2小时，从荷兰到这里实际飞行5个半小时。没睡好，困！

转机时发生了点小小的插曲，有两个团友没跟上，大家一等再等，不见人影，导游更是急得不行。看到时间越来越少了，大家七嘴八舌，有责怪的，有怕影响自己回程的，有说导游不对的。其实，事情已经发生了，团里也不乏聪明人，委托一个人把大家带走，导游留下来等，可能才是最完美的，导游应该有个预留方案，如果走散了，让团友能够找到45号登机口来。不过，总算有惊无险，那两个人因为看不见我们，已经自行登机了，还比我们先到！因为我们从荷兰过来时就晚点了半小时，再加这一等，时间就更紧张了。一路小跑着登上飞机，8时45分起飞，晚了半小时，不过都没关系啦！

北京时间19时51分，我们终于安全抵达成都双流机场。又是7小时，加上过海关、转机6个小时，在机场整整耗了接近20小时。

一开机，电话有了，网速快了；毫无障碍的四川话，随处可用的开水，空气中熟悉的潮湿闷热的味道……哦，还是回家好！取了行李，退了流量宝，21时开上自己的车，凌晨0时20分终于平安到家！

一碗热热的稀饭，就完完全全地弥补了这半个月吃西餐的痛苦。回家的感觉真好！

2019年6月16日凌晨

今天，终于把两万多字的游记和两千多张照片梳理完毕。15天的旅行，居然有了《欧洲之旅（十三）》，当然，爱花的我也没忘了补上部分花诗。可是，总觉得还有点意犹未尽。就像这郁金香一样，“未曾相识却也相识”，也许结束意味着另一个开始！

2019年7月7日

飞廉

听君一席自飞轻，风骨无声胜有声。

红紫敲钟沉绚烂，身心安处月空横。

2019年7月7日

【注】：飞廉，又叫飞轻、天荠、伏猪、伏兔、飞雉、木禾（《别录》），飞廉蒿、红花草、刺打草，雷公菜、大力王、枫头棵、飞帘等。全草或根入药。主骨节热，胫重酸疼。有祛风，清热，利湿，凉血散瘀的作用。

大花葱

冰雪聪明大若球，迎风不动问来由。

一壶浊酒何须醉，一寸光阴不可留。

2019 年 7 月 6 日

【注】：大花葱，又叫花葱、巨葱、大绒球等。

飘香藤

一管清风不用愁，红红欲断一天秋。

锦城今日纷纷醉，听曲无须半入流。

2019 年 7 月 6 日

4. 南部精诚眼科医院“活力三日游”

第一天：仁寿热身

2020 年，因为疫情的原因，我们医院连续开展了多年的员工旅游活动也被迫停止了。2021 年，我们制订了不出川的旅游方案：眉山水街、峨眉山、乐山纯玩三日游。

经过一系列的准备，终于，在 2021 年 5 月 13 日早上 7 时 30 分，第一批 27 人的团队准时出发了！

一路上大家都很兴奋，在车上又唱又笑的。我们的组长王云老师对我们多加照顾，安排周到，大家也是互相关心，吃的、用的都是彼此分享，真正是一个有烟火味的大家庭。陈宗美院长说：我们向快乐出发了！于是，有诗为证：

向快乐出发

诗中明月古，天上白云多。

不问红尘事，溪前尽放歌。

第一站是去感受人寿天梯，热热身。先给来个简介吧！仁寿天梯全长 368 米，宽 13 米，垂直高度 90 米，共有 698 梯级，其势雄伟壮观。在县城金马桥对面的飞泉山上开凿而建，是仁寿城区目前最大的人造景点和休闲场所。

大家兴致很高，足踏清风，面带喜色，一路拍照留念，轻轻松松地就上了山顶，略微感受了一下“仁寿”文化，也在这里拍下了第一张集体照，当然得把笑声留一半在这里！

人寿天梯

若问天梯何所有，来如春梦去如风。

朝朝醉看斜阳美，更与飞泉论道中。

第二站是东坡城市湿地公园。一进公园，幽静的气息便扑面而来。花静静地开放，水静静地流淌，鸟声空灵而婉转，从容而浪漫。灯芯草念着“江海寄余生”，决明花“端坐紫金莲”，它们正踩着诗意的琴弦，奔向东坡“八风吹不动”的船。莫非是朝云在临走之际带走了苏轼的名篇？从此，风中，雨中都有苏轼寻寻觅觅的双眼。

东坡城市湿地公园印象

花向白云云向水，清风断句问东坡。

古来落寞皆文字，明月相思一样多。

第三站是东坡印象水城。据说这里是苏东坡被贬时的落脚点，现在其实就是一个有水的古镇风格的步行街。不过，设计者独具匠心，把它打造得小巧玲珑，而且吃喝游玩无一不备。我们在这里吃了一顿火锅之后前往眉山市休闲度假村住了下来，结束了第一天的行程。

东坡印象水城即兴

何须印象多，古意点清波。
横竖人间事，风流梦一梭。

这里要特别补记一下住宿，因为我们是在艺境酒店住两晚，所以一看到这么好的房间，大家可兴奋了。房间很大，完全是居家的感觉。环境好，晚上听着蛙鸣悦耳，还真有几分住在农村的感觉。热水也特别好用，舒舒服服地洗个热水澡是缓解疲劳的最佳方式。中午和晚上的伙食也相当不错，看来这升级版的纯游玩还是挺值的！

夜宿艺境酒店有感

山有清风水有月，蛙鼓声中一半凉。
不外云烟愁未醒，何劳文字又开场？

第二天：峨眉

第一站：直奔金顶

今天6时大家就集合完毕了，乘坐景区的旅游观光车前往峨眉山的第一站，雷洞坪。

一路上，瞌睡虫跟着七拐八弯，兜兜转转，云里雾里的。雷洞坪下车换乘索道上金顶。满山的高山杜鹃绚烂于轻风细雨中，别有一番情韵。虽然人很多，有点喧闹，但是却不减游兴，脚步反而更轻盈了!

金顶上朝霞已经抹去了它羞涩的面纱，将万丈光芒洒向芸芸众生。可惜雾还是太大了，看不清远山近岭的秀美风光，只好带着腾云驾雾的感觉和一丝丝遗憾下山了。还好我去年来时是看过全景的。有几个同事在路上与猴子不期而遇，被绊住了脚，掉队了。不过，最终证明，这正是他们这次来的一大收获!

金顶即景

松风无语翠飞来，云海何须一片开。

冷眼观花空处是，远山放胆上瑶台。

第二站：万年寺

峨眉山很大，像我们这样用一天时间走马观花地跑完是很累的。返回雷洞坪，再换乘观光车去万年寺车站，到了万年寺车站再坐索道到达万年寺。够折腾的!

下了索道就要迈开腿了，陡峭的石梯还是很考验体力的。经过白龙洞，又到清音阁。白龙洞肯定是没有龙的，只有一滩水在矮矮的石壁间幽幽流过，其调不高，其貌不扬，实在不像潜龙的地方。不过，山不在高，水不在深嘛，呵呵，旅游就是要带着好心情。这一路上那些几百年乃至上千年树龄的桢楠树很是吸引我们的眼球，夏天在这些浓密的树荫下，得有多凉快呀。峨眉天下秀，实在是名副其实的!

我一直心心念念的生态观猴区到了，嘿嘿，这次一定要去看看，去年来时连猴毛都没看到，但愿这次能拍到猴子那精灵般的眼神和顽皮的模样。一路沿着清澈见底的溪水逆流而上，风景秀美，困意全无。结果猴子们玩累了，回花果山了，终是无缘!

返回清音阁，前往五显岗停车场。这时因为时间的缘故，得加快步伐了！清音平湖如少女般娴静端庄，竹影婆娑下，微风在湖面轻轻地掀起层层涟漪，似诉说，似挽留，又似叹息……我禁不住放慢了脚步，匆匆拍了照，就赶快归队了。这里确实是一个休闲的好地方！

清音平湖有梦

婆娑竹影水云间，袅袅清风自钓闲。

月落平湖横笛舞，花开听雨梦潺潺。

在五显岗停车场坐车返回报国寺，司机来接我们一起去吃晚饭，因为今天中午没有正餐，所以吃什么都香！晚饭后返回酒店，结束了第二天的行程。累并快乐着！

第三天：乐山大佛

今天没有悬念，直奔乐山大佛。

7时吃早饭，7时30分准时出发。随着人群挤挤挨挨地上了山，结果只能看到大佛的头，要知道大佛的头高14.7米！要想体会大佛的高度，就得壮着胆子沿着绝壁上凿出的栈道盘旋而下。

沿着大佛左侧的凌云栈道走走停停，终于到达了大佛的底部。在山脚下仰视乐山大佛，你就不得不感叹这个有“天下第一佛”之称的乐山大佛真是实至名归呀！ 71米的高度，怎么形容呢？或许只有诗人的“山是一尊佛，佛是一座山”够形象吧！

山有多高，乐山大佛的头就有多高。那超凡脱俗的神态，慈祥的面容，如云的螺髻，长长的眉毛，圆挺的鼻子，半睁半闭的双眼，微微上扬的唇角，肥厚而下垂的双耳，以及那宽阔的双肩，饱满的胸脯，自然下垂的双脚，都不同于印度佛像的宽肩细腰和“结跏趺式”。他毕竟是从大唐走来的，自然带着大唐气象，给人以安定、平稳，和谐的美感，是一尊具有中国特色的古佛！

乐山大佛背后是连绵的群山，面前是三江（岷江、青衣江、大渡河）的汇合，两侧是16米高的两个护法天王石刻，以及与天王共存的数百龛上千尊石刻造像汇集而成的庞大的佛教石刻艺术群。

无论刮风下雨，无论时代变迁，仰望大佛，问问内心，人生就没有迈不过去的坎！历时90年的修建，没有人的坚定意志，没有三代工匠的努力，行吗？当然不行！所以啊，只有自己才能救自己，天道酬勤！道理其实很简单！

下来时因为人多，反而没觉得太险。可是现在看看大佛右侧那些正在绝壁间弓着背，蜿蜒而上的人群，心底就胆怯起来。但是总得上去呀，乐山大佛一定不喜欢我们都留下来陪他吧？71米高，相当于24层楼，加之石梯过于陡峭，弯弯曲曲地折腾下来，确实累得够呛。

我们又去参观了有一千多年历史的凌云寺，大雄宝殿，以及后面的公园，东坡楼等。感觉这次是走马观花，游览的速度太快了，这么幽静而又有文化气息的地方值得再来，慢慢游玩。相信还会有机会的！

接下来就是回程了，三天的旅程眼看就要结束了。向快乐出发，再带着快乐回家吧！

17时10分顺利回到医院，结束了三天的愉快旅程。生命，又有了一次不一样的体验！人生，又有了一次不够彻底的修行！

乐山大佛感怀

三江汇合向云开，紫气乘风滚滚来。

不是群山高且大，慈悲喜舍聚三才。

【注】：三江，这里指乐山大佛正对岷江、青衣江、大渡河的汇合处。三才，指天地人。

附：乐山大佛部分简介

乐山大佛本是唐代摩崖造像中的艺术精品之一，是世界上最大的石刻弥勒佛坐像。是海通和尚为减杀水势，普度众生而发起，召集人力、物力修凿的，历时90年。大佛通高71米，头高14.7米，头宽10米，发髻1051个，耳长7米，鼻长5.6米，眉长5.6米，嘴巴和眼长3.3米，颈高3米，肩宽24米，手指长8.3米，从膝盖到脚背28米，脚背宽8.5米，脚面可围坐百人以上。

5. 2021年9月18日到23日蔚蓝海岸双飞六日游

第一天：坐车

说来，今年的旅游真是一波三折。一个敦煌梦最终被疫情和地震折断了翅膀，再也飞不起来了。缘分这东西有时真的不是求来的，既然敦煌之路的缘分未到，那就放手等待吧。蔚蓝的青岛正等着我去触摸它的心跳，所以，勇敢地出发吧！

这次选择坐大巴车去重庆机场，想把一天坐车的时间变成自己的休闲时光。今天坐车的人很少，从南部出发的只有三人，在定水被“转卖”给阆中到重庆江北机场的车后，乘客又变成七人。于是我一个人享受了两个位置，悠闲地盘起腿，肆意地玩：借着照片的灵光写诗，聊微信，发空间，想睡就睡……

一路还好，到了航站T2，就只剩下我们两口子要去T3了。我就放下手机，收拾包包，结果司机突然跑上来说："快点！坐后面的车到 T3，我就不去了，节约一点时间！"边说边提起我们的行旅箱往后面一个车跑去，我急着背包包，又忙着看我家先生跟上没，结果就忘了自己的手机。车子刚驶出约 300 米，我就发现了，又赶紧下了车，一瞬间，茫然无措！没有了手机，感觉什么都做不了了！当时只想到要找司机的电话，于是赶紧用我先生的手机给侄儿打了电话，叫他帮我找电话。然后冷静了一下，笨啊，我可以直接打我的电话嘛，于是连续打了三次我的手机号，终于在第三次，司机接了。谢天谢地，这下不着急了，司机离我们应该只有 200 米远，慢慢去拿吧。这时侄儿找到的司机电话也已经发了过来。科技好不好？好！电子网络好不好？好！没有它们，我们到底还能走多远，又还能做什么？

果然，可能也就相隔了 100 米吧，其实就是穿过停车场，司机已把电话从客运中心给我拿出来了。说了几遍谢谢，然后在司机指引下坐上机场 T2 到 T3 的免费中巴，顺利迈入了正轨。好在今天的飞机比较晚，有的是时间。

16 时 40 分就过完了安检，因为还早，所以还不知道登机口在哪儿，要提前两小时才查得到，只好随便找个候机处休息。离 20 时 20 分登机还有整整三个小时，休息，喝水，看书，都挺好！

20 时 20 分登机，飞机早早地等候在跑道上，21 时 05 分，我看了一下时间，分毫不差。飞机在跑道上加速，加速，突然腾空而起，平稳起飞了。然后就感觉飞机像鸟儿一样，扑打着翅膀，一下，一下，些许颠簸后，已经在高空翱翔了。

黑夜醒来时，我将在青岛开启愉快的旅行了！

我这次的目标，就是用我的脚把海岸线丈量丈量，无须加号，也无须等号，比天高，比水长，一定会超出自己的想象。就此枕着星河暂入梦乡吧!

小睡了一会后，在飞机上吃了点东西，又接着睡。23 时 23 分，飞机平稳落地。取了行李，到了酒店，已是凌晨 1 时了。只能说累并快乐着!

2021 年 9 月 18 日

第二天：青岛之旅

早上 6 时 40 分起床，吃饭，8 时准时出发。青岛有“东方瑞士”之称，得好好去体会体会。青岛城市大，人多车多，特别容易堵车。希望今天路况还好。

首先是去体验啤酒文化，了解青岛啤酒的生产工艺和流程。酒呢，我没有发言权，因为平时也不喝酒。但是还是尝了一下这里的啤酒，是能接受的味道。在我看来，青岛啤酒的各种包装挺多，而且时尚、新颖，生产流程也规范，能全方位地感受到青岛啤酒鲜活的文化气息，整个厂区都飘着一股浓浓的麦芽香，这些啤酒瓶也是青岛城市画卷的一笔重彩。

然后就是麦岛公园。山水之间，茫茫无际。团里有一小孩，希望这些美丽的金沙能留在他童年的记忆里。而我们呢，看看就好!任海风拂乱头发，任阳光晒红脸颊，任身体慵懒，任思维停滞……

中午在一家素食馆吃自助餐，品种多，营养全面，凉菜、热菜，汤、粥，水果，应有尽有，吃得很好，连我家那位“肉食动物”也赞不绝口。

吃饱喝足后，就去奥林匹克帆船中心，这里曾经是北京奥运会青岛分会场、上合峰会青岛会址，是为了迎接奥运会帆船比赛和打造“帆船之都”而建造的。设计很讲究，以“欢舞 · 海纳百川”为主题，寓意开放的青岛正以宽广胸襟，向世界敞开大门。这些浓厚的时代气息弥漫在晴朗的天空下，蔚蓝的海水边，怎么能不美呢？

五四广场是青岛市主题广场。在这里吹着风看大型城市雕塑“五月的风”，那火红的风正螺旋式上升，仿佛把你带入了“五四运动”反帝反封建的爱国主义高潮中，仿佛还能听到青年们血液沸腾的声音和紧张的呼吸……

八大关是最能体现青岛“蓝天、碧海、绿树、红瓦”特点的风景区。不要误会，这里所谓的“八大关”，是因为这里有八条马路（现已增加到十条），是以中国古代长城的著名关隘命名的。这里是国内著名的别墅区，因集中了来自世界各地的二十多种建筑风格而被赋予“万国建筑博览会”的美称。另外，公园与别墅庭院融合在一起，到处是郁郁葱葱的树木，五颜六色的鲜花。至于那些品种各异的树和花就不是我们这种走马观花的游客能欣赏到的了。这里还是电影外景的最佳选择，每年都有摄制组来此取景拍摄，因此又有“天然摄影棚”的美誉。

栈桥始建于1892年，是青岛最早的军事专用人工码头，民国时期变为公园，堤内有民族形式的八角楼，名为“回澜阁”。在这里看层层海浪不停地涌来，在岸边拍打出浪花，永不停歇，真的不舍得离去。

天主教堂，对我来说就是看看外观，了解一下。别小看了这么个教堂，其建筑装饰采用的是意大利文艺复兴时期的形式，里面可容纳教徒千人，是青岛地区最大的哥特式建筑，也是中国唯一的祝圣教堂。

依依不舍地离开青岛，坐车前往荣成，据说荣成是中国海岸太阳最早升起的地方，得去看看。

21时，我们终于到达荣成花果山酒店。今晚好好休息。我对自己说：你若爱，生活哪里都可爱。

窗外，月光睡在无边无际中。

2021 年 9 月 19 日

第三天：荣成、威海之旅

今天第一站：东楮岛。因为风大，感觉人都不太能站稳，照相都要一前一后扎着马步，不然手都不稳。海浪都卷到岸上来了，所以只能远远地看，短时间停留。之后就是参观海草房民居，你别说，还真是别具特色。主人家给我们介绍说，这些海草房具有冬暖夏凉的特点，而且海草百年不腐，看起来简洁、质朴。房顶上的海草中又长着一些生命力很强的植物，小鸟也自由地在上面闲逛。我们在其间穿行，发挥着想象能力，想象这里以前的生活是怎样的。原来东楮岛的名字就是因为楮树呢，原来楮树是这里土生土长的，原来楮树全身都是药呢……

因为风大，海洋牧场去不了，只能远远看着那些浮标，猜想每一个浮标下到底有多少鱼，多少海贝，多少海藻。海天一色，清幽辽阔……

刘公岛也去不了了，我先生感叹说，一直就后悔没去刘公岛，其他地方基本去过了，可这次还是无缘。

在威海享受了手工水饺自助餐后，我们去了幸福公园，电梯坐到最顶端，远远看去，海天一色，雾茫茫一片，望远镜都无济于事，刘公岛的身影是模糊的了。算了吧，人类最终是得给风雨让让道的，敬畏自然也是人生的必修课。

15 时 30 分，我们到达了威海酒店。住下来后，舒舒服服地睡了个午觉。住宿挺好，晚上又舒舒服服地洗了个澡，感觉头发上的咸味终于没有了，清清爽爽的。整理一下照片，写写游记，写写诗，也挺好。人生，是需要停下来整理一下自己再出发的！

惜分飞·再遇凌霄花

如梦初醒墙外挂，不意堪堪入画。到底情无价，可深可浅虚舟也。敢问凌霄真与假，答案莫名惊诧。瘦骨天生寡，水云为血空为马。

2021 年 9 月 20 日

第四天：烟台之旅

今天第一站是有“东方马尔代夫”之称的养马岛及秦风崖景区。养马岛又称象岛，相传秦始皇御驾东巡时曾在此养马，并把这里封为“皇宫养马岛”，此岛也因此得名。秦风崖景区位于养马岛的后海，这里水域辽阔、礁石丛生，每遇大风天气，惊涛拍岸，极其壮观。

我们顺着海边的松间石径慢悠悠地走，一会儿看海景，拍照，一会儿又在松林里看清晨的阳光洒在地上的模样，虬枝苍劲，光影斑驳。海天一色中，船只来往如梭，一排排鲜艳的浮标在茫茫海面上醒目地闪烁，它们是渔民的希望。看着岛上那些飞奔的马的雕像，它们当年也是承载了诸多希望的吧，人们在大自然中辛苦地谋生，演绎着一代代的传说……

享受了韩式自助烤肉火锅料理后，终于要去蓬莱了。首先是坐船游览，这极大地弥补了昨天没坐成船的遗憾。一路上，海鸥跟随着船只抢吃的，它们那种专注的眼神，强悍的觅食本领让人着实惊叹。远处的古建筑群在这独特的山水中显得那么古朴、典雅、高贵、大方，又带着几分灵动飘逸，美得无法用言语形容。

远远地看完那些海市蜃楼、八仙过海的景致后，就该下船步行去蓬莱阁了。这个富有诗人气质兼仙家理想的阁子到底有怎样的魅力，让人吟诵至今？今天就走近它去感受吧！

其实这个景点是以蓬莱阁为中轴，包括了三清殿、吕祖殿、苏公祠、天后宫、龙王宫、弥陀寺等的建筑群。这样是不是感觉厚重多了？除了楼阁外，我还拍下了那些在太阳下熠熠发光的红红的枣子和石榴，还有那些在墙壁上肆意生长的爬山虎美丽不屈的样子。反正，美，到处都是……

之后乘车返回烟台，再坐22时的船去大连。今晚要在船上睡了，梦中可能会听到摇篮曲。如果醒了，一定是月光太朦胧，让水中的倒影变得模糊不清了，水草便疯狂爬起来，吹起了起床的号角……

今天就这样结束吧！瞌睡虫附体了，思绪就会故作深沉的！

2021年9月21日

第五天：大连

今天起得可是太早了，4时20分开始下船，出码头已是4时45分了，那个圆圆的月亮还在云层中奔跑，没有疲倦的模样，似乎伸手可及，又似乎清冷高洁，难以企及。导游5时接到我们。吃过早饭出来，月亮都还没落下去，可是太阳已经升起来了。可能月亮跟我们一样，昨晚坐的是游轮，沿途桂花飘香，所以不由放慢了脚步，而太阳却是乘着飞机来的吧，速度差别大了点，呵呵！

旅顺，有“中国半部近代史”之称，更有“浪漫之都”的美誉，需要我们细细地去了解。首先去看看胜利塔，消磨消磨时间，因为最早也要等到8点才有景点开门啦！此塔是为纪念世界反法西斯战争胜利10周年而建，塔高45米，寓意为1945年世界反法西斯战争胜利。建筑和雕刻有着浓郁的俄罗斯风情。清晨的阳光慵懒地从树枝间探过来，再洒在那些小石子路上，顷刻就有一种从时光隧道穿越而来的气息，空气中带着一丝睡眼惺忪的味道，呼吸陡然舒畅起来，美好的一天在阳光中开始了。

然后又去看旅顺火车站，这里也有鲜明的俄罗斯建筑风格，始建于 1898 年。1945 年日本投降后，苏联红军接管旅顺站，由中苏双方共同运营。1952 年 12 月 31 日，中国政府正式接管旅顺站。2017 年 12 月 2 日，旅顺站入选第二批中国 20 世纪建筑遗产名单。白墙、绿窗、穹顶，铁瓦，显得别致、明快，古朴而又不失鲜活。

8 时到达“闯关东民俗文化村”，又叫清风小镇，这里是东北地区规模最大、场景最丰富的影视基地。小景点有“老大连建筑群”“影视工场区”“三道沟村落”“战争遗址外景地”等，曾接拍电影《风声》《青禾男高》，电视剧《闯关东中篇》《小姨多鹤》《大戏法》《悬崖》《王大花的革命生涯》《决战江桥》《法医秦明》《爱情的边疆》《天坑鹰猎》等一百多部影视剧。虽然我平时不看电视，但有几部还是知道的。有些场景一看到就会想起一些镜头，也记不清是在哪部影视剧里见过，反正会有一瞬间的似曾相识。

要去参观“旅顺日俄监狱旧址博物馆”了。原监狱于 1902 年由沙皇俄国始建，颜色黑灰黑灰的，1907 年被日本扩建，建筑是砖红色。什么检身室、牢房、暗牢、看守休息室、刑讯室、遗物展、教诲室、绞刑场、墓地复原区等，一次次冲击着我那颗脆弱的心脏。特别是看到那一桶桶的真骨头，那曾是一条条鲜活的生命啊！只有祖国强大统一，老百姓才有真正的好日子过。这句平凡普通的话语，此时一笔笔刻入我们的骨髓。

现在该去旅顺潜艇博物馆了。因为疫情，每一个景点都要出示行程码、健康码，还要从网上预约，有些景点还要登记，如果没有导游，我估计跑不快。旅顺潜艇博物馆是中国第一个以展示潜艇文化为主题的专业博物馆。去潜艇里走了一遍，因为里面全是机械，空间很小，与其说“走”，不如说是“钻”。可以想见以前的海军有多难，有多辛苦。当然现在科技发展，肯定改良了吧！

接下来是旅顺博物馆。这是我国著名的历史艺术性博物馆，也是国家一级博物馆。同样是俄罗斯建筑风格，是1951年1月29日由苏联政府移交中国政府的。2014年，被辽宁省科学技术厅授予“辽宁省科学技术普及基地”称号。博物馆由主馆、关东军司令部及中苏友谊塔、胜利塔等共同组成，是了解旅顺乃至大连的最佳场所。内容太多，只能走马观花，但还是大开眼界，特别是看到那么一方小小的石壁上可以刻那么多千姿百态的人物形象，太不可思议了，这又勾起了我心中没去成敦煌的遗憾！

午餐后前往大连中山广场，这里是大连文化的象征符号，又被称为中山音乐广场。来到这里主要是欣赏广场周围的欧式建筑，这些建筑多建于20世纪初，有罗马式的，有哥特式的，有文艺复兴风格，还有折中主义风格等。反正感觉这里的建筑因为历史原因，风格多样。大连也是一座到处都弥漫着爱国情怀的城市。

今天着实是要累了。人生，每往前迈一步，都会有不同的风景！

2021年9月22日

第六天：没有安排也是最好的安排

今天旅行社除了送我们去机场就没有别的安排了。正好，可以懒懒地睡够了才起来。吃过早饭，我们首先去了星海公园。公园不大，但人多，而且几乎都是中老年人，跳舞的，锻炼的，吹拉唱的，海边游泳的，带小孩戏水的，应有尽有，几乎每一块平坦一点的地方都有人。我们还顺便去坐了快艇，感受了一下这一带的风景。星海大桥，长 6800 米。还有星海广场、星海湾等都可尽收眼底。想拍下视频留念，但是快艇的速度太快了，镜头抖得厉害，只得作罢。

因为还早，我们又去了劳动公园。这个公园在市中心，比较大，也比较平坦，绿化也搞得挺到位，我居然看到了一棵树龄高达 100 年的槐树。这棵树有种“枝影横斜撑上天”的大气，花开的时候得有多香啊！

优哉游哉地走了大半圈，返回酒店。今天要争取睡个午觉，反正跟送机的司机约了 15 时 30 分，时间充裕着呢！

司机 15 时 25 分接到我们，16 时 10 分，我们已经坐在 42 号登机口了。这也太快了！大连周水子国际机场离大连市中心只有 10 公里，于 1927 年初建，1984 年进行了第一次大规模的扩建，也是一处有着深厚历史底蕴的建筑。

离登机时间 19 时 30 分还有三个小时，趁这个时间把秋分的诗也写了吧！

23 时，飞机抵达重庆机场，等机场酒店的车把我们接到酒店已是 23 时 45 分了。酒店看起来有点沧桑，不过里面倒是一应俱全，我赶紧洗漱睡下了。睡前把闹铃全部关闭，准备睡到自然醒。因为我买了第二天上午 10 时 45 分从机场回南部的客车票，想来时间足够，9 时从酒店出发就可以了。

24 日 9 时 30 分，我们已经坐在候车厅了。确实很近，以后也不怕飞机太早或者太晚了，因为都有人接送，挺方便的。这一趟偷懒没开车，也是有意想体验一下生活。这次旅行到此就算结束了，下午又可以坐在家里喝茶了。

生活复归平静，但旅行的记忆会随着我这些文字保存下来，历久弥新。不言放弃，是自己永远的座右铭！

2021 年 9 月 24 日

6.“诗咏阆苍南”2021 金秋采风苍溪行

第一天

2021 年 10 月 17 日早上醒来，不用看窗外，就知道今天依然是下雨天，而且有点冷。8 时从南部出发，经阆中上兰海高速到苍溪。

一路上，漫无边际的芦花在漫无边际的细雨中曼妙起舞，格外迷人。或许，这就是深秋的语言，岁月劈开了一条诗人专属的隧道，诗经的清淡，唐诗的豪迈，宋词的典雅，元曲的真诚，都在芦花的脚下汇聚成了涓涓细流，都在诗人的眼中明亮无比……在我无边的遐想中，很快就到了今天的落脚点：聚鑫酒店。苍溪诗友们的热情接待和阆中诗友们的热情问候瞬间温暖了每一个心灵。

会议上，各地的诗词楹联协会会长总结分析了各地的诗词创作和发展情况以及发展优势和以后的规划等。收获很大，不虚此行。会议后，入住酒店，小憩片刻，然后就往红军渡方向出发。

小心翼翼地踏着有些湿滑，甚至还长着一些青苔的石阶，感受着这蒙蒙细雨，看着将帅台上军人的石雕在风雨中依然风姿挺拔，威武不屈。听着讲解员的介绍，看着这些曾经在枪林弹雨中陪伴主人的枪支、弹药、衣物、家信等，那些故事仿佛离我们很遥远，又仿佛近在眼前，我能听到战士们粗重的呼吸声，能看到他们眼底火焰般燃烧着的希望，能看到他们额头上泛起的红光，那是五星红旗的颜色，那是中华儿女的脊梁……

大家静静地观看模拟的战争情景，这段历史需要我们永远铭记在心：1933 年春，中国工农红军第四方面军为配合中央红军北上抗日，奉命渡江西进。而军阀田颂尧部纠集了 53 个团的兵力，在长达 200 公里的江防线上重兵把守，妄图凭借嘉陵天堑，阻我西进，伺机围攻四方面军。为粉碎敌人的阴谋，贯彻中央“渡江两进、北上抗日”的战略方针，红军以塔子山为主渡口强渡嘉陵江，向敌人展开猛烈的攻击。大军西进，势如破竹，惨淡经营的江防，一夜之间土崩瓦解。红军挥师北上，踏上了新的征途……

如今，这些雄伟的红军渡江塑像高高伫立在嘉陵江边，他们的英雄气概早已刻入这片红色土地！密密的细雨正在为他们洗去历史的尘埃，时空的隧道里呼啸着他们飞奔向前时掀起的冲天巨浪！

然后我们驱车前往梨仙湖湿地公园。虽然细雨未停，但大家兴致很浓，打着伞走了一大圈。印象最深的除了雨和露珠，还有那些迎风起舞的芦花，它们是这里的主人，它们是秋天的韵律。那些曼妙的身姿，静静的，不张扬，只轻轻地拂过风的发梢，就有了梦幻般的曲调。

晚饭后回到酒店，看到桌上的苍溪雪梨和红心猕猴桃，一股暖流涌上心头。再想到今天出行时每辆车都有编号，一路整整齐齐，不由得感叹，苍溪诗友们真是在尽心尽力地为大家服务啊！真诚地感谢苍溪诗词楹联协会全体诗友们的辛苦付出！

有点疲惫了，所以今晚早点睡吧！

第二天

今天睡到自然醒，昨日的疲惫一扫而光！

自助餐后前往亭子口电站，参观了大坝，看到上面有“中国大唐”四个字，不解其意，一问才知，原来亭子口水电站，是四川大唐集团旗下的水电站，装机容量在四川名列前茅，是嘉陵江干流的控制性水利枢纽工程，可从根本上解决广元、南充等地 292.14 万亩土地和 181.7 万城乡人口的供水问题，并有效缓解广元等川东北地区的电网调峰容量不足的紧张局面。实在不简单！

然后车队还是按着编号整整齐齐地到达白鹭湖。

哇，很漂亮呢！这是送给自己的第一波感叹号！嘿嘿，听了介绍，原来这里的全称是苍溪县白鹭湖水利风景区。工程很大，一切还在发展中，但是这些青青的山，碧绿的水，一定会在防洪、养殖、旅游等领域展现出它们独特的风采，我已经开始期待再来了！在这里喝茶，聊天，留影，三个一群五个一伙地漫步在桥上，随山水呼吸，与山水对话，感觉已经在水墨画中走不出来了！

在这里吃过午饭后，我们前往汉昌农苑，进行简短的参观。大家在有上百年树龄的柏树、黄连树下流连忘返。我还发现了三三两两的桃花，它们居然在这深秋悄然盛开，让人惊叹不已！

然后是去寻乐书岩。说起这里，话就有点长，那就索性一起看看简介吧！

寻乐书岩是清嘉庆五年（1800）由乡人寇继顺等鸠工依山凿石室两间以避兵乱而起，清道光二十年（1840）至光绪十年（1884），地方名儒贾儒珍利用原石室先后新凿石室 5 间而兴。贾儒珍在石室外办“竹桥斋”，厚聘县内名儒考订、刊刻、翻印四书五经，增印《小学集注》，一时文人学士往观不绝；凡题咏善书者均留有佳作刻于室壁，故现存行、楷、篆各体共 152 幅、1.9 万多字。内有石雕孔子、文昌帝、关圣大帝、八仙、观音、药王、财神、土地、送子娘娘、蚕丝公、蚕丝婆等像，以及浮雕 5 处、壁画 9 幅。石室内泉水四时不涸。贾儒珍常住其间，以文会友，以乐其志，故名“寻乐书岩”。光绪十五年（1889）贾儒珍 75 岁时将书岩改名“九思祠”，乡人俗称“贾家洞”。民国以来，贾家衰败，贾氏子孙将“竹桥斋”书版卖尽。后来洞内神像被破坏，现浮雕和石刻书法尚存，人称“清代书法展厅”。反正值得一看！

然后去中医药康养体验基地参观，体验了一把普洱茶和黄精一起煮着喝的特别味道。万物皆为天地所生，很多中草药都是药食同源的。中药在养生这方面是有其专长的。临走还得到了赠品黄精和茯苓，黄精可以泡茶喝，茯苓可以煮稀饭、炖菜。

晚饭后回到南部，已快20时了。整理一下照片，赶紧把文字先写出来，诗词只好后面再补了。

对我来说，这是一趟愉快的旅行。再次感谢苍溪诗友们的辛苦付出！感谢这深秋的绵绵细雨为我们翻开了新的篇章！从此，我的脑中装着苍溪的烟云，流动的岁月吹不走芦花湿淋淋的脸，出走的风总会游荡在梨仙湖与白鹭湖之间，思念的味道会时时流落在白云的双肩……

2021 年 10 月 18 日

初到苍溪印象

芦花笑带一江秋，云锁眉梢不染愁。
半卷诗书听细雨，十分风骨九分留。

2021 年 10 月 17 日

采桑子·苍溪梨仙湖

依稀山水梨花色，不意张扬。不意张扬，横带蒹葭醉梦长。逍遥自在风中客，一片霓裳。一段文章，何似仙翁入画廊。

2021 年 10 月 19 日

苍溪白鹭湖即兴

翩翩白鹭走江湖，山水悠悠影自扶。

可赠清风一片月，怕惊花落醉黄芦。

2021 年 10 月 19 日

苍溪寻乐书岩有感

石有春秋书有骨，浮生一梦垒孤坟。

笔端若有唐时月，何独青山抱白云？

2021 年 10 月 19 日

苍溪亭子口水利枢纽

万里奔腾势不衰，青山放眼笛横吹。

一呼一吸风声远，功在千秋何必疑？

2021 年 10 月 20 日

小重山·苍溪红军渡纪念馆观“激战嘉陵”有感

千里嘉陵故事多。风中听细雨、正张罗。红军气概满山河。烽火处、山色醉成酡。

一棹问清波。云烟来掩护、弹如梭。芦花荡里枕长戈。莫笑我、乱笔点巍峨。

2021 年 10 月 20 日

苍溪印象联

上联：云过山川皆秀丽；

下联：风来日月更清明。

题白鹭湖联

上联：青山击鼓云回首；

下联：白鹭凌风水放歌。

题寻乐书岩联

上联：字里清风皆寂寞；

下联：岩前溪水尽空明。

题梨仙湖联

上联：云看日出风看月；

下联：水听花开梦听心。

题中药养生基地联

上联：杏林有语花根叶；

下联：医者无非仁义心。